SPICA

1. Auflage, September 2020

Coverbildung aus pixabay: Ole Wieneke, Meli1670, cocoparisienne, Norbert Lukács,
Engin Akyurt, René Venema

Autorin: Johanna Ritter
Für den Inhalt des Werkes zeichnet die Autorin selbst verantwortlich.

Gesamtherstellung: Spica Verlag GmbH

Printed in Europe
ISBN 978-3-946732-74-7

JOHANNA RITTER

Mord zum Jahrestag

www.spica-verlag.de

1. Kapitel

Fieberhaft hieb Ulf Stikkert, wie von unsichtbarer Hand getrieben, in die Tastatur seines alten Laptops. Die abgewetzten Tasten glänzten, als wären sie fettig. Das Gehäuse war von einer samtigen Staubschicht überzogen. Doch diese Unzulänglichkeiten nahm er ebenso wenig wahr, wie die maßlose Unordnung und die miefige Luft in seiner Wohnung. Irgendwo schien etwas Undefinierbares zu gammeln. Vielleicht waren es Essensreste im Müll, den er eine gefühlte Ewigkeit nicht mehr geleert hatte. Wobei dies eher unwahrscheinlich schien, da er schon längere Zeit keine feste Nahrung mehr zu sich nahm. Eventuell kam der Geruch aber auch von dem verstopften Küchenabfluss. Etwas frische Luft hätte Wunder bewirkt, doch war der Fenstergriff des einzigen Fensters seiner Wohnküche aus dem Gewinde gesprungen und wartete darauf repariert zu werden.

Starr saß Ulf auf dem abgewetzten Drehstuhl und wagte nicht sich zu rühren. Erst kürzlich hatte er das schäbige Ungetüm vom Sperrmüll gerettet, was er sich eigentlich auch hätte sparen können. Aber das war ihm erst klar geworden, nachdem er ihn schon bis in seine Wohnung geschleppt hatte. Zwar sah er noch einigermaßen stabil aus, von Sitzkomfort konnte jedoch keine Rede sein. Die einst orangefarbene Siebzigerjahre Sitzfläche war so gut wie durchgescheuert, des Weiteren grenzte es an einen Balanceakt, sicher auf diesem Retromöbel zu sitzen. Mehrere Schrauben fehlten, von den abgenutzten und wackeligen Rollen einmal ganz zu schweigen.

Schweiß blühte auf seiner Stirn, als fieberte er. Ein feines Rinnsal bahnte sich einen Weg stirnabwärts. Winzige Schweißperlen thronten wie Perlen auf einer Schnur über seiner Oberlippe und glitzerten im Wettstreit mit dem funzeligen Schreibtischlicht. Sein Hemdkragen klebte im Nacken, seine Hände waren schwitzig. Mit wildem Blick sah er gebannt auf den Bildschirm und verfolgte die Buchstaben, die in Sekundenschnelle seinen Fingern entsprangen, sich wie von Geisterhand zu Sätzen aneinanderreihten und seinen ureigensten Gelüsten Form gaben. Zufrieden lehnte er sich zurück, blendete die knarzende Rückenlehne des Stuhles aus und unterzog das gerade Geschriebene einer ersten stolzen Betrachtung.

„Salzwasser umspülte ihren Körper. Krampfhaft versuchte sie ihre Hände und Füße zu bewegen, wandte sich hin und her, robbte voran. Sand überzog ihre Haut. Sie spürte den nach Fisch riechenden Nordseeschlick auf ihrem Gesicht. So sehr sie sich auch bemühte, sie kam nur wenig voran. Geschweige, dass es ihr gelang, sich aufzurichten. Gebannt lauschte sie, hörte das schlürfende Watt, spürte einen feinen Windhauch, der wie ein Schleier ihr Gesicht streifte. Und sie spürte ihn. Seinen Blick. Seine Anwesenheit. Zwar sah sie ihn nicht, doch wusste sie, dass er ganz in der Nähe sein musste, meinte seinen erregten Atem zu hören. Sehr wahrscheinlich beobachtete er sie. Sah ihr bei ihren ins Leere laufenden Versuchen, den Strand zu erreichen zu. Vielleicht amüsierte er sich sogar oder … Sie brach den Gedanken ab. Ekel ergriff sie.

Regentropfen trafen ihre Wangen. Sturm kam auf und zerrte an ihrem feinen schlammverklebten Haar. Wolken zogen lautlos heran, nahmen dem Mond die Sicht und der Himmel verdunkelte sich, als wolle er eine schützende Decke über sie breiten. Doch dafür war es zu spät. Sie hatte keine Chance. Auch wusste sie nicht, wie viel Zeit ihr noch blieb und erst recht nicht, wie lange sie schon in dieser unwürdigen Stellung im auflaufenden Wasser lag. Sie hörte die Wellen. Hörte das Brausen der Gischt. Lange konnte es nicht mehr dauern, dann würde Hochwasser sein. Unaufhörlich versuchte sie zu schreien, brachte jedoch nur einen gedämpften Ton hervor, der vom Wind sogleich davongetragen wurde. Wieder und wieder fragte sie sich, was geschehen war und warum. Fragte sich, wer er war und wo er war. Schon meinte sie einige Meter vorangekommen zu sein. Hoffte die richtige Richtung gewählt zu haben. Als seine groben Hände nach ihr griffen und an ihrem leidgeplagten Körper zerrten, verfiel sie in erneute Schockstarre. All ihre Anstrengung war vertan. Tränen sammelten sich in ihren Augenhöhlen und fanden keinen Ausgang. Auch dafür hatte er gesorgt. Sollte das ihr Ende sein? Alles in ihr schrie dagegen an. Ein letztes Mal stemmte sie sich gegen das Unvermeidbare, bevor sie zusammensackte und geschehen ließ, was nicht aufzuhalten war.

Glasklar sah sie ihr Leben vor sich. Im Zeitraffer zog es an ihr vorüber. Einzelne Bilder schossen wie Blitze in ihr Bewusstsein. Wellen umschmiegten sie, Salzwasser brannte in ihren Augen. Sie schluckte, würgte und schluckte erneut. Schließlich gab sie sich dem Unausweichlichen hin. Noch einmal träumte sie vom Meer. Von ihrer Nordsee. Hörte Möwen kreischend den Morgen begrüßen. Sah die Sonne den Morgennebel durchbrechen. Hörte das Nebelhorn einer herannahenden Fähre. Doch all das entsprang nur ihrer Phantasie. Letztlich spürte sie nichts mehr und ihr Körper wurde eins mit der See.“

Das musste für den Moment reichen. Zufrieden klappte Ulf den Laptop zu, knetete seine tastenhungrigen Finger, nahm die angebrochene Flasche Rotwein zur Hand und schenkte sich nach. Voller Vorfreude schwenkte er sacht das Glas, fixierte die tiefrote Köstlichkeit und inhalierte den aufsteigenden herben Geruch.

Die Worte seines Freundes Peer Michel kamen ihm in den Sinn. „Du musst das Rotweintrinken zelebrieren. Es wäre eine Schande solch einen edlen Tropfen einfach hinunterzustürzen“, worin Ulf ihm recht gab. Seitdem ließ er jeder Sorte die Ehre zukommen, die ihr seiner Ansicht nach gebührte und trank sich durch eine Vielzahl von Köstlichkeiten.

Peer war ein Fachmann auf diesem Gebiet. Nur allzu gerne würde er sich als Weinverkoster durchs Leben bringen. Doch sah er hier in Ostfriesland dafür keinerlei Chance. Daher blieb er, was er war. Ein Imbissverkäufer mit Leib und Seele und vorzeigbaren Weinkenntnissen.

Oftmals gelang ihm sogar mit geschlossenen Augen, allein durch die Verkostung eines winzigen Tröpfchens die jeweilige Weinsorte zu erkennen. Von dergleichen Befähigung war Ulf Lichtjahre entfernt und würde es auch in Zukunft bleiben. Wie er zu wissen meinte, trug er diese Gabe weder in sich, noch würde er sich jemals diese Befähigung aneignen. Dazu war er schlicht und ergreifend zu ungeduldig. Allein die Vorstellung, seine Zeit damit zu verbringen, mit allen Sinnen in das Weinglas einzutauchen, erschien ihm idiotisch. Schließlich waren Charaktereigenschaften und Anbaugebiete auf der Flaschenbanderole aufgedruckt. Wozu also das Herkunftsgebiet der Rebsorte ergründen.

Konzentriert nippte er am Glas, schloss die Augen und augenblicklich nahm der edle Tropfen ihn in Beschlag, ließ seine Geschmacksknospen aufblühen und ihn entspannen. Zufrieden lehnte er sich zurück, ließ die Schultern sinken und wartete auf die befreiende Wirkung, die so gut wie jeder Wein in ihm auslöste. Wenige Zeit später war die Flasche leer. Ungläubig starrte er sie an und fühlte die Endgültigkeit, die von ihr ausging. Noch einmal drehte er sie hin und her, beäugte sie peinlichst genau, schließlich erkannte er eine verschwindend geringe letzte Pfütze. Kurzerhand setzte er den Flaschenhals an seine Lippen und wartete in freudiger Erwartung auf diesen letzten Tropfen. Seinen Henkerstropfen. Lange genug rang er bereits mit sich. Hatte Vor- und Nachteile erwogen. Überlegt, wie er ohne diesen Genuss durch den Tag kommen sollte. Doch letztlich gab es nur eine Möglichkeit. Wollte er seine Zukunft nicht tagtäglich im Suff bestreiten, musste er die Finger von dem Teufelszeug lassen. Dass dieses Unterfangen schwer werden würde, wusste er.

Mit der Flasche in der einen, dem Glas in der anderen Hand, wankte er durch seine Wohnung, betrachtete sich im angelaufenen Garderobenspiegel und befand sein Erscheinungsbild als ernüchternd. Er hatte wirklich schon bessere Tage gehabt. So abgewrackt, wie er jetzt aussah, hatte er sich noch nie gesehen. Schlaff hing der blaue Strickpulli an ihm herunter und die Hose schlotterte um seine Beine. Dünn war er geworden. Erschreckend tief lagen seine Augen in ihren Höhlen und die Wangenknochen stachen aus seinem blassen Gesicht unschön hervor. Von einer Haarpracht einmal ganz zu schweigen. Lächerlich dünn waren sie geworden, fast weiß. Vereinzelt unterbrochen durch wenige graue Strähnen. Zudem fransig wie ein abgenutzter Wintermantel.

Zu lange wusste er bereits, wie er seinem fortschreitend schlechten Anblick entgegenwirken konnte. Doch bisher hatte er nicht den Mut aufgebracht sich seine Sucht vollends einzugestehen. So war tagtäglich der Alkohol sein größter Feind und nach mehreren Flaschen auch sein bester Freund gewesen. Unfähig an dieser prekären Situation etwas zu ändern, fragte er sich, wann er in dieses verdammte Hamsterrad eingestiegen war. Die Antwort darauf fiel ihm leicht. Die Gier hatte sich auf leisen Sohlen eingeschlichen. Jeden Tag ein wenig mehr. Angefangen mit einem Bier am Imbisstand, gefolgt von einem Schnäpschen zwischendurch. Schließlich hatte Peer ihm sein Faible für Wein nähergebracht. So war sein Verlangen gereift, wurde unstillbar und ein Entrinnen schien unmöglich.

An Essen verschwendete er immer weniger Gedanken. Den aufkeimenden Wunsch seines Körpers, feste Nahrung zu sich zu nehmen, unterdrückte er, bis er kaum mehr etwas aß. Schlussendlich wurde ihm schon übel, wenn er nur daran dachte. Daher strich er die verbliebenen kläglichen Mahlzeiten schließlich ganz von seinem Speiseplan und setzte jeden Cent sofort in Flüssignahrung um. Schnell fand er heraus, dass es gegen aufkommendes Unwohlsein lediglich ein paar Schlucke eines Hochprozentigen bedurfte. So war er gefangen in seiner Sucht. Gefangen in einer täglich neu entfachenden Gier nach Alkohol.

2. Kapitel

Gutgelaunt stand Hauptkommissar Erwin Holle von der Auricher Mordkommission vor seiner Haustür, wartete bis das Taxi abfuhr und winkte noch, bis es um die nächste Straßenecke verschwunden war. Augenblicklich, nachdem die Haustür hinter ihm ins Schloss gefallen war, übermannte ihn eine wohlige Entspannung. Nicht, dass er Feodora nicht mehr liebte. Ganz im Gegenteil. Er liebte sie auch heute noch, wie am ersten Tag, vor knapp dreißig Jahren. Trotz dessen war er froh, dass sie an ihrer einstigen Idee, ihren Urlaub einmal im Jahr getrennt voneinander zu verbringen, immer noch festhielten. Wochenlang schon freute er sich auf diese Zeit. Insbesondere darauf, nur das zu tun und zu lassen, worauf er Lust hatte. Auf niemanden Rücksicht zu nehmen, nichts zu denken und wenig zu sprechen. Schon überlegte er, wann er dem Himmel zuletzt so nah gewesen war.
Zwei ganze Wochen ohne gedünstetes Gemüse, Tofu und Quinoasalat. Frei von Rote-Beete-Shakes und Dinkel-Soja-Bratlingen. Zwar hatte er nichts gegen gesunde Ernährung und liebte knackige Salate und Obst jeglicher Art, doch war ihm ein Steak medium rare weitaus lieber. Dazu ein trockener Rotwein war geradezu perfekt. Auch eine auf der Haut gebratene Kutterscholle mit Speckwürfeln und Bratkartoffeln ohne sich für diesen Hochgenuss rechtfertigen zu müssen, wären zu Ehren dieses ersten Urlaubstages einfach phänomenal gewesen. Doch war er weder auf den Gedanken gekommen einkaufen zu gehen, noch gab der Kühlschrank solcherlei Köstlichkeiten so kurz vor seiner anstehenden Urlaubsreise her. Und selbst wenn er nicht in den Urlaub verreist wäre, Steaks waren eher selten gesehene Gäste in seinem Haus. Da musste er schon zu seinem Nachbarn Jochen rübergehen, der sich die perfekte Grillstation in den Garten gebaut hatte, obwohl seine Frau der Gemüsefraktion angehörte. Nur kurz erwog er einen Spaziergang zum Metzger, um Jochen kurzerhand mit einer Fleischeinlage zu

überraschen. Doch beim genaueren Blick in dessen Garten, mit der selten vorhandenen Abdeckplane auf der Grillstation, fiel ihm ein, dass auch Jochen und Gitta verreist waren.

Mäßig zerknirscht und beraubt dieser greifbar nahen Geschmacksexplosion, bestellte er sich in seiner Lieblingspizzeria eine Pizza Tonno mit extra viel Zwiebeln und öffnete sich das letzte kühle Blonde, das Schulter an Schulter mit einer Flasche Buttermilch in der Kühlschranktür stand. Holle meinte dem Bier anzusehen, dass es froh war den Posten neben der Milch endlich verlassen zu dürfen. Tatsächlich klang das Aufploppen des Deckels wie ein tiefer schaumiger Seufzer.

Gut gestärkt und bester Laune bugsierte er seinen Koffer vom Dachboden und packte ihn. Viel war es nicht, was er für die zwei Wochen brauchte. Einerseits, weil es Sommer war, andererseits, da er seine Zeit so und so nur mit Sport verbringen wollte. Laufen, Rad fahren, schwimmen, schlafen und gut essen. Mehr hatte er sich nicht vorgenommen.

Im Hinterkopf geisterte ihm jedoch seit geraumer Zeit wieder einmal die Teilnahme am Norderneyer Triathlon, dem „WIND SPORTSWEAR ISLANDMAN“ herum. Eineinhalb Kilometer Schwimmen, vierzig Kilometer Radfahren und zehn Kilometer Laufen. Das müsste irgendwie zu schaffen sein. Schon lange spielte er mit dem Gedanken sich dieser Herausforderung zu stellen. Sich ausprobieren, die eigenen Grenzen ausloten und den eigenen Schweinehund bezwingen. Zweimal hatte er sich bereits als Teilnehmer registrieren lassen. Doch es hatte bisher nicht sein sollen. In einem Jahr fesselte ihn eine fiebrige Sommergrippe ans Bett, im anderen fiel der ersehnte Tag auf den neunzigsten Geburtstag seiner Schwiegermutter, den er sträflicherweise vergessen hatte.

So liebäugelte er in diesem Jahr wiederum mit der Vorstellung daran teilzunehmen. Beim Einpacken seiner Laufschuhe, der heißgeliebten maritimen Shirts, die er immer zum Joggen trug und des übrigen Equipments, reifte sein Entschluss. Schon sah er vor

seinem geistigen Auge jubelnde Zuschauer auf der Strandpromenade stehen, sich selbst kraulend mit den Wellen kämpfend und schließlich die Ziellinie passieren.
Es war beschlossene Sache. In diesen zwei Wochen würde er trainieren, sich selbst übertreffen und sich noch vor Ort zum Wettkampf anmelden. Komme was da wolle.
Ungewollt klangen ihm Feodoras Worte in den Ohren. Nicht nur einmal hatte er sich mit ihr über dieses Event unterhalten. Hatte versucht ihr seine Insel schmackhaft zu machen, schließlich hatte diese außerhalb der Laufveranstaltung auch vieles mehr zu bieten. Doch weder Wellness im Thalasso noch Inselshopping konnten sie animieren ihn einmal zu begleiten.
Erst vor kurzem sagte sie belustigt: „Na, wenn du meinst, dass so alte Herren eine Startnummer bekommen? Also mir musst du nichts beweisen Winni. Ich liebe dich auch ohne sportliche Auszeichnung." Dabei hatte sie ihm liebevoll über die Wange gestrichen und ihm einen fordernden Kuss zugehaucht. Daraufhin war das Thema vom Tisch gewesen. „Alter Herr! Das ich nicht lache", dachte er. Dabei war er gerade einmal Mitte Fünfzig. In den besten Jahren also. Von Midlife-Crisis keine Spur. Kurzentschlossen zog er sein T-Shirt und seine Jeans aus, unterzog sich vor dem Schlafzimmerspiegel einer genauen Betrachtung und posierte wie ein Bodybuilder. Bis auf einige wenige Körperstellen, die es noch nötig hatten mit Muskelmasse ausgepolstert zu werden, war er sehr zufrieden. Die zwei vor ihm liegenden Wochen würden ihm genug Zeit geben auch daran noch herumzufeilen. Feodora würde ihn nicht wiedererkennen.

Ulf B. Stikkert. Das war sein Name. Eigentlich Ulf Berthold Stikkert. Doch für ein Buchcover war dieser Name natürlich viel zu lang. Er würde ihn kürzen müssen, so wie es andere Autoren auch taten. Lieber wäre ihm allerdings ein gänzlich neuer Name. Geschmeidig sollte er sein. Gut über die Lippen musste er gehen.

Vielleicht ein Pseudonym, um unbekannt zu bleiben. Ulf wägte ab, kam jedoch wie schon oft zu keinem abschließenden Ergebnis. Stattdessen malte er sich sein Leben als Bestsellerautor in leuchtenden Farben aus. Beseelt vom Übermaß dieser Glücksgedanken griff er gedankenverloren erneut nach der Weinflasche, wurde niederschmetternd nochmals gewahr, dass sie leer war und ließ sie zu Boden fallen, wo sie sich in bester Gesellschaft mit den Flaschen der letzten Tage und Wochen befand.

Wieder geisterte ihm die noch nicht erdachte Kurzgeschichte durch den Kopf, die er anderen Tags abzugeben hatte. Abermals fragte er sich, wie er es nur anstellen sollte, eine bisher nicht dagewesene, unverwechselbare Geschichte zu erfinden, die die Leser begeisterte und an deren Ende bestenfalls ein Happyend oder die Aufklärung aller Widrigkeiten thronte. Schon zum jetzigen Zeitpunkt war seine eben entworfene Story zu düster für das Klatschblatt, für das er schrieb. Hieß, selbst im fertigen Zustand würde sie nicht abgedruckt werden. Schließlich hatte die Leserschaft eine gewisse Erwartungshaltung und durfte nicht vergrault werden. Doch seine Story war gut, da war er sich sicher, wenn auch für seine Herz-Schmerz-Leser vollends ungeeignet.

Ulf wusste, er würde noch in dieser Nacht eine dieser austauschbaren Liebesgeschichten erspinnen müssen, die er schon zu Hauf zustande gebracht hatte. Allein der Gedanke daran widerte ihn an. Er konnte und wollte sich Derartiges nicht mehr ausdenken, geschweige denn es zu Papier bringen. Er hatte genug davon, ein für alle Mal. Dennoch klappte er den Laptop wieder auf, überlegte, starrte gebannt auf den Bildschirm und schon wanderten seine Augen von neuem die Zeilen des Krimis entlang. Die Zeit verstrich. Minuten wurden zu Stunden, in denen er seinen Worten Schliff und seinem Bösewicht zwei weitere Opfer an die Hand gab. Schließlich schob er das düstere, fast vollendete Machwerk widerwillig in den Ordner, den er mit Namen „das Grauen“ betitelt hatte. Dort reihte es sich ein in die Heerschar unzähliger weiterer angsteinflößender Hirngespinste, die sämtlichst darauf warteten endlich veröffentlicht zu werden. Erst dann machte er sich lustlos an seine eigentliche Arbeit.

Doch unter dem Druck des drohenden Abgabetermins für die noch nicht erfundene Techtelmechtel-Geschichte, wollte ihm nichts einfallen. Ein kleiner Schluck des köstlichen Roten hätte ihn vielleicht dazu bewegt wenigstens einen langweiligen Textanfang zu erfinden, aber die Flasche war leer. Es war wie verhext. Es funktionierte einfach nicht mehr. Schon vor dem letzten Abgabetermin hatte er sich durch die Nacht gequält und letztlich nur vorhersehbaren Familienkitsch, den sicher nicht einmal seine eigene Großmutter – Gott hab' sie selig - vom Hocker gerissen hätte, zustande gebracht. Aber zumindest war es ihm bisher immer gelungen die geforderten Seiten termingerecht abzugeben, woraufhin er zeitnah sein mageres Honorar erhalten hatte.

Zu gerne würde er das ganze Liebesgeschreibsel einfach hinschmeißen und sich fortan nur noch mit seinen Krimis oder den Psycho-Storys beschäftigen, die ihm im Kopf herumtobten. Doch er brauchte diese Einnahmequelle. Er hatte keine andere. Außerdem war er mit der Miete für seine Ein-Raum-Wohnung bereits zwei Monate im Rückstand und sein altersschwacher Citroen zickte auch schon seit längerem herum. Zudem schrie sein Kleiderschrank bereits, wenn er ihn nur ansah nach neuen Klamotten. Gleichwohl landete sein frisch verdientes Honorar stets im Geldbeutel der Weinhandlung um die Ecke.

Ulf kannte keinen Ort, an dem er sich jemals wohler gefühlt hatte, als zwischen den Weinflaschen, den Kisten und Kästen. Zwischen den Etiketten naher und ferner Länder, umringt von alten Weinfässern, die als Tische dienten und auf denen er in der Vergangenheit so manch geleertes Glas abstellte. Aber damit sollte nun Schluss sein.

Mühsame Stunden später hatte er es wider Erwarten geschafft. Ein allerletztes Mal überflog er gelangweilt die Zeilen, die keinerlei

Regung in ihm auslösten. Schlussendlich drückte er auf „Senden" und weg war sie, die frischgebackene Schmonzette. In der Hoffnung, dass seinem Lektor diese neue Schnulze gefiel, schüttelte er sich angewidert, stand auf und dehnte seinen eingerosteten Körper. Schließlich nahm er sein zerschlissenes Jackett von der Garderobe und verließ die Wohnung.

Norddeich schlief. Müde lag es zu Füßen der Nordsee. Ulf schloss die Augen und sog die frische Nachtluft ein. Meer-, Watt-, Wiesenaroma. Das war es, was er brauchte, um den Kopf freizukriegen. Und Bewegung natürlich. Sonst nichts.

Zügig marschierte er voran. Außer ihm waren nur vereinzelte Nachtschwärmer unterwegs. Er liebte diese Zeit zwischen Mitternacht und Morgengrauen. Es waren immer seine produktivsten Stunden gewesen. Sei es im Schreiben der verhassten Kurzgeschichten als auch im Aufreißen hübscher Frauen. Wobei Letzteres eine Ewigkeit zurückzuliegen schien und so, wie er derzeit aussah, war an ein amouröses Intermezzo nicht im Entferntesten zu denken.

Mit weit ausladenden Schritten hielt er auf Norddeich Mole zu. Dort angekommen setzte er sich auf eine Bank und wartete auf den Augenblick, in dem das Meer aus der Dunkelheit erwachte, um den Tag zu begrüßen. Müde döste er vor sich hin und dachte über sein Leben nach.

Er wusste, dass es so mit ihm nicht weitergehen konnte, dass er sich nicht weiterhin mit dem Schreiben dieses Liebesgefasels und ständig wechselnden Gelegenheitsjobs über Wasser halten wollte. Wobei der letzte Job, den er an Land gezogen hatte, eigentlich gar nicht so schlecht gewesen war. Tatsächlich hatte er mehrere Wochen bei einer Entrümpelungsfirma durchgehalten. Im Grunde genommen war diese Arbeit wie für ihn wie gemacht gewesen. Nur anpacken, heben, tragen, wegschmeißen. Das war alles. Nichts weiter. Gehirnschmalz benötigte er nicht. Den hatte er sich bis zum Abend aufsparen können und glücklicherweise flutschten dann auch die Herz-Schmerz-Geschichten.

Auch zum Thema Haushaltsauflösungen und Messie-Wohnungen wusste er mittlerweile alles. Auf diesem Gebiet machte ihm so leicht niemand mehr etwas vor. Es gab nichts, was es nicht gab, das war ihm bei diesem Job klar geworden. Und eigentlich wäre auch alles perfekt gewesen, wenn nur sein Magen die vielen unterschiedlichen, teils ekelhaften Gerüche ertragen hätte. Doch immer öfter zwang ihn seine Übelkeit über altersschwache, nicht gerade vor Sauberkeit strotzende Kloschüsseln. Schließlich hatte er sich nicht mehr anders zu helfen gewusst und sich allmorgendlich mehrere Flachmänner in die Jackentasche gesteckt, da er keinerlei Lust verspürte noch eine einzige weitere Kloschüssel von innen zu begutachten. Dies war das einzige Mittel, das seinen Magen zur Raison brachte.

Aber sein Plan ging nicht auf. Zwar blieb die Übelkeit aus, doch erwischte sein Chef ihn, als er gerade einen Schluck aus einer der Flaschen nahm und so verlor er den Job kurzerhand.

Nun musste er wieder von neuem anfangen und sehen, wie er zu Geld kam. Und obgleich er in dieser sternenklaren Nacht, nicht daran denken wollte, steuerten seine Gedanken immer wieder in eben diese Richtung. Schon sah er sich als Bittsteller von Haus zu Haus tingeln und nach Arbeit fragen. Wenn gar nichts mehr ging, musste er eben wieder in den Mülleimern nach Pfandflaschen suchen. Zwar konnte er sich durch diese Einnahmequelle weder leisten zu leben noch zu sterben, aber um seinen Kaffee- und Alkoholkonsum zu stillen hatte es bisher immer gereicht.

Auf der Suche nach einem unbenutzten Taschentuchzipfel fand er in der Innentasche seines Jacketts den Brief, den er vor einigen Tagen aus seinem Postkasten gefischt und noch nicht geöffnet hatte. Blöderweise hatte er den Schlüssel für diese alte verrostete Kiste verloren. Da er das Schloss aber keinesfalls beschädigen wollte, hatte er den Brief und Rechnungen, die er eh nicht bezahlen würde sowie überflüssige Werbung mit den Händen aus dem Briefschlitz herausgefingert. Schon bei dem Gedanken an diese Aktion, schmerzte sein aufgescheuerter Handrücken und er überlegte den Kasten in Zukunft nur noch einmal im Monat zu leeren.

Nun also dieser Brief. Auch ohne ihn gelesen zu haben, wusste er, was darin stand. Es konnte sich nur um die Einladung zum Klassentreffen handeln. Warum sonst sollte ihm Ben Hobrecht, sein Freund aus Schulzeiten, der strebsamste unter den Schülern, der lebenslange Klassensprecher, schreiben. Wenn er sich nicht irrte, waren tatsächlich schon vierzig Jahre vergangen, seitdem sie alle die Schule verlassen hatten. Diesmal also eine runde Feierlichkeit, die sicherlich gebührend gefeiert werden sollte.

„Vierzig Jahre", flüsterte er dem Meer entgegen. Konnte das wirklich wahr sein? Waren wirklich vier Jahrzehnte vergangen, seitdem sie sich ewige Freundschaft geschworen und sich dann doch so gut wie aus den Augen verloren hatten? Ben, Tjark, Boris und er. Nicht zu vergessen Eva und Rieke. Eine schöner als die andere. Als wäre es gestern gewesen, sah er sie vor sich. Eva mit ihren rehbraunen und Rieke mit den strahlendblauesten Augen, die er jemals sah. Ulf hoffte, dass es ihnen allen gut ging. Dass sie wieder dabei sein würden. Auch hoffte er, dass niemand von ihnen Mutter Erde bereits aus einer tiefergelegten Perspektive betrachtete.

Ein Schauer lief ihm über den Rücken. Mit Schrecken dachte er daran, dass er bald Geburtstag hatte. Sechzig würde er werden. In zwei Monaten schon. Unglaublich! Ulf schüttelte sich. Er würde diese Zahl nicht feiern. Erstens, weil er auch dazu keinen Cent übrig hatte. Zweitens, da er gar nicht gewusst hätte, wen er außer seinem Freund Peer hätte einladen sollen. Letztlich, weil ihm einfach nicht nach Feiern zumute war.

Noch immer hielt er den Brief in der Hand. Nachdenklich öffnete er ihn und überflog die Zeilen im Schein der Straßenlaterne.

„Bevor uns die Zukunft noch schneller davonläuft, lasst uns an der Vergangenheit festhalten und die Gegenwart feiern." Ulf selbst hätte eine Aufforderung zur Teilnahme an diesem Treffen nicht auffordernder formulieren können. Fast beneidete er Ben für seine überaus gelungene Wortwahl.

Diesmal war wieder Norderney dran. Immer schön der Reihe nach. Genau wie in den vergangenen Jahrzehnten, würde auch dieses Klassentreffen wieder auf einer der Ostfriesischen Inseln stattfinden. Es war mittlerweile das achte Treffen, das Ben organisierte und bereits das zweite auf Norderney. Alle anderen Inseln waren schon an der Reihe gewesen. Es ging also in die zweite Runde.

An das Klassentreffen vor fünf Jahren auf Juist hatte er kaum eine Erinnerung. Schon fragte er sich, ob er überhaupt dabei gewesen war. Doch kratzte der Widerhall einer Fährüberfahrt an seinen Gedanken. Auch meinte er sich zu entsinnen mit Boris und einer Flasche Friesengeist gut Freund gewesen zu sein. Das war aber auch schon alles. An Rieke und Eva erinnerte er sich nicht. Zu schade eigentlich.

Vorsichtig verschwand das Dunkel der Nacht und gab dem Morgen den Weg frei. Hell und grau lag sie vor ihm, seine Nordsee. Fast windstill küsste der Himmel die jungfräulichen Wellen. Schweren Herzens machte er sich auf den Weg zurück zu seiner Wohnung. Ein wenig Schlaf würde ihm guttun. Mit einem erholten Geist fiele ihm sicher ein, wie er schnellstmöglich in den nächsten Tagen zu Geld kommen konnte. Hätte er den Brief bloß schon eher gelesen und nicht in seiner Jackentasche vergessen. Dann wäre ihm entschieden mehr Zeit geblieben sich das nötige Kleingeld für diesen Trip zu organisieren. Nun stand das Treffen kurz bevor, denn der Termin fiel schon auf das kommende Wochenende.

Er wusste, dass ihm etwas einfallen musste und er spielte mehrere Möglichkeiten durch. Wobei er sich auf sein schmales Autorenhonorar für die gerade abgesandte Geschichte nicht verlassen wollte, da es im Leben nicht für einen oder zwei Tage auf Norderney reichen würde. Absolut außer Frage stand, dass er fahren würde. Nicht auszudenken, wenn er diese Feier verpasste. Wer wusste schon, wie viele von der Sorte er noch erleben durfte. Undenkbar, wenn er nur des Geldes wegen seine alten Freunde nicht wiedersah. Ihm musste etwas einfallen und das würde es auch.

3. Kapitel

Er hatte es geschafft. Stolz war er zwar nicht auf seine Leistung, aber zumindest war es ihm gelungen das nötige Geld für die Überfahrt zusammenzukratzen. Ganz Norddeich hatte er in den vergangenen Tagen nach Pfandflaschen durchforstet, bei verschiedenen alten Damen Rasen gemäht, Unkraut gezupft, obwohl er nichts mehr hasste als Gartenarbeit. Auch hatte er eine Küche tapeziert und gestrichen, wobei das Resultat weder den Besitzer noch ihn selbst zufriedenstellte. Schließlich zwang er sich mehrere Schnulzen zu erspinnen und schickte sie unaufgefordert an den Verlag. Auf mehrfaches Bitten und Flehen erhielt er glücklicherweise kurzfristig einen Honorarvorschuss, wobei in den Sternen stand, ob diese Storys überhaupt abgedruckt werden würden. Diesen Geldsegen hatte er einzig und allein seinem fürsorglichen Lektor zu verdanken, der sehr wahrscheinlich ein gutes Wort für ihn eingelegt hatte.

Zwar konnte er trotz dieser Geldspritze immer noch nicht seine rückständige Miete zahlen, aber zumindest für den anstehenden Kurztrip nach Norderney war er ein gemachter Mann. Sogar für eine Jeans, ein Oberhemd und ein Jackett hatte es gereicht. Wobei er sich nicht dafür schämte in einem Secondhandladen eingekauft zu haben. An solcherlei Gefühlsduseleien verschwendete er für gewöhnlich keinen Gedanken. Eine Übernachtung auf der Insel würde er sich allerdings nicht leisten können, was ihn jedoch ebenso wenig störte, da er gar nicht vorhatte zu schlafen. Durchfeiern wollte er. Schlafen konnte er auch, wenn er eines Tages in der Kiste lag.

Die Fähre legte pünktlich ab, verließ das Norddeicher Hafenbecken und schipperte dem Eiland entgegen. Noch hatte er keinen seiner ehemaligen Klassenkameraden entdeckt, was sicherlich auch daran lag, dass er die erste Fähre des Tages genommen hatte. Schließlich sollte es sich lohnen, wenn er es sich schon leistete überzusetzen. Er wollte den Tag in voller Länge auskosten.

Sehnsüchtig blickte Ulf von seinem Platz am Oberdeck in Richtung Insel. Frühnebel hing wie ein Schleier über dem Meer und versperrte ihm die Sicht. So sehr er sich auch anstrengte, außer Möwen, die pfeilartig aus den Nebelschleiern hervorschossen, konnte er nichts erkennen.

Für einen kurzen Moment schloss er die Augen, schlief ungewollt ein und wachte erst wieder auf, als das Schiff bereits parallel zur Insel fuhr. Angesäuert, fast die gesamte Überfahrt verschlafen zu haben, räkelte er sich und stand auf, bevor er noch ein weiteres Mal einschliefe. Doch hatte ihm dieses Schläfchen gutgetan und er fühlte sich frischer als zuvor, fast wie neugeboren.

Zu lange war er nicht mehr hier gewesen. Schon der Blick von der Fähre auf die nun greifbar nahe Insel versetzte seinem Herzen einen Sprung. Was für ein Panorama! Hier fügten sich alt und neu wirklich gut zusammen. Die Baumeister der Vergangenheit und Gegenwart waren Meister ihres Handwerks gewesen, da war sich Ulf sicher. Alte Häuser aus Kaisers Zeiten im strikten Gegensatz zu Hochhäusern der Neuzeit, die trutzig aus dem Boden emporragten. Altbauten in neuem Glanz. Weit entfernt der Leuchtturm, dessen schlanke Taille ein Nebelmantel umhüllte. All dies erfasste er mit einem Blick, ebenso die Frühaufsteher, die mit gefüllten Brötchentüten die Promenade entlangschlenderten, die Herrchen und Frauchen mit ihren Vierbeinern sowie etliche Jogger.

Einen kurzen Schlenker später, dockte die Fähre an und der neue Terminal bereitete den Ankommenden einen gebührenden Empfang. Zwar hatte Ulf diesen futuristischen Neubau bereits in diversen Zeitungen abgelichtet gesehen, doch keines der Fotos hatte die Empfangshalle in voller Größe im Visier gehabt. Eigentlich mochte er Veränderungen nicht besonders und wenn es nach ihm gegangen wäre, hätte dieser Hafen auch gar keine neue

Ankunftshalle gebraucht. Dennoch gefiel sie ihm und er war sich sicher, dass die Norderneyer auf diese Neuerung stolz waren.

Er kehrte dem Terminal den Rücken und spazierte an der Deichkante Richtung Weststrand. Dort hockten tatsächlich zu dieser frühen Stunde schon vereinzelte Urlauber in ihren angemieteten Strandkörben, lasen Zeitung oder schliefen in den Morgen hinein. Nur einen kurzen Moment überlegte er, ob auch er sich einen Strandkorb mieten und eine Zeit lang dem Nichtstun frönen sollte. Doch er verwarf diesen Gedanken. Schließlich hatte er nicht vor, dermaßen achtlos mit seinem mühsam erworbenen Reisegeld umzugehen. Wer wusste schon, wozu er es noch brauchen würde. Außerdem empfand er es als entschieden zu viel Luxus im Strandkorb zu posieren, wenn er ebenso im warmen Sand sitzen konnte.

Weit ausschreitend marschierte er die herrschaftliche Promenade des Weststrands entlang, schaute rein interessehalber nach den Öffnungszeiten und Eintrittspreisen des Bademuseums, obwohl er gar nicht zur Gattung Museumsbesucher gehörte. Doch wollte er informiert sein, was es auf der Insel an Neuerungen gab und womit sich Urlauber ihre Zeit vertrieben. Außerdem fühlte er sich, wie er dort vor der noch geschlossenen Eingangstür stand, um Jahre zurückkatapultiert. So erinnerte er sich, dass in diesem Gebäude einst das Norderneyer Freibad beheimatet war. Sofort fiel ihm das allererste Klassentreffen ein. Augenblicklich schossen ihm unzählige Bilder durch den Kopf. Er sah sich und seine Freunde. Bewunderte voller Stolz ihre jungen muskulösen Körper, die sonnengebräunt miteinander konkurrierten. Fast meinte er die ausgelassene Stimmung spüren zu können. Auch hatte er es noch genau vor Augen, wie sie sich kühn in die Fluten des Schwimmbads stürzten. Ganz darauf bedacht die volle Aufmerksamkeit der jungen Damen, insbesondere natürlich Eva und Rieke, auf sich zu lenken.

Andererseits versetzte ihm dieser Rückblick einen Stich ins Herz, als er erkannte, dass sein Leben seitdem alles andere als gradlinig verlaufen war. Keinesfalls so, wie er es sich einstmals erträumte. Daher wandte er sich ab und wanderte weiter. Entlang der Promenade, passierte er die „Giftbude". Das Kultlokal mit Meeresblick, das Ben für das Klassentreffen auserkoren hatte. Da es noch nicht geöffnet hatte, warf er lediglich einen kurzen Blick auf die Speisekarte, beäugte durch die bodentiefen Fenster den Innenraum und spazierte gut gelaunt weiter.

Wie erwartet glänzte ihm das Kupferdach der Marienhöhe, schon aus einiger Entfernung entgegen und es war ihm unmöglich, sich ihres anmutigen Erscheinungsbildes zu entziehen. Der Gedanke an ein kräftiges Frühstück mit Krabbenrührei, Ostfriesentee und unverbautem Seeblick beflügelte seine Sinne. Von aufkommendem Hunger angetrieben kämpfte er sich, unsportlich wie er war, die kleine Anhöhe hinauf, nur um letztlich festzustellen, dass dieses kulinarische Kleinod ebenfalls noch geschlossen hatte.

Wehmütig schaute er wiederum durch eines der Fenster. Auch hier hatte sich einiges getan. Das Flair des vergangenen Jahrhunderts war verbannt worden und gehörte dem Gestern an. Doch der neue Style gefiel ihm mehr als gut und er war fest entschlossen, hier später auf jeden Fall einen Tee zu trinken. Natürlich nur, wenn es seine Zeit erlaubte.

Zwischenzeitlich hatte sich der Nebel aus dem Staub gemacht und einen sonnigen Blick bis zum Horizont freigegeben. Sogar die Nachbarinsel Juist war mit bloßen Augen zu erkennen.

Mehrere hundert Meter Fußmarsch weiter erreichte er die Georgshöhe, von der er einen bemerkenswerten Ausblick über die Insel genoss. Gestochen scharf ragte der Leuchtturm, in kilometerweiter Entfernung, aus dem Norderneyer Dünenparadies hervor. Fasziniert von der Weitsicht und ganz in Gedanken versunken bemerkte er noch nicht einmal, dass er nicht mehr allein auf der

Aussichtsplattform war und begann daher gewohnheitsmäßig mit sich selbst zu reden.

„Eine Schande, dass ich so lange nicht mehr hier war."

Gerade als er weiter vor sich hin murmeln wollte, unterbrach ihn eine ihm bekannte Stimme.

„Tja, du warst ja schon immer ziemlich blank, wenn ich mich recht erinnere. Da kannst du dir einen Urlaub sicher nicht so oft leisten."

Erschrocken drehte er sich um und sah in das grinsende Gesicht seines alten Schulfreundes, Tjark Steffens.

„Ich glaube es ja nicht! Was machst du denn hier?", entfuhr es ihm

„Na, was denkst du denn? Dasselbe wie du wahrscheinlich. Oder bist du nur rein zufällig auf der Insel und kommst nicht zum Klassentreffen?"

„So ein Quatsch. Natürlich komme ich. So meinte ich das auch gar nicht."

„Bin ein bisschen früh dran", erklärte Tjark. „Dachte, ich sehe mich noch etwas um. Ist eine Ewigkeit her, dass ich das letzte Mal hier war. Hat sich ja eine Menge getan."

„Mit welcher Fähre bist du gekommen? Auch mit der ersten?", wollte Ulf wissen.

„Bist du verrückt? Die ging ja schon um sechs in der Frühe. Nein, ich bin erst zwei Stunden später los."

„Ich bin schon um sechs rüber geschippert."

„Wow! Gehörst jetzt zu den Frühaufstehern oder was? Soweit ich mich erinnere, bist du um die Uhrzeit damals immer erst ins Bett gekrochen", neckte ihn Tjark.

„Das ist lange her", antwortete Ulf knapp.

„Hast du die anderen schon irgendwo gesehen?", fragte Tjark weiter und bemerkte dabei nicht, dass Ulf in Ruhe den Ausblick genießen wollte und er ihm mit seiner anhaltenden Fragerei auf die Nerven ging.

„Nein, habe ich nicht.“

„Und? Was hast du jetzt vor?“

„Wollte einfach noch ein bisschen rumgucken“, antwortete Ulf leicht gereizt.

„Hast du nicht schon genug geguckt? Bist doch schon ganze vier Stunden hier.“

Dabei tippte Tjark mit dem Zeigefinger auf das Ziffernblatt seiner offensichtlichen Designeruhr.

„Wir haben noch zwei Stunden Zeit, bevor es losgeht. Da könnten wir doch schon mal einen Absacker irgendwo nehmen. Wie wäre es mit der Milchbar? Oder wir gehen gleich in die Giftbude, die müsste meines Wissens jetzt wohl geöffnet haben“, schlug Tjark begeistert vor.

„Ach nein. Lass mal. Ich glaube ich gehe noch ein Stückchen am Strand lang und halte meine Füße ins Wasser.“

„Ist das dein Ernst? Also, wenn ich dich nicht leibhaftig vor mir sehen würde, dann würde ich denken, du bist es gar nicht, sondern dein Zwillingsbruder. Aber soweit ich weiß, hast du ja keinen.“

„Ist alles gut. Ich möchte nur gerne noch ein bisschen herum spazieren.“

„Jetzt weiß ich was du vorhast. Und du meinst, eine Stunde reicht dafür?“, stocherte Tjark weiter und schaute seinen alten Freund verschmitzt an.

„Ich weiß nicht, wovon zu sprichst!“, entgegnete Ulf.

„Ja, ist klar. Ich weiß Bescheid. Mach du mal noch schnell ‘ne Schnitte klar und dann treffen wir uns nachher in der Giftbude.“

Erst jetzt dämmerte es Ulf, was Tjark meinte. Er nahm tatsächlich an, dass er noch irgendeine x-beliebige Frau aufreißen wollte und mit ihr … Er schüttelte sich. Daran hatte er nun überhaupt keinen Gedanken verschwendet. Diesen Ulf, den Tjark noch zu kennen glaubte, gab es schon lange nicht mehr. Jetzt gab es nur noch Ulf-Berthold Stikkert, der in seinen gerade neu erworbenen Secondhandklamotten und mit abgezähltem Bargeld im Geldbeutel froh war, sich endlich einen Tag lang keine Sorgen machen zu müssen.

„Na, ich geh dann mal. Wir sehen uns dann später“, verabschiedete sich Tjark und Ulf war froh wieder allein zu sein. Wobei er nicht im Geringsten mehr allein auf der Georgshöhe war, denn zwischenzeitlich war dieser Aussichtspunkt mit Urlaubern übersäht.

Vorbei am Minigolfplatz spazierte er dem Ende der befestigten Strandpromenade entgegen. Als er den Sandstrand erreichte, zog er Schuhe und Strümpfe aus und wanderte barfuß weiter, immer am Meeressaum entlang Richtung Osten. Je länger er unterwegs war, desto weniger Spaziergänger sah er. Den Blick starr geradeaus gerichtet, marschierte er voran. Schließlich war er soweit gekommen, dass er die östlich von Norderney liegende Insel Baltrum mit bloßem Auge sehen konnte.

Nach einiger Zeit spürte er, wie die Anspannung der letzten Wochen von ihm abfiel. Sich einen ganzen Tag lang einmal keine Sorgen machen zu müssen, wie er seinen Lebensunterhalt bestreiten sollte, empfand er als Hochgenuss. Auch fand er Gefallen am Barfußlaufen. Auch das hatte er schon seit ewigen Zeiten nicht mehr getan.

Auf jeden Fall bestärkte ihn dieser ausgedehnte Spaziergang in seinem Vorhaben keinen Alkohol mehr zu trinken und sich auf seinen Job zu konzentrieren, um in Zukunft wieder ein geregeltes Leben führen zu können. Andererseits wurde ihm klar, dass er den Beginn der Klassenfeier und damit auch Bens Eröffnungsrede bereits verpasst hatte.

„Shit happens“, rief er den Dünen entgegen, als er den Strandübergang an der „Weissen Düne“ passierte, woraufhin ihm mehrere in den Strandkörben der Restauration sitzende Sonnenanbeter, fragend entgegensahen.

Er fühlte sich gut. Jeder einzelne Schritt, den er voreinander setzte, schien ein Schritt in eine neue Zeitrechnung zu sein. Immer mehr geriet die Klassenfeier ins Hintertreffen und gewann an Belanglosigkeit. Mit offenen Augen ging er den Pfad zwischen den Dünen entlang, sah den Strandhafer und die Behausungen der Inselkarnickel und sog jeden Luftzug ein, als wäre es sein letzter. Schließlich entschied er sich, dem Leuchtturm einen Besuch abzustatten, auch wenn das seinen Zeitplan noch mehr sprengte. Nur kurz überlegte er den Inselbus an der nächsten Haltestelle zu nehmen, dann schwenkte er um und setzte sich wieder in Bewegung.

Der Leuchtturm hielt, was er von außen versprach. Zwar war es für Ulf eine massive Herausforderung die Wendeltreppe zu erklimmen, doch wurde diese körperliche Höchstleistung durch den dann folgenden phänomenalen Ausblick über die Insel gekrönt. Dafür nahm er gern die Blasen und die damit einhergehenden Schmerzen an seinen Füßen in Kauf.

Einmal mehr fühlte er sich bestätigt, sein Leben neu in Angriff nehmen zu wollen. Schließlich hatte er heute schon mehreren Versuchungen die Stirn geboten. Weder hatte er Schnaps mit Tjark getrunken noch sich irgendeiner Frau an den Hals geworfen, wie er es in früheren Zeiten getan hatte. Er war gewandert, so weit wie lange nicht mehr und er hatte den Leuchtturm bezwungen. Stolz und guten Mutes machte er sich auf den Weg Richtung Giftbude, in der das Klassenfest bereits in vollem Gang war.

4. Kapitel

Immer wieder rief Hauptkommissar Erwin Holle sich diesen einen Satz ins Gedächtnis. „Laufe so langsam wie möglich, so schnell wie erforderlich.“ Was auch immer der Sportmediziner, an dessen Namen er sich nicht mehr erinnerte, damit in seinem Zeitungsartikel hatte aussagen wollen. Holle wusste es nicht. Daher interpretierte er ihn ganz nach seinem Ermessen und nahm sich vor, es ruhig angehen zu lassen und erst nach einigen Kilometern zum Sprint zu wechseln.

So erschöpft er vor wenigen Tagen auf Norderney angekommen war, so erholt war er bereits jetzt, nach so kurzer Zeit. Allein der Abstand zum Festland schien ihn zu entspannen. Dass es für ihn einen Unterschied machte, ob er auf einer Insel oder am Festland den Urlaub verbrachte, wusste er schon lange. Daran hatte er mehrere Jahre herumexperimentiert und schließlich herausgefunden, dass er sich nur in richtiger Urlaubsstimmung befand, wenn er von einer Insel zum Festland hinüberblicken konnte und nicht andersherum. Irgendwie gab ihm der Blick aufs Festland das Gefühl nicht greifbar zu sein. Durch die Weite des Meeres schien der Abstand zum Alltag größer zu werden. Am besten fühlte er sich jedoch, wenn er das Festland gar nicht mehr sah. Dann verschwendete er so gut wie keine Gedanken an Zuhause oder an seine Auricher Kollegen. Aber darüber wollte er jetzt nicht weiter nachdenken.

Was Feodora betraf, so hatten sie eine strikte Abmachung getroffen. Besser gesagt, Feodora hatte diese Vereinbarung ins Leben gerufen. Ihm wäre so etwas im Traum nicht eingefallen. Die Vereinbarung besagte, dass sie während ihrer Urlaube weder miteinander telefonierten noch WhatsApp schrieben. Von Briefen, wie sie sich sie vor über fünfundzwanzig Jahren geschrieben hatten, war schon gar nicht die Rede. Ausgenommen davon waren natürlich unvorhergesehene Vorkommnisse, die es unbedingt erforderlich machten, miteinander zu kontakten. Feodora meinte, das würde die Lust aufeinander steigern und eine Steigerung, das gestand auch er sich ein, war mittlerweile sehr von Nöten. Daher unterwarf er sich Jahr für Jahr ihrer Idee und schon bald fand auch er Gefallen daran und es machte ihm nichts mehr aus, geschlagene vierzehn Tage lang nicht zu wissen, was seine Frau so trieb. Letztlich war Feodoras Plan immer aufgegangen. Wenn sie aus ihren Urlauben zurückkehrten, waren sie entspannt und freuten sich aufeinander. Zwar waren sie sich dann anfangs immer etwas fremd, doch auch das hatte seinen Reiz. So empfand er es zumindest. Wie Feodora fühlte, wusste er nicht. Wenn sie sonst auch bis zur Unerträglichkeit quasselte, aus ihren Gefühlen machte sie ein Geheimnis. So war sie. Er kannte sie nicht anders.

Doch an all das wollte er jetzt nicht denken. Nichts sollte ihn an diesem frühen Morgen stören. Nichts aus der Ruhe bringen. Endlich würde er die Strecke durch die Dünen bis zum östlichsten Punkt der Insel laufen. Wie oft er sich diesen Abschnitt schon vorgenommen und ihn dann doch wieder ad acta gelegt hatte. Entweder hatte das Wetter nicht mitgespielt oder seine Dienststelle hatte ihm einen Strich durch die Rechnung gemacht. Schon kam ihm der Insellauf, an dem er im vergangenen Jahr teilgenommen hatte in den Sinn. Auch bei diesem klingelte, kurz bevor er die zehn Kilometerstrecke geknackt hatte, sein Handy und er wurde unverzüglich ans Festland abkommandiert. Heute schien jedoch alles ruhig.

So ließ er die Tür seiner kleinen Ferienwohnung ins Schloss fallen, machte ein paar Dehnübungen, lief Richtung Hafen und durchquerte im Anschluss die Straße „Alter Horst“. Leichtfüßig joggte er den Rad- und Gehweg „Habenpatt“ entlang, sah unzählige Karnickel rechts und links des Weges herumtollen, traf Urlauber die sich mit ihren Koffern abmühten und sich sowohl auf dem Weg zum Hafen als auch in Richtung Stadt befanden. Sein erstes Ziel war der Barfußpfad am Gondelteich. Von dort ging es weiter Richtung Nordbadestrand. Bis dahin kam er nur mühsam voran, da scheinbar die Gesamtheit der Norderneyer Urlauberschaft genau in diese Richtung unterwegs zu sein schien. Wahrscheinlich würde es einen immensen Run auf die Strandkörbe geben. Am Strand angekommen lief er barfuß am und im Wasser entlang, dann steuerte er den Rad- und Wanderweg „Zuckerpad" in den Dünen an. Nach und nach wurde sein Lauf geschmeidiger und pendelte sich in einem gleichmäßigen Tempo ein. Für die Dünenetappe nahm er sich vor, intervallartig wieder Gas zu geben. Gerade als er zum ersten Sprint ansetzte, klingelte sein Handy und er fragte sich, warum er es nur mitgenommen hatte. Schuld daran war die LaufApp, die er sich tags zuvor runtergeladen hatte. Außerdem, das wusste er selbst natürlich am besten, war es immer sicherer, ein Handy dabei zu haben, wenn man allein unterwegs war. Schließlich konnte er dieses nicht nur in den Präventionsstunden, die er in Aurich gab, seinen Teilnehmern vorpredigen, sondern musste sich selbst auch daran halten. Denn was für Privatpersonen galt, galt natürlich auch für Polizeibeamte. Außerdem hatte er Vorbildfunktion.

Nur einen kurzen Augenblick gelang es ihm den antiken Klingelton, den er sich im Anflug eines nostalgischen Gemütszustandes eingestellt hatte, zu ignorieren. Schließlich machte er sich bewusst, dass er sich mit allem Für und Wider für ein Leben im Polizeidienst entschieden hatte. Dass diese Entscheidung nun schon Jahrzehnte zurücklag, erschien ihm mehr als fragwürdig, da er sich jetzt mit Mitte Fünfzig eindeutig fitter fühlte, als noch mit Anfang Zwanzig. Er hatte sich wirklich gut entwickelt in diesem Job, wofür er sehr dankbar war. Von einem einstmals spillerigen Teenager ohne jegliche Muskelmasse war er zu einem muskulösen ansehnlichen Fünfziger mutiert. Im Zeitraffer betrachtet erschien es ihm gleich der gebeugten Haltung des Neandertalers zum Menschen.

Ohne Stehenzubleiben öffnete er den Reißverschluss seiner Bauchtasche und holte den Störenfried heraus. Wie angenommen, war es nicht irgendein Anrufer, sondern sein Kollege Jannis Nordmeier von der Auricher Mordkommission. Widerwillig und gereizt nahm er das Gespräch entgegen.

„He!“, schnaufte er in den Hörer.

Stille am anderen Ende. Gerade als er auflegen wollte, drang ein zögerliches leises „Ha…Ha…Hallo! an sein Ohr.

„He! Bist du das Jannis?“, rief er.

„Ja. I…I…Ich bin’s. Tu…Tu…Tut mir leid Erwin. Wollte gar nicht stö…stö…stören. Ging aber nicht a…a…anders“, hetzte dieser in den Hörer und überschlug sich fast beim Sprechen.

„Versuchs nochmal, Jannis“, entgegnete Holle.

„Du weißt doch. So wie wir es besprochen haben. Erst durchatmen, dann ganz langsam und ganz deutlich.“

Nordmeier stöhnte, atmete hörbar und begann erneut.

„Okay. Moin Erwin. Wie geht es dir? Erholst du dich gut? Und wieso meldest du dich so komisch?“

Holle brach in Gelächter aus. Das hätte er sich denken können, dass sein junger Kollege mit dieser inseltypischen Begrüßungsfloskel nichts anfangen konnte. Aber das konnte er ihm auch später noch erklären, daher ging er vorerst nicht darauf ein. Jetzt war erstmal von Interesse, warum er ihn in seinem Urlaub überhaupt störte.

„Danke der Nachfrage. Ja, bis eben ging es mir richtig gut. Und bei euch? Auch alles im grünen Bereich?“

„Ja. Nein. Ich meine…, vielleicht nicht so ganz.“

„Was denn jetzt?“

„Es tut mir leid, aber wir ha…ha…haben eine Leiche“, stotterte Nordmeier viel zu schnell darauflos.

Holle atmete durch, trippelte auf der Stelle und trabte weiter.

„Schiet! Kriegt ihr das nicht auch ohne mich gebacken? Ich habe Urlaub. Oder wurde ich mal wieder von ganz oberster Stelle abkommandiert?“

„Ja, sorry. So ist es. Tut mir entsetzlich leid“, gab Nordmeier entschuldigend zu.

„Na, wunderbar. Und wo soll ich diesmal hin?“, fragte Holle, stockte kurz, dann schwante ihm etwas.

„Jetzt komm mir nicht damit, dass der Fundort hier auf Norderney ist.“

Eine Pause entstand, Nordmeier antwortete nicht. Offenbar suchte er nach den richtigen Worten.

„Jannis“, fragte Holle, „bist du noch dran?“

„Hier bin ich“, spuckte dieser ihm stockend entgegen.

„Ob der Fundort auf Norderney ist, will ich wissen!“

„Hm. Ja. Leider Chef.“

Abrupt stoppte er seinen Lauf, wodurch ihm blitzartig das Blut durch die Adern schoss und der Schweiß nur so an ihm herunterlief.

„Entschuldigung“, würgte Nordmeier hervor.

„Nun hör in Gottes Namen auf, dich andauernd zu entschuldigen“, zeterte Holle in den Hörer.

„Okay. Entschuldigung. Mach ich nicht mehr. Wo bist du denn jetzt gerade?“

Holle sah sich nach allen Seiten um, doch rings um ihn waren nur Dünen. Da war nichts, womit er seinem inselunkundigen jungen Kollegen seinen aktuellen Standort hätte beschreiben können.

„Bin in den Dünen unterwegs. Um es genau zu sagen, auf dem „Zuckerpad“. Komme gleich am Strandrestaurant „Weisse Düne“ vorbei und dann geht's Richtung Leuchtturm.“

„Kenne ich nicht“, entgegnete Nordmeier trocken.

„Ist es denn zu fassen? Wie lange wohnst du nun schon an der Küste?“, fragte Holle.

„Fünf Jahre!?“, erwiderte dieser kleinlaut, wobei es sich eher anhörte, als wäre er sich selbst nicht ganz sicher, wie lange er schon Dienst im Norden schob.

„Und du kennst die Inseln immer noch nicht.“

„Wenn ich ehrlich bin. Nein. Nicht wirklich.“

„Und vom „Zuckerpad“, der „Weissen Düne“ und dem superbreiten Norderneyer Sandstrand hast du auch noch nie etwas gehört“, stellte Holle fest und wartete Nordmeiers Antwort gar nicht erst ab. Kopfschüttelnd wischte er sich den Schweiß von der Stirn und fragte sich insgeheim, wofür sich die jungen Leute heutzutage eigentlich interessierten.

„Okay. Schieß los. Was habt ihr? Ich will nur die Eckdaten. Keine lange Erzählung.“

„Ist klar. Wie immer alles im Stakkato.“

„Nun mach schon“, trieb er ihn an.

Und Nordmeier berichtete so knapp als möglich.

„Anruf der Dienststelle Norderney. Weibliche Leiche am Weststrand, Höhe Strandspielplatz. Urlauber in Aufregung.“

„Scheiße. Und das zur Hauptsaison!“, nuschelte Holle.

„Was hast du gesagt?“, fragte Nordmeier.

„Ach, ich habe nur laut gedacht. Ich denke, da wird gleich der Teufel los sein am Spielplatz. Kinder, Mütter, Väter, Jubel und Trubel. Und dann kommen wir mit einer Leiche daher. Das ist mehr als ungünstig.“

„Einer der dortigen Kollegen ist schon unterwegs zu dir. Mirko Fredersen heißt er. Wo genau soll er dich abholen?“

„Wie? Der ist unterwegs? Der wird doch jetzt nicht den Tatort unbeaufsichtigt lassen!“, entrüstete sich Holle, woraufhin ihn Nordmeier sofort beruhigte.

„Kollege Vorbeck, ebenfalls Dienststelle Norderney ist vor Ort. Keine Sorge.“

„Okay. Sag ihm, er soll mich an der Bushaltestelle am Leuchtturm einsammeln. Da laufe ich jetzt hin. Ist höchstens noch ein knapper Kilometer. Ich bin flugs dort."

„Gut. Er ist in Kürze da und meine Wenigkeit und Kollegin Lose machen uns jetzt auch auf den Weg. Vielleicht erwischen wir noch die nächste Fähre und…"

Doch Holle hörte gar nicht mehr zu, beendete das Gespräch abrupt und verstaute das Handy in seiner Bauchtasche. Mit gekonnter Fingerfertigkeit band er sich seine schulterlangen braunen Haare zu einem winzigen Zopf, wischte sich mit dem Schweißband die tropfnasse Stirn nur mäßig trocken und sprintete los.

Eigentlich hatte er vorgehabt, an der Weissen Düne kurz zu pausieren und die dort in den Dünen sitzende Buddha Figur für seine Frau zu fotografieren. Aber daraus wurde nun nichts.

Er fixierte den Leuchtturm, dessen roter Klinkerbau im krassen Gegensatz zum strahlendblauen Sommerhimmel stand. Mit jedem gelaufenen Meter sah er ihn deutlicher. Fast schien es, als wachse der Turm aus den Dünen empor. Wie immer, wenn er ein historisches Bauwerk sah, kramte er in seiner Erinnerung, ob er darüber schon irgendetwas gelesen hatte. Über den Norderneyer Leuchtturm, wusste er so einiges. Sogar die zweihundertdreiundfünfzig Stufen bis zur Aussichtsplattform war er schon emporgestiegen. Auch, dass der Turm Ende des neunzehnten Jahrhunderts gebaut wurde, war ihm sehr genau in Erinnerung geblieben. Schließlich war mit dem Bau exakt in dem Jahr begonnen worden, in dem auch das Reichsstrafgesetzbuch erlassen wurde. So etwas musste nach seinem Dafürhalten ein guter Polizeibeamter oder Hauptkommissar, wie er es war, einfach wissen. Zwar wurde es in Strafgesetzbuch umbenannt, doch wird auch heute noch im Wesentlichen nach diesem Gesetz Recht gesprochen. Für solcherlei Historie interessierte sich Holle schon immer. Und wenn er sich erst einmal in einer geschichtlichen Lektüre, sei es auch nur ein einfacher Flyer über irgendein altes Gemäuer, festgelesen hatte, dann ließen ihn auch Jahreszahlen und Verbindungen zu anderen Geschehnissen im gleichen Jahr nur selten los.

Die Sonne feuerte all ihre Strahlen gen Erde. Gefühlt waren es weit mehr als dreißig Grad. Kein Lüftchen wehte und er sehnte seinen unbekannten Inselkollegen mit klimadurchfluteten Dienstwagen herbei. Als er jedoch verschwitzt an besagter Bushaltestelle ankam, stand dort zwar ein Kollege in akkurater Dienstkleidung, von einem Polizeifahrzeug fehlte allerdings jegliche Spur. Stattdessen posierte dieser vor einem hellblauen VW Käfer und hielt die Beifahrertür einladend geöffnet.

Im Grunde war Erwin Holle ein friedliebender und bedachter Mensch. Ruhig, freundlich und selten aus der Ruhe zu bringen. Leider hatte Kollege Fredersen das Pech, ihn von seiner ungemütlichen Seite kennenzulernen. Noch bevor Holle den Wagen erreichte, krakelte er von weitem darauf los. „Das kann nicht Ihr Ernst sein, Herr Kollege! Das glaube ich jetzt nicht!"

Doch Fredersen, nicht erst seit gestern Insulaner und mit den rauen Seiten der See aufgewachsen, warf so schnell nichts aus der Bahn. Daher beachtete er das Gezeter des ihm bis dato unbekannten Auricher Hauptkommissars gar nicht erst und stellte sich vor, wie es sich gehörte. Ob das seinem neuen verschwitzten Vorgesetzten nun passte oder nicht.

„Willkommen auf der Insel, Herr Hauptkommissar", begrüßte er ihn freundlich. „Wenn Sie bitte einsteigen würden?"

Ohne jegliche Erwiderung tat Holle widerwillig wie ihm geheißen und bereute es augenblicklich, nicht einfach bis zum Weststrand weitergelaufen zu sein. Innerhalb von Sekunden klebte sein verschwitzter Rücken an dem Kunststoffbezug des Beifahrersitzes und die steigende Außentemperatur sorgte für eine kunststoffgeschwängerte Innenluft. Mit heruntergekurbelten Seitenfenstern und voll aufgedrehter Lüftung rauschte Mirko Fredersen gen Weststrand. Er holte aus dem alten Wagen raus, was in ihm steckte und das war nicht sehr viel.

„Warum um alles in der Welt holen Sie mich mit diesem Oldtimer ab? Wo ist Ihr Dienstfahrzeug, Herr Kollege?“, blaffte Holle ihn an.

„Jou! Bin gerade durch einen Nagel gefahren. Das war so schnell nicht zu beheben.“

„Ach, was Sie nicht sagen“, mokierte er sich.

„Sie wollen mir doch nicht weiß machen, dass Sie nur einen einzigen Einsatzwagen hier auf der Insel haben.“

„Nein. Das nicht gerade“, entgegnete Fredersen kopfschüttelnd. „Aber der zweite ist gerade zur Reparatur in der Polizeiwerkstatt in Aurich. Das kann noch etwas dauern, eh wir den wiederhaben. Und bis dahin behelfen wir uns einfach anderweitig. Das geht auch mal.“

„Ich glaube es einfach nicht“, wiederholte sich Holle. „Sowas habe ich wirklich noch nicht erlebt. Mit einem alten VW Käfer zum Tatort zuckeln. So etwas kann einem auch nur auf einer Insel einfallen.“

„Ich weiß echt nicht, was Sie haben. Ist doch noch bestens in Schuss mein Liebling“, wobei er das Lenkrad liebevoll tätschelte. „Und ob wir nun ein paar Minuten früher oder später ankommen, darauf kommt es nun wohl wirklich nicht mehr an. Oder sehen Sie das anders?“

Holle verstand nicht im Geringsten, was dieser Fredersen damit sagen wollte und hakte nach.

„Wie meinen Sie das? Es kommt nicht darauf an.“

„Na ja, die Tote ist ja schon tot“, erklärte dieser platt.

So etwas hatte er in seiner gesamten Dienstzeit noch nicht gehört. Kopfschüttelnd sah er seinen kaugummikauenden Inselkollegen von der Seite an und unzählige Erwiderungen und Maßregelungen schossen ihm durch den Kopf. Wobei an erster Stelle der Verzicht auf Kaugummis in seiner Anwesenheit stand. Dieses andauernde Gekatsche auf ein und demselben Gummilappen ekelte ihn schon immer an. Aber das konnte Fredersen natürlich nicht wissen. Holle sagte nichts. Weder zu den Kaugeräuschen noch zum elendig langsamen Vorankommen mit dem Polizeihilfsfahrzeug. Tatsächlich gestand er sich nach kurzer Überlegung ein, dass Fredersen eigentlich im Recht war. Tot war tot. Was sollte schon passieren, wenn sie etwas später am Fundort ankamen. Wäre er gar nicht auf der Insel gewesen, wäre er schließlich noch später am Tatort erschienen. Warum sich also Gedanken machen. Er seufzte, schaute aus dem Fenster, ließ sich den Fahrtwind ins Gesicht wehen, schloss die Augen und fragte sich, warum er sich eigentlich immer so aufregte. Er wusste es nicht. Oder doch? Tat es ihm vielleicht nicht so gut, zwei ganze Wochen ohne Feodora zu verbringen? Ach was. Er musste sich einfach mal richtig auspowern. Das war es, was ihm fehlte. Sich einfach mal den ganzen Stress von der Seele laufen. Doch wie sollte er das, wenn man ihn nicht in Ruhe ließ.

Im Grunde genommen war wieder alles so gelaufen wie immer. Er hatte Urlaub, wollte entspannen und wurde gebraucht. Je länger er darüber nachdachte, desto klarer wurde ihm, dass er sich die Situation, in der er gerade steckte, ganz allein eingebrockt hatte. Warum auch urlaubte er immer in greifbarer Nähe? Aber das lag auf der Hand. Er hasste lange Autofahrten. Da gab es nichts dran zu rütteln. Flugreisen kamen für ihn ebenfalls nicht in Frage. Allein bei dem Gedanken, in welch schwindelerregenden Höhen sich diese ganzen Urlaubsflieger bewegten, bekam er weiche Knie. Was das anbelangte, war er eigen. Es zog ihn nicht in die Ferne. Er liebte den Norden, das platte Land und die Menschen die hier wohnten mit all ihren Eigenheiten. Und eigentlich war Ostfriesland auch groß genug für ihn. Da gab es noch ausreichend hübsche Ecken zu erkunden.

Als Fredersen den Käfer wenig später oberhalb des Weststrands zum Stehen brachte, hatte Holles Blutdruck ein annähernd normales Niveau erreicht und auch sein Schweiß war am Körper getrocknet. Noch bevor er ausstieg, streckte er seinem neuen Kollegen die Hand zum Gruß entgegen.

„Lassen Sie uns einfach nochmal bei null anfangen, wenn das für Sie in Ordnung ist."

„Kein Problem!", erwiderte Fredersen grinsend.

5. Kapitel

Schon von weitem sahen sie die Menschentraube, die sich auf der Promenade gebildet hatte. Holle quetschte sich durch die Menge und Fredersen begann damit die sekündlich größer werdende Meute Schaulustiger im Zaum zu halten.
Am Strandspielplatz traf Holle auf einen weiteren Polizeibeamten, bei dem es sich um den Kollegen von Mirko Fredersen, Bernd Vorbeck, handelte. Wie Holle feststellte, war dieser nicht nur um einiges älter als er selbst, sondern auch um vieles schwerer und unübersehbar schwerfällig. Ordnungsgemäß versuchte Vorbeck ihn zurückzudrängen, bis er verstand, dass es sich bei dem Jogger nicht um irgendeinen dahergelaufenen Neugierigen, sondern um den sehnlichst erwarteten Hauptkommissar der Auricher Mordkommission handelte.

„Gut dass Sie da sind Herr …“

Es war Vorbeck sichtlich unangenehm, dass ihm der Name des herbeigerufenen Hauptkommissars entfallen war. Er schrieb dies seiner immensen Aufgeregtheit und der schrecklichen Situation als solcher zu.

„Holle. Hauptkommissar Erwin Holle“, stellte Holle sich vor und schüttelte Vorbeck im Vorbeigehen die Hand.

„Sie schickt uns wirklich der Himmel. Wüsste gar nicht, was wir ohne Sie tun sollten“, faselte Bernd Vorbeck und schaute dabei theatralisch gen Sommerhimmel.

„Na, dieses Dilemma hier wird Sie ja wohl nicht gleich vom Sockel putzen, Herr Kollege. Oder sagen Sie bloß, Sie haben noch nie eine Tote gesehen“, blaffte Holle ihn an, woraufhin Vorbecks sonnengerötetes Gesicht einiges an Farbe verlor.

Mit den Worten: „Kommen Sie. Schauen Sie“, griff er Holle am Arm und zog ihn zum Fundort.

„Habe die Rettungsleitstelle alarmiert. Der Notarzt ist auch schon da. Und abgesperrt habe ich auch“, berichtete er aufgeregt.

„Das haben Sie alles gut gemacht. Sehr vorbildlich, Herr Kollege“, lobte Holle ihn, da ihm nicht entgangen war, dass Vorbeck schon jetzt fix und fertig war.

„Dann gehen Sie jetzt am besten erstmal dem Fredersen oben auf der Promenade zur Hand. Ich denke, der wird Sie dort gut brauchen können. Und wenn Sie gegen die Meute da oben nicht ankommen“, und zeigte mit dem Zeigefinger in Richtung Promenade, „dann bitten Sie um Verstärkung. Sie sind ja nicht die einzigen Polizeibeamten derzeit auf der Insel. Wie ich weiß, wird hier zur Hauptsaison ziemlich aufgestockt. Also, worauf warten Sie noch. Holen Sie noch ein paar Kollegen an den Start oder rufen Sie die Feuerwehr zur Hilfe. Ist mir ganz gleich. Hauptsache Sie bringen diese Menschenmassen zur Raison. Aber ein bisschen zackig wenn möglich.“

Mit einem Blick, der vermuten ließ, dass er mehr als froh war sich einer anderen Aufgabe zuwenden zu dürfen, machte Vorbeck auf dem Absatz kehrt und kämpfte sich zur Promenade durch. Bei jedem Schritt sackten seine Füße aufgrund seines Übergewichts dermaßen in den Sand ein, dass es ihn einige Kraft kostete voranzukommen.

Noch einmal atmete Holle tief durch, spürte das angenehme salzige Prickeln der Nordseeluft, dann vergaß er die Welt um sich herum und widmete sich fokussiert seinem neuen Fall.

Jeden einzelnen Zentimeter des abgesperrten Strandabschnitts schritt er in Zeitlupentempo ab, speicherte jedes noch so kleine Detail, sog alles in sich auf, spulte einen inneren Fragenkatalog ab und beantwortete ihn lautlos und in sich gekehrt.

Leiche, weiblich, mittleren Alters. Schlank, wenn nicht gar unterernährt, schulterlanges braunes Haar, leichter grauer Ansatz, Lippen blau verfärbt. Bekleidet mit einem hellgrauen Jumpsuit, fehlender Gürtel.

Vertieft kniete er neben der Toten und scannte mit seinem Blick jeden Zentimeter ihres Körpers ein. Mangels vorhandener

Einmalhandschuhe, die Fredersen gewöhnlicherweise nicht in seinem Oldie spazieren fuhr und die Vorbeck tatsächlich vergessen hatte zum Tatort mitzubringen, musste er sich vorerst damit begnügen die Leiche anzuschauen und mit seinem Handy einige Fotos zu schießen. Als ein Schatten über die Tote fiel, schaute er auf. Ein Hüne von geschätzt zwei Metern Länge stand direkt hinter ihm und verzog keine Miene. Zu seinen Füßen stand ein Arztkoffer, was Holle augenblicklich in die Höhe schnellen ließ.

„Und? Was meinen Sie? Ach, wir haben uns ja noch gar nicht bekannt gemacht", und streckte ihm die Hand zum Gruß entgegen. „Entschuldigung. Ich war ganz in Gedanken. Holle mein Name. Erwin Holle. Mordkommission Aurich. Bin hier gerade im Urlaub."

„Angenehm. Oke Sander. Ich bin Arzt hier auf Norderney", erklärte dieser, wobei er wiederum keine Miene verzog.

„Und? Haben Sie schon etwas herausgefunden? Wie lange ist sie schon tot? Gibt es irgendwelche Anzeichen, wie sie zu Tode kam?", fragte Holle.

„Nun mal langsam", begann Sander.

„Für langsam habe ich keine Zeit", entgegnete Holle knapp, was Sander mit einem genervten Grunzen kommentierte und im Folgenden lediglich auf die Leiche hinabstarrte.

„Nun machen Sie mal hin. Sie müssen doch schon irgendetwas wissen", sagte Holle fordernd.

„Nun entspannen Sie sich erstmal, Herr Hauptkommissar. Sie sind hier im Urlaub und die Frau ist ja schließlich schon tot. Wir brauchen uns jetzt nicht überschlagen."

Holle konnte es kaum fassen. Schon fragte er sich, ob die Norderneyer wohl alle so drauf waren wie Kollege Fredersen und dieser Arzt.

„Ihre Nerven möchte ich haben. Von wegen mal bisschen runterkommen, nicht so hetzen. Haben Sie sich mal umgesehen?", knurrte er ihn an. „Hier ist Hauptsaison und dort oben auf der

Promenade lauert eine Meute Urlauber und andere Schaulustige. Handys und Kameras sind überall. Und Sie wollen mir was von der Wiederentdeckung der Langsamkeit an einem eventuellen Tatort erzählen? Ich muss mich doch schon sehr wundern, Herr Doktor Sander."

Doch Sander hob nur beschwichtigend die Hände, klopfte ihm mit den Worten: „Ruhig, ruhig!", auf die Schulter, was sich für Holle anfühlte, als beruhige Sander eher ein Pferd, als einen Menschen. Daraufhin stellte er sich selbstredend die Frage, ob dieser vermeintliche Arzt tatsächlich von der Leitstelle in Wittmund zum Fundort gerufen wurde, oder ob der mit der Situation sichtlich überforderte Vorbeck einen ortsansässigen Tierarzt angeschleppt hatte. Zuzutrauen wäre es ihm. Noch bevor er dazu kam diesen Gedanken zu Ende zu spinnen, sprach Sander meditativ langsam und mit starrer Mimik weiter.

„Ist ja schon gut. Sie scheinen mir kein richtiger Inselmensch zu sein. Hier ticken die Uhren ein wenig anders als am Festland. Aber das werden sie schon noch merken. Wie lange bleiben Sie noch auf der Insel?", fragte er ihn.

„Ihren Smalltalk können Sie sich sparen. Außerdem glaube ich nicht, dass es zur Sache beiträgt, wenn Sie wissen, wie lange ich hier meinen Urlaub verbringe", entgegnete Holle kopfschüttelnd.

„Na, wenn Sie meinen, Herr Hauptkommissar", sagte Sander und schaute ihn beleidigt an. Er hat also doch keine Gesichtsstarre, schoss es Holle durch den Kopf, sondern braucht einfach eine Verhaltenstherapie, der Gute.

Schließlich fragte er ihn ein weiteres Mal, was er untersuchungstechnisch schon feststellen konnte.

„Also, die Frau ist tot. Da gibt es keine zweite Meinung", sagte er.

„Ach was! Das sehe ich. Vielleicht wissen Sie auch in etwa wie lange sie das schon ist?", bohrte Holle angespannt weiter.

„So genau kann ich das natürlich nicht sagen, aber ich schätze den ungefähren Todeszeitpunkt zwischen ein und drei Uhr letzte Nacht.“

Noch bevor Holle die Befragung des Arztes weiter fortsetzen konnte, erklärte dieser, dass es oberflächlich betrachtet erst einmal danach aussah, dass diese Frau ertrunken sei, er das aber erst genauer sagen könnte, wenn er sie näher untersucht habe. Wobei er annahm, dass dafür wohl ein herbeigerufener Festlandarzt zuständig sein werde und er somit nicht mehr gebraucht würde.

„Ihre Annahme ist goldrichtig. Läuft ganz klar auf eine Obduktion hinaus und dafür sind Sie dann nicht mehr zuständig.“

Trotzig verdrehte Sander die Augen. „Das war ja wieder klar. Fürs schnelle Draufgucken bin ich gut genug, aber wenn es dann ans Eingemachte geht … Aber, was soll's. Es nützt ja doch nichts.“

Irritiert starrte Holle ihn an. „Nun sagen Sie mal, wie sind Sie denn drauf. Sie wissen doch so gut wie ich, dass ein beschlagnahmter Leichnam in die Rechtsmedizin gehört und nicht in irgendein x-beliebiges Inselkrankenhaus.“

„Jaja. Weiß ich. Ist trotzdem blöd“, begann Sander und winkte ab. „Vergessen Sie einfach, was ich gesagt habe. Bin heute wohl nicht so gut drauf.“

„Ich glaube eher, Sie haben einen Inselkoller. Vielleicht würden Ihnen ein paar Tage am Festland mal ganz guttun. Haben Sie da schon mal drüber nachgedacht?“, fragte Holle.

Sander nickte zustimmend, ging jedoch nicht weiter auf seine Frage ein. Stattdessen wandte er sich wieder der Toten zu.

„Also, ich würde sagen, aus freien Stücken ist die Dame nicht ertrunken.“

„Na, wer ertrinkt schon aus freien Stücken?“, fragte Holle kopfschüttelnd.

„Nein, ich meine, da hat offensichtlich jemand nachgeholfen. Schauen Sie hier! Ihre Fuß- und Handgelenke zeigen deutliche Abschürfungen und Druckstellen. Wir können so gut wie sicher annehmen, dass sie gefesselt war. Womit auch immer. Auf jeden Fall nicht mit dem abhandengekommenen Gürtel. Die Gürtelschlaufen sind viel zu breit für einen dermaßen schmalen Gürtel. Den Abdrücken nach zu urteilen tippe ich auf Kabelbinder. Und schauen Sie hier!“, wobei er ihre Hand nahm und auf ihre Fingernägel zeigte. „Unter ihren Nägeln ist fester Sand. Entweder hat sie vorher im Schlamm gegraben und etwas gesucht oder sie hat versucht dem Watt zu entkommen.“

Mittlerweile hatten die beiden Norderneyer Polizeibeamten Mirko Fredersen und Bernd Vorbeck mit Unterstützung der Freiwilligen Feuerwehr die Menschenansammlung im Griff und machten sich daran die Absperrung des Tatorts weiter auszuweiten. Anschließend schloss das abgesperrte Terrain auch einen Teil des Strandspielplatzes sowie etliche Strandkörbe mit ein, was zu neuerlichem Gezeter etlicher Strandkorbmieter führte.

Zwischenzeitlich war es später Vormittag geworden. Die elf Uhr Fähre war längst vorbeigeschippert und Holle fragte sich, wann seine Auricher Kollegen endlich ankamen und warum sie nicht schon längst da waren. Just in dem Augenblick fuhr ein Polizeiwagen auf der Promenade vor und Jannis Nordmeier und Mira Lose erschienen. Im Schlepptau ein Wagen eines ihm bekannten Norddeicher Bestattungsunternehmens, das für den Abtransport der Leiche zuständig war.

„Endlich. Habt euch ganz schön Zeit gelassen“, warf er seinen Kollegen entgegen, worauf sie zwar eine Erwiderung parat hatten, sich aber mit jeglichen Erklärungen zurückhielten. Sie kannten ihren Chef und wussten, dass er in dieser frischen Situation gereizt und unantastbar war.

Wie in Trance schritt Holle das abgesperrte Areal ab und erklärte ihnen, was es bisher zu berichten gab. Fredersen war es letztlich der ihn, mit dem Fall nicht sehr zuträglichen Anmerkungen, aus dem Konzept brachte.

„Wir haben da oben auf der Promenade jetzt alles im Griff, Herr Hauptkommissar. Können wir sonst noch was für Sie tun? Wollen Sie einen Tee oder was zum Essen? Vielleicht ein leckeres Fischbrötchen? Ich könnte Sie auch erstmal in Ihre Unterkunft bringen? Mein Käfer steht ja noch da oben", wobei er mit dem Arm eine ausladende Bewegung Richtung Strandpromenade machte. „Sie wollen sich sicher erstmal bisschen frisch machen und etwas Alltagstaugliches anziehen!"

Holle, der Fredersen bisher hatte reden lassen, schüttelte bis aufs Äußerste gereizt den Kopf, ließ die Schultern kreisen, als wäre er verspannt, schließlich brüllte er drauflos.

„Was sind Sie eigentlich für ein komischer Kauz? Sehen Sie denn nicht, dass wir hier arbeiten? Gehen Sie da oben an die Promenade und passen auf, dass uns hier keiner dazwischen läuft. Aber bisschen zackig, wenn ich bitten darf."

Sichtlich erschrocken trat Fredersen um Entschuldigung ringend den Rückzug an.

„Tut mir leid. Ich wollte doch nur, ich meine, ich dachte, Sie haben ja heute noch gar nichts gegessen, nehme ich an. Also, wenn Sie was brauchen, ich bin da oben", und weg war er.

Holle schaute seine Auricher Kollegen an und stellte fest, dass sie seine Reaktion auf die sicherlich nur gut gemeinten Fragen des Norderneyer Kollegen missbilligten. Stöhnend lenkte er ein.

„Sagt nichts. Er hat ja recht. Ich muss mir wirklich erstmal etwas anderes anziehen und Kaffee oder Tee wäre tatsächlich auch ganz vernünftig. Nordmeier und Lose nickten synchron. Noch einmal fixierte er den abgesperrten Bereich, sah, wie der Bestatter die Tote versorgte und rang sich letztlich zu einem „Na gut. Dann übernehmt ihr jetzt. Ihr wisst ja, was zu tun ist", durch. Dann wandte er ihnen auch schon den Rücken zu, schritt Richtung Promenade, hörte noch, wie Nordmeier ihm hinterherrief, ob er ihn fahren sollte, doch Holle winkte ab und zeigte auf seinen VW Käfer Kollegen Fredersen.

So befremdet er anfangs über den kurzerhand zum Dienstfahrzeug erklärten Käfer seines neuen Kollegen gewesen war, so angenehm überraschten ihn nun seine aus dem Nichts erwachten Gefühle für diesen Oldie. Er sank in den sonnengewärmten Beifahrersitz und binnen kürzester Zeit fühlte er sich in seiner eigenen, längst verdrängten Vergangenheit gefangen genommen. Nach frischer Luft ringend kurbelte er das Seitenfenster herunter, ließ sich den Fahrtwind um die Nase wehen und seinen Gedanken freien Lauf.

Unweigerlich musste er an die Autos seiner Eltern denken. An den Opel Kadett, den sein Vater mit Leib und Seele gehegt und gepflegt hatte und natürlich auch an den Renault 4 mit Revolverschaltung seiner Mutter. Das Einkaufsfahrzeug der Familie. Auch daran, wie lange sie darum hatte kämpfen müssen den Führerschein zu machen, dachte er. Schließlich bedurfte es seinerzeit noch der Erlaubnis des Ehemannes, wenn es um Geldgeschäfte ging. Genau betrachtet, kam er aus einer ganz schnöden Kleinfamilie mit akkurater Rollenverteilung. Vater schaffte das Geld ran und hatte das Sagen, Mutter kochte, putzte und kümmerte sich um ihn, den kleinen Erwin. Immer tiefer in die Vergangenheit drifteten seine Gedanken ab und er fühlte sich nicht gerade unwohl dabei. Bis er durch einen blitzartig einsetzenden, unfassbaren Krach in die Realität zurückkatapultiert wurde. Fredersen hatte eine Musikkassette ins Kassettendeck geschoben und die Schlagersängerin Trude Herr spuckte brüllend laut ihren Song „Ich will keine Schokolade, ich will lieber einen Mann“ ins Wageninnere.

„Fredersen!“, brüllte er. „Was ist denn mit Ihnen los? Stellen Sie das sofort ab.“

Augenblicklich drehte dieser die Lautstärke auf ein erträgliches Maß herunter und fragte: „Mögen Sie keine Sechziger?“
Holle überlegte, da er sich darüber noch nie Gedanken gemacht hatte. Überhaupt wusste er eigentlich gar nicht genau, ob er zu irgendeiner bestimmten Musikrichtung tendierte. Für gewöhnlich ließ er sich auf alles ein, was das Radio ihm vordudelte.

„Doch, ich glaube schon. Aber Trude Herr ist jetzt wohl ziemlich unpassend. Finden Sie nicht?“

„Wieso? Sie sind doch im Urlaub. Ach so, Sie meinen wegen der Leiche. Das kann ich verstehen. Aber was soll‘s. Wir beide leben ja noch.“

Holle sah wieder aus dem Fenster, sagte nichts und gestand sich zum wiederholten Mal ein, dass dieser Fredersen im Recht war. Die Frau war tot, er selbst hatte Urlaub und war nur zuständig, weil er wieder mal vor Ort war. Warum sollte er da nicht im Kugel-Porsche mit heruntergedrehten Fenstern auf der Insel herumfahren und laut Musik hören.

„Was haben Sie denn noch auf der Scheibe?“, fragte er daher interessiert.

„Scheibe ist gut“, lachte Fredersen und reichte ihm die Kassettenhülle und Holle überflog die gut lesbaren handschriftlichen Musiktitel.

„Selbst aufgenommen“, erklärte Fredersen voller Stolz und freute sich, dass sich der Herr Hauptkommissar nun doch interessierte.

„Simon & Garfunkel! Alter! Das habe ich ja lange nicht mehr gehört“, brach es aus ihm heraus. „Schalten Sie das doch mal an.“

Ungläubig beäugte Fredersen ihn von der Seite und noch bevor er etwas entgegnen konnte, berichtigte Holle sich bereits selbst.

„Ach ja, das geht gar nicht. Vorspulen müssen wir“, und brach in schallendes Gelächter aus.

Fredersen spulte, das Kassettendeck ratterte ungesund und schließlich war Mrs. Robinson im Käfer mit von der Partie.

Nach einem kleinen Zwischenstopp zwecks Kaufs mehrerer Fischbrötchen kamen sie an seiner Ferienwohnung, die sich in unmittelbarer Nähe zur Meierei befand, an. Flugs entledigte Holle sich seiner Laufklamotten und sprang unter die Dusche.

Für einen kurzen Augenblick kam ihm in den Sinn, dass sie eigentlich auch in der Meierei für einen kurzen Imbiss hätten einkehren können, doch schnell verwarf er diesen Gedanken wieder.

Tatsächlich war es ihm lieber ohne Stress im Nacken und ohne Fredersen als Begleitung dort einmal einzukehren und die Speisekarte zu studieren. Auch nahm er sich vor nochmal nachzulesen, was es mit dieser Meierei auf sich hatte. Nur vage wusste er, dass sich eine Meierei wohl mit der Herstellung von Milchprodukten befasste, was ihn jedoch keinesfalls zufriedenstellte. Wie und wann dieses alte Gebäude hier auf der Insel zu einer Gastronomie umfunktioniert wurde und ob dort immer noch Milchgerichte auf dem Tagesplan standen, blieb vorerst unklar.

Frisch geduscht, in Jeans und Oberhemd stand er wenig später zur Abfahrt bereit.

Fredersen hatte indes alles andere im Sinn, als die gerade gekauften Brötchen nur schnell herunterzuschlingen und sofort wieder zum Tatort zu hetzen. Ein Liedchen pfeifend saß er wartenderweise am Küchentisch vor einer Kanne frisch aufgebrühtem Ostfriesentee. Offensichtlich hatte er sich in der Küche der Ferienwohnung gut zurechtgefunden, hatte zwei Tassen, Kluntjes und Sahne bereitgestellt sowie die Brötchen auf einen Teller drapiert. Sogar Servietten hatte er gefunden.

Perplex stand Erwin Holle in der Küchentür und starrte ihn an.

„Wie ich sehe, fühlen Sie sich hier schon wie zuhause, Herr Kollege!"

„Sind ja alle ziemlich gleich diese Wohnungen. Aber wenn es Ihnen nicht recht war, dass ich mich nützlich gemacht habe, dann …"

„Nein, nein. Alles gut und… danke."

Daraufhin schenkte Fredersen Tee ein und sie lauschten gemeinsam dem Knistern der Kluntjes und sahen die Sahnewolken in ihren Tassen emporsteigen.

„Aber nicht rühren, Herr Kollege", mahnte ihn Fredersen mit erhobenem Zeigefinger.

Doch, was die ostfriesische Teezeremonie anging, brauchte Holle keine Nachhilfe.

„Zu Ihrer Beruhigung, erst kommt der Kandiszucker in die Tasse, dann wird der Tee eingegossen, anschließend vorsichtig ein Tröpfchen Sahne dazu. Warten bis die Sahnewolken aufsteigen und auf keinen Fall rühren. Dann trinken. Und? Sind Sie jetzt zufrieden?“, fragte Holle.

„Geradezu perfekt“, entgegnete Fredersen und reichte Holle den Teller mit den Fischbrötchen.

„Sagen Sie mal“, begann Fredersen, „urlauben Sie hier eigentlich ganz allein oder ist Frau Holle auch auf der Insel oder …“

„Oder was?“, fragte Holle.

„Ach, nichts weiter. Vergessen Sie es einfach“, entgegnete er grinsend.

„Mein lieber Herr Kollege. Ich kenne Sie ja nun erst kurz und eigentlich geht Sie mein Privatleben auch gar nichts an, aber ich will mal nicht so sein. Schließlich werden wir hier sehr wahrscheinlich noch einige Zeit miteinander verbringen. Also, nur um Sie zu beruhigen, es gibt tatsächlich eine Frau in meinem Leben. Doch die ist weder gerade shoppen noch schüttelt sie irgendwo die Betten aus. Das ist es doch wohl, was Ihnen eigentlich auf der Zunge lag. Stimmt‘s?“

Fredersen sagte nichts. Stattdessen schmunzelte er wie auf frischer Tat ertappt.

„Das muss Ihnen nicht unangenehm sein. Das ist ein ganz abgehalfterter Witz, den musste ich schon tausendfach aushalten. Ich nehme Ihnen das nicht übel.“

Dann gab er einige weitere Kandisstücke in seine Tasse, goss Tee ein und hörte wiederum deren Knistern, bevor er weitersprach.

„Ich mache hier Urlaub, Herr Kollege. Und, bevor Sie auf krumme Gedanken kommen, meine Ehe läuft gut. Meine Frau wellnesst gerade mit ihrer Freundin am Bodensee. Sie wissen, was ich meine. Hot Stone, Aromamassage, Kurpackungen und so weiter. Ich kann damit nichts anfangen. Allein der Gedanke, eingeölt an mir rumkneten zu lassen, ist mir ein Graus. Aber meine

Frau, die steht da total drauf. Und wenn das so ist, bin ich der Letzte, der sie davon abhält. Also macht jeder von uns ein, zwei Mal im Jahr das, worauf der andere keine Lust hat. Ich bin dann meist irgendwo im Norden unterwegs. Schlafe, laufe und lese."

„Ach so ist das", sagte Fredersen und schien sichtlich interessiert an dieser Art des Zusammenlebens.

„Und das funktioniert?", fragte er erstaunt.

„Warum sollte es nicht?"

„Ich meine nur, Sie hier allein im Norden, Ihre Frau ganz im Süden. Wie steht es mit Eifersucht?", wollte er wissen.

„Gibt es nicht bei uns", und damit fand dieses fast intime Geplänkel seinen Abschluss.

Als die beiden frischgebackenen Kollegen satt und ein Stück weit erholt oberhalb des abgesperrten Strandabschnitts ankamen, hatte sich die Menschenansammlung tatsächlich sichtlich verringert. Etliche Schaulustige schienen ihrer Tätigkeit überdrüssig geworden zu sein und hatten sich zurückgezogen, was entweder der Hitze oder aufkommenden Hungergefühlen geschuldet war. Auf jeden Fall standen nicht mehr so viele Gaffer umher.

„Gut dass du wieder da bist Erwin", begrüßte Mira ihn aufgeregt.

„Wir haben hinter dem abgesperrten Bereich eine Entdeckung gemacht", und zeigte aufgeregt mit dem Finger in Richtung Strandspielgeräte.

Doch so sehr er sich auch bemühte etwas zu sehen und seine Augen, mangels einer Sonnenbrille, zusammenkniff, sah er lediglich Jannis, der auf dem Boden vor einem Kletterturm kniete.

„Was habt ihr entdeckt?", fragte er daher gespannt.

„Einen Mann", erwiderte sie knapp.

„Wie? Einen Mann im Kletterturm? Etwa noch einen Toten?"

„Nein. Er schläft."

Ulf-Berthold Stikkert schlief tatsächlich. Was kein Wunder war, so betrunken wie er war. Mit vereinten Kräften zogen sie ihn unter dem Klettergerüst hervor. Dr. Sander, der sich noch immer am Strand aufhielt, reagierte auf Zuruf, konnte aber auch nur feststellen, dass dieser Mann volltrunken war.

„Der ist dann wohl erstmal nicht vernehmungsfähig“, stellte Holle fest.

„Ich würde sagen, Kollegen Fredersen und Vorbeck nehmen ihn mit auf die Dienststelle, damit er seinen Rausch ausschlafen kann. Wer weiß, vielleicht hat der ja irgendetwas gesehen in der Nacht. Bestenfalls kannte er die Tote sogar. Wir müssen ihn auf jeden Fall sofort vernehmen, wenn er wieder bei Sinnen ist. Wobei das wohl noch ein Weilchen dauern wird.“

„Vielleicht hat er die Frau ja auch umgebracht. Das wäre doch das Einfachste. Dann wäre der Fall ruckzuck geklärt und du könntest weiter urlauben“, überlegte Mira.

„Du sagst es. Das wär das Beste. Aber daran glaube ich nicht. Das würde ja an ein Wunder grenzen. Auf jeden Fall sollten wir aber noch ein letztes Mal diesen Strandabschnitt abgehen. Vielleicht finden wir doch noch irgendetwas Aufschlussreiches. Irgendetwas, was uns weiterbringt.“

Doch außer vergrabenen Spielzeugautos und mehreren Backförmchen fanden sie nichts. So blieb ihnen nur die nähere Untersuchung der ihnen bisher unbekannten Toten und die Vernehmung des betrunkenen Mannes abzuwarten.

6. Kapitel

„Ihr Name ist also Ulf-Berthold Stikkert. Sie sind Autor, ledig und wohnen in Norddeich."

„Das ist richtig. Aber woher wissen Sie das alles über mich? Und was mache ich hier überhaupt?", fragte Stikkert verwundert.

„Es war relativ einfach, herauszufinden wer Sie sind. Schließlich hatten Sie Ihren Ausweis dabei", woraufhin Ulf Stikkert sich gequält an den Kopf fasste, da auch das zweite, in Wasser aufgelöste Aspirin leider nicht die erwünschte Wirkung erzielt hatte. Noch immer malträtierte ein Kopfschmerz gleich einem Presslufthammer, seinen Verstand und ein Ende dieser Geräuschkulisse war nicht abzusehen.

„Warum bin ich überhaupt hier? Ist irgendetwas passiert?", fragte er erstaunt.

„Das kann man wohl sagen", entgegnete Holle ruhig und beobachtete ihn. Doch von ihm ging keinerlei verdächtige Reaktion aus.

„Es ist jemand zu Tode gekommen, Herr Stikkert."

„So? Wer denn? Und was habe ich damit zu tun?"

„Und genau darum geht es. Das wüssten wir auch nur zu gerne."

In Zeitlupentempo legte Holle mehrere Fotos der Toten vor ihn auf den Tisch. Augenblicklich glich sich dessen Gesichtsfarbe dem hellgrauen Farbton des Norderneyer Vernehmungsraumes an und Tränen schnellten in seine Augen. Kerzengerade saß er auf der vordersten Stuhlkante und starrte gebannt auf die Bilder.

„Das kann nicht sein. Das ist nicht wahr!", stammelte er fassungslos vor sich hin.

„Kennen Sie diese Frau?", fragte Holle.

„Natürlich kenn' ich sie. Das ist Eva. Ich glaube es ja nicht. Das kann nicht sein!"

Dann kramte er in seiner Hosentasche auf der Suche nach einem Taschentuch und fand keines. Kurzerhand knöpfte er einen seiner

Hemdsärmel auf, krempelte ihn um und wischte sich damit über die Nase. Angeekelt schaute Holle ihn an.

„Musste das sein, Herr Stikkert? Wollen Sie nicht lieber ein Taschentuch nehmen?", und reichte ihm eine Packung.

„Meine Eva", stammelte Stikkert und schnäuzte sich lautstark.

„Welche Eva? Wie ist ihr vollständiger Name?"

„Sie heißt Eva Kaiser."

„Und Sie kannten sie?"

„Na klar kannte ich sie."

„Dann können Sie uns sicher etwas mehr über Ihre Bekannte erzählen, nehme ich an."

Doch Stikkert starrte nur wie in Trance auf die Fotografien, sah seine Eva in ihrem nordseegetränkten hellgrauen Jumpsuit, sah ihr fahles Gesicht und meinte gleich die Besinnung zu verlieren. Ihm wurde übel. Sofort presste er die Hände vor den Mund. Nordmeier reagierte augenblicklich und machte den Weg zum nächsten Waschbecken frei, worin sich Stikkert augenblicklich erbrach. Als er wieder Platz nahm, schien er die Welt um sich herum ausgeblendet zu haben.

Erst als Holle an seiner Schulter ruckelte und laut fragte, ob er zusammen mit Frau Kaiser am Strand gewesen war, erwachte er aus seiner Lethargie. Doch konnte er weder sagen, ob er mit ihr oder sonst jemandem dort war, noch warum er unter dem Kletterturm gelegen hatte. Lediglich, dass er mit Eva vor ewigen Zeiten die Schulbank drückte und sie genau wie er selbst am Vortag ihr Wiedersehen zum vierzigsten Jahrestag der Abschlussklasse gefeiert hatte, wusste er.

„Das heißt also, Eva Kaiser war ebenfalls gestern auf dem Klassenfest."

„Ja. Das war sie."

„Sonst noch etwas was Sie uns vielleicht mitteilen möchten?"

Ulf Stikkert überlegte so lange, bis Holle genervt mit den Fingern auf der Tischplatte trommelte.

„Nun gut. Ich versuch es nochmal. Aber ganz ehrlich. Ich habe da einen ziemlichen Filmriss. Doch ich weiß noch, dass ich zu spät in der Giftbude zur Klassenfeier ankam. Ich bin vorher noch über die Insel gewandert, müssen Sie wissen."

„Giftbude sagen Sie?", fragte Holle nach und für einen klitzekleinen Moment drifteten seine Gedanken auch schon ab und er überlegte, was er über diese Giftbude wusste. Dann fiel es ihm ein. Der Wortteil „Gift" kam aus dem Englischen und bedeutete Gabe oder Geschenk. Hatte also nicht im Entferntesten etwas mit Gift im eigentlichen Sinne zu tun. Bude war in früheren Zeiten die Bezeichnung für einen hölzernen Pavillon. Und genau ein solcher stand in alten Zeiten unterhalb der Aussichtsdüne „Georgshöhe" am Nordstrand, wurde später abgerissen und am Weststrand neu aufgebaut. Wobei das heutige Restaurant namens Giftbude alles andere als eine hölzerne Bude war. Gerne hätte er noch weiter darüber nachgedacht, doch wusste er, dass dies einfach nicht der richtige Moment für geschichtliche Überlegungen war. Zügig konzentrierte er sich wieder auf das Gespräch.

„Sie sind also über die Insel gewandert, Herr Stikkert", nahm er den Faden wieder auf.

Beschämt schaute dieser zu Boden.

„Ja. Ich musste einfach mal bisschen Zeit mit mir alleine verbringen und ein paar klare Gedanken fassen. Habe in letzter Zeit ganz schön an der Flasche gehangen. Aber damit sollte jetzt Schluss sein, das hatte ich mir gestern, als ich in den Dünen unterwegs war, fest vorgenommen. Ich wollte endlich die Kurve kriegen."

„Und warum hat das nun nicht funktioniert?", fragte Fredersen betroffen.

„Schuld war nur dieses Klassentreffen. Die alten Freunde. Freunde von früher, wissen Sie!? Ohne das Fest hätte ich es sicher geschafft und wäre nicht volltrunken hier bei Ihnen zu mir gekommen. Oh mein Gott, wie peinlich ist das denn alles."

„Erzählen Sie uns vom Fest", forderte Holle ihn auf.

„Okay. Es waren nicht so viele da, wie sonst. Ich meine, wie vor fünf Jahren. Ben war schon ziemlich sauer deswegen."

„Welcher Ben?"

„Ben Hobrecht. Unser Klassensprecher. Eigentlich ist er das immer noch. Er kümmerte sich alle fünf Jahre um die Einladungen zu den Treffen", erklärte Stikkert.

„War es denn eine schöne Feier?", fragte Holle weiter.

„Ja. Es war super. Wie immer. Habe mich mit allen gut verstanden."

„Und dann haben Sie doch Alkohol getrunken, obwohl Sie das gar nicht wollten. Wie kam es dazu?"

„Also, erst habe ich nur Limo und Schorlen und solchen Kram getrunken. Wann es letztlich passiert ist, dass ich so abgerutscht bin, kann ich gar nicht mehr sagen. Auf jeden Fall erinnere ich mich noch daran, dass die meisten schon vor Mitternacht die Feier verließen. Zu dem Zeitpunkt kann ich also noch nicht so betrunken gewesen sein, wenn ich das noch weiß. Nur der harte Kern ist noch geblieben. War alles genauso wie früher."

„Sie sprechen von einem harten Kern. Können Sie mir vielleicht sagen, wer dazu gehörte?", fragte Holle.

„Das ist kein Problem, Herr Hauptkommissar. Das ist, ich meine, das war Eva Kaiser", kurz machte er eine Pause und holte tief Luft, dann sprach er auch schon weiter „und Rieke Mitfeld, Ben Hobrecht, Boris Feldhof, Tjark Steffens und meine Wenigkeit."

„Haben Sie von denen zufällig die Adressen und Telefonnummern parat?"

„Also ich weiß wo die wohnen. Das heißt, zumindest kann ich Ihnen die Orte aufschreiben, aber die genauen Adressen, das wird schwierig. Die Telefonnummern sind kein Problem. Die haben wir gestern Abend ganz frisch nochmal abgeglichen."

Und schon begann er die Taschen seiner Hose und seines Jacketts nach einem kleinen zusammengefalteten Zettel zu durchsuchen. Schließlich fand er ihn und legte ihn vor sich auf den Tisch.

„Wenn Sie sich den vielleicht kopieren könnten?“, bat er.
„Ich möchte ihn nämlich gerne behalten.“
„Keine Sorge, Sie bekommen ihn gleich zurück“, entgegnete Holle.

Währenddessen Hauptkommissar Holle im Nebenraum mit dem Kopierer kämpfte, der offensichtlich nicht bereit war seiner Arbeit nachzugehen, schrieb Ulf Stikkert die Wohnorte seiner ältesten und damals engsten Freunde auf.
„Sie haben eine Sauklaue, wenn ich mir diese Bemerkung erlauben darf“, sagte Holle.
„Hätte mir vorgestellt, dass Sie als Autor eine bessere Handschrift vorweisen können.“
„Ich weiß“, gab Stikkert kleinlaut zu. „Vielleicht schreiben Sie sich die Wohnorte noch einmal selbst auf, Herr Hauptkommissar?“, woraufhin Holle zustimmend nickte und sofort einen Stift zückte.
„Und Sie sind sich absolut sicher, dass Ihre Freunde noch nicht abgereist sind?“
„Hundertprozentig! Schließlich wollten wir den heutigen Tag noch zusammen verbringen.“
„War das schon im Vorfeld abgesprochen oder eher eine spontane Idee?“
„Also abgesprochen war das nicht. Das haben wir immer nach den Klassentreffen so gemacht“, erklärte er. „Wobei ich eigentlich heute schon wieder abreisen wollte. Ich kann mir einen weiteren Tag auf der Insel einfach nicht leisten. Außerdem wüsste ich auch gar nicht, wo wir uns heute treffen wollten. Kann mich nicht mehr erinnern, was wir abgemacht haben.“
„Und das wundert Sie?“, fragte Holle.
„Ja, irgendwie schon“, entgegnete Stikkert.
„Und was ist mit den Mitschülern, die nicht zu Ihrem Freundeskreis gehörten. Wissen Sie, ob sich von denen noch jemand auf der Insel befindet?“

„Das glaube ich ehrlich gesagt nicht. Die wollten alle heute am Vormittag wieder rüber zum Festland. Aber mit denen hatten wir so und so nie großartig etwas zu tun. Alles nur Langweiler."

Schließlich sah er sich nochmals die Fotos an, drehte und wendete sie, wischte sich aufkommende Tränen aus den Augen, dann meldete er sich mühsam zu Wort.

„War es Mord? Glauben Sie, sie ist ermordet worden?"

„Wir wissen es noch nicht. Dafür ist es jetzt noch zu früh. Aber wir können es auch nicht ausschließen", gab Holle zu.

Immer noch fixierte Stikkert die Fotos und sein Schock über den Tod von Eva Kaiser schien sekündlich größer zu werden. Letztlich zeigte er mit zittrigem Finger auf eines der Bilder und fragte mit vor Schrecken geweiteten Augen: „Was ist das hier, an ihren Handgelenken? Sind das Abdrücke? War sie etwa gefesselt?" Dabei nahm er an, dass alle im Raum Anwesenden das laute Hämmern in seiner Brust wohl hören mussten.

Doch Holle wollte und konnte noch nichts Näheres sagen. Zumindest solange nicht, bis das Ergebnis der Rechtsmedizin vorlag. So blieb ihm nur, den sichtlich verstörten Ulf Stikkert so gut er es konnte zu beruhigen und ihn im Weiteren mit seinen Gedanken allein zu lassen.

„Ob ich vielleicht noch eine Tasse Kaffee bekommen könnte?", fragte er schließlich vorsichtig, was den Puls des Hauptkommissars augenblicklich in die Höhe schnellen ließ, da Stikkert bereits vier Tassen intus hatte. Schon fragte er sich, was sich dieser übelriechende, vermeintliche Autor eigentlich einbildete und sogleich ranzte er ihn von der Seite an.

„Sie meinen wohl wir sind hier ein Hotel, was? Will der Herr vielleicht auch noch ein Krabbenbrötchen zum Kaffee?"

Doch Stikkert verstand die Ironie in Holles Worten nicht. Wahrscheinlich war dieser Unverstand seinem hämmernden Kopfschmerz zuzuschreiben, denn so schwer von Verstand war er ansonsten nicht.

„Da sage ich mal nicht nein. Wenn es keine Umstände bereitet, hätte ich allerdings lieber ein Matjesbrötchen. Krabben sind nicht so mein Fall", entgegnete er freudig.

Blitzartig brach Holle in schallendes Gelächter aus.

Da hatten sie ja wirklich einen schrägen Typen aufgegabelt. Doch noch bevor er ihm eine passende Antwort entgegenschleudern konnte, ging die Tür des Vernehmungsraums auf und Fredersen erschien mit einer Kanne Kaffee und einem Tablett, auf dem er mehrere belegte Brötchen drapiert hatte.

Fassungslos schüttelte Holle den Kopf.

„Können Sie Gedanken lesen Fredersen oder wie kommen Sie darauf gerade jetzt mit Fischbrötchen aufzutauchen. Warten Sie! Sagen Sie nichts. Ich weiß es. Wir sind hier ein Hotel. Stimmt's Fredersen? Sie sind gar kein Polizeibeamter. Sie haben sich Ihre Uniform nur vom Kollegen Vorbeck geborgt", witzelte er und Fredersen verstand genau, worauf sein Auricher Chef anspielte und antwortete prompt.

„Jou! Ich bin jetzt vielleicht nicht der klassische Polizeibeamte wie Sie ihn aus Aurich kennen. Aber, Sie haben schon vollkommen recht. So ein kleines Inselhotel hätte ich tatsächlich ganz gerne. Das war schon immer mein Traum. Aber bis jetzt hat sich das leider noch nicht ergeben."

Wiederum schüttelte Holle den Kopf. Darin hatte er, seitdem er an diesem Fall saß, nun schon einige Übung.

„Kaffee?", fragte Fredersen. Holle lehnte ab. Eigentlich brauchte er etwas Stärkeres als Kaffee. Doch Alkohol im Dienst verstieß absolut gegen die Regel. Obwohl, wenn er es genau nahm, war er gar nicht im Dienst. Schließlich hatte er Urlaub und konnte so viel trinken, wie er wollte. Bloß war dafür jetzt einfach nicht der richtige Zeitpunkt.

Aufmerksam betrachtete er den langsam vor sich hin kauenden Herz-Schmerz-Autor, wartete ungeduldig bis dieser sich gestärkt hatte, dann versuchte er nochmals etwas aus ihm herauszulocken.

„So, Herr Stikkert. Lassen Sie es uns nochmal miteinander versuchen. Vielleicht erinnern Sie sich jetzt, nachdem Sie sich gestärkt haben ja doch, wie Sie auf diesen Spielplatz kamen und warum Sie sich zum Schlafen unter den Kletterturm gelegt haben. Ach! Und nicht zu vergessen, aus welchem Grund Sie knappe dreihundert Euro in losen Scheinen in ihrer Hosentasche mit sich herumtragen."

„Das sind viele Fragen auf einmal, Herr Hauptkommissar", stöhnte Stikkert.

„Na, dann beginnen Sie einfach mal damit, wie Sie auf den Spielplatz gekommen sind."

„Wenn ich das wüsste, würde ich es Ihnen sofort sagen. Das können Sie mir glauben. Aber ganz ehrlich, ich habe keine Ahnung, was ich dort wollte und wie ich unter diesen verdammten Turm kam. Ich habe echt keinen blassen Schimmer. Tut mir wirklich leid."

„Und die Geldscheine in Ihrer Hosentasche? Können Sie mir zu denen vielleicht etwas sagen?", fragte Holle.

„Nein. Auch nicht. Die habe ich ja erst gesehen, als ich hier auf der Wache zu mir kam. Aber eins kann ich Ihnen sagen, die waren vorher definitiv nicht da.

„Das heißt, das ist gar nicht Ihr Geld?"

„Nein. Das wüsste ich doch. Vielleicht hat mir das jemand zugesteckt. Kann mir zwar nicht vorstellen warum das jemand tun sollte, aber wenn es doch in meiner Tasche war, wird es wohl jetzt meines sein."

„Heißt also, als Sie auf die Insel kamen, hatten Sie das Geld noch nicht", stellte Holle weiter fest.

„Nein. Ganz gewiss nicht. Ich weiß gar nicht, wann ich das letzte Mal überhaupt so viel Knete in den Händen gehalten habe. Für dreihundert Kröten, da muss unsereins sich schon richtig krummlegen."

Doch mit dieser Aussage konnte Hauptkommissar Erwin Holle ganz und gar nichts anfangen. Seiner Annahme nach hatte der vor ihm sitzende Autor einen ganz einträglichen Job, schrieb für eine Zeitschrift und konnte damit seinen Lebensunterhalt bestreiten. Zwar hatte er ihn sagen gehört, dass er an der Flasche hing, hatte das aber ehrlich gesagt nicht ganz für voll genommen. Welcher Mann in seinem Alter trinkt nicht schon dann und wann mal einen über den Durst.

„Nun gut. Das bringt uns ja alles nicht wirklich weiter", sagte Holle. „Fangen wir es anders an. Erzählen Sie mir doch bitte, an was Sie sich in Bezug auf das Klassenfest noch erinnern können. Frei von der Leber weg!"

Und Ulf Stikkert erzählte. Zuerst wusste er gar nicht so recht, wo er anfangen sollte. Schließlich entschied er sich dazu, zu allererst von dem Tag zu berichten, als er die Einladung zum Klassentreffen bekam. Schließlich davon, wie er es anstellte an Geld für diesen Kurztrip zu kommen. Auch gab er erneut zu, immer sehr knapp bei Kasse zu sein und ein Alkoholproblem zu haben.

„Sie haben also gar keine Bleibe hier auf der Insel?", fragte Fredersen sichtlich besorgt?

„Nein. Habe ich nicht. Ich wollte durchfeiern, was ja wohl nicht wirklich richtig geklappt hat. Und die Sache mit dem Alkohol, ganz ehrlich. Ich verstehe das nicht. Irgendetwas muss mich umgehauen haben. Ich weiß nur nicht was."

„Ist es vielleicht möglich, dass Sie gar nicht mehr gemerkt haben, wie viel Sie getrunken haben?", fragte Fredersen.

„Kann sein. Vielleicht sollte ich das nicht ausschließen. Ich erinnere mich an Bier und an Wodka. Das passt hervorragend zusammen. Finden Sie nicht?"

Bevor Holle antworten oder ihm ins Wort fallen konnte, setzte er seine Getränkeliste auch schon weiter fort. „Ein paar Likörchen waren vielleicht auch noch dabei, aber das ist ja nichts wirklich Starkes, Herr Kommissar. Davon brummt mir in der Regel am nächsten Tag nicht der Kopf. Warum ich heute allerdings so verkatert bin, ist mir selbst ein Rätsel."

„Sagen Sie bloß! Aber das war dann alles, was Sie getrunken haben, oder?"

„Keine Ahnung. Sie wissen doch, wie das an solchen Tagen ist", erklärte er und hielt sich dabei den Kopf.

„Nein, das weiß ich Gott sei Dank nicht. Doch ich denke, wir brauchen uns jetzt keine Gedanken mehr darüber machen, warum Sie sich an nichts mehr erinnern", warf Holle ein.

„Verstehe ich nicht. So viel Promille kann ich gar nicht gehabt haben. Davon bin ich überzeugt. Ich kann nämlich einen ganz schönen Stiefel vertragen" erklärte Stikkert unumstößlich.

Doch seine Blutprobe sprach eine andere Sprache. Demnach musste er sich am Vorabend richtig abgeschossen haben.

„Und die Eva Kaiser war auch auf der Klassenfeier."

„Ja."

„Und es ist Ihnen an ihr nichts aufgefallen? War sie irgendwie anders als sonst, hatte sie Streit mit irgendjemandem? Wissen Sie vielleicht noch wann und mit wem sie die Feier verließ?", fragte Holle.

Ulf Stikkert überlegte krampfhaft. Doch außer, dass Eva Kaiser ziemlich dürr geworden war, waren ihm nur noch ihre mega hohen Stilettos in Erinnerung geblieben.

„Mein Gott, was waren das für hohe Teile. Dass sie sich überhaupt damit auf den Beinen halten konnte. Unfassbar!"

„In welchem Verhältnis standen Sie denn zu Frau Kaiser?"

„Wie, in welchem Verhältnis?", fragte Stikkert.

Holle stöhnte genervt, drehte sich zum Fenster des Vernehmungsraums um und schaute hinaus. Von hier aus hatte er einen direkten Blick auf den lauschigen Onnen-Visser-Platz und den dort aufgestellten offenen Bücherschrank. Liebend gerne hätte er in den dicht gefüllten Regalen nach einer inspirierenden Sommerlektüre gesucht. Vielleicht wäre ihm dabei sogar das eine oder andere

Norderney typische Buch über den Weg gelaufen. Tatsächlich gestand er sich ein, dass er den bekannten Historienroman „Onnen Visser – Der Schmugglersohn von Norderney", dem Namensgeber des Platzes, noch immer nicht gelesen hatte. Zwar war er auch in diesem Urlaub schon in der örtlichen Buchhandlung gewesen und hatte zum wiederholten Mal darin herumgeblättert, warum er ihn jedoch bisher nicht gekauft hatte, war ihm selbst schleierhaft. Dass er den Schmöker in den nächsten Tagen ganz sicher kaufen würde, wusste er dahingegen genau. Schon die ersten Buchzeilen hatten ihn in den Bann gezogen. Doch vergeblich versuchte er sich an sie zu erinnern. Nur, dass die Rede von einer trägen Flut und einer tiefen Finsternis gewesen war, wusste er noch.

Er ließ seine Augen weiter über den Platz gleiten. Voller Neid beobachtete er die Urlauber auf ihrem Weg zum Strand. Von der Polizeiwache aus war es nur ein Katzensprung bis zum Übergang zum Nordstrand. Wie gerne er jetzt einfach hinausspaziert und es sich mit eben diesem Buch am Strand gemütlich gemacht hätte. Ebenso gerne hätte er seinen Lauf vom Morgen wieder aufgenommen oder wäre barfuß am Strand entlanggejoggt. Welch verlockende Vorstellung. Stattdessen saß er an einem Schreibtisch, der noch nicht einmal sein eigener war und befragte einen nach Schnaps und allerlei anderem Gebräu ausdünstenden Kerl.

„Was der Herr Hauptkommissar wissen will, ist, ob Sie mit der Frau Kaiser etwas am Laufen hatten", schaltete sich Mira Lose ein und setzte dem unangenehmen Schweigen im Raum ein Ende.

„Ich jetzt?", fragte Ulf Stikkert verlegen und schaute sich im Raum um.

„Ja, wer denn sonst, wenn nicht Sie? Oder sehen Sie hier noch einen anderen Verdächtigen?", knurrte Holle zu ihm hinüber.

„Wenn Sie es genau wissen wollen. Nein. Gestern hatte ich nichts mit ihr."

„Was also heißt, dass Sie irgendwann einmal etwas mit ihr gehabt haben? Wollen Sie uns das damit sagen?", bohrte Mira weiter.

„Ja. So ist das wohl. Aber das ist lange her. Müsste so vor zehn Jahren gewesen sein. Beim vorletzten Klassentreffen auf Borkum. Aber wen interessiert das jetzt schon?"
Dann überlegte er wieder, griff sich in die Haare, was seiner eh schon fettigen Haarpracht nicht gerade förderlich war, schließlich fügte er hinzu „wenn ich mich recht erinnere, hatte ich beim Klassentreffen vor fünf Jahren auf Juist nichts mit ihr. Obwohl ich dafür meine Hand nicht ins Feuer legen würde. Wie schon gesagt ich trinke gelegentlich mal einen über den Durst."

7. Kapitel

Der Nordstrand sowie sämtliche Strandcafés waren restlos gefüllt und es grenzte an ein Wunder, dass Ben, Tjark, Boris und Rieke überhaupt noch einen Sitzplatz ergattert hatten. Die etwas höher gelegene Terrasse des Lokals war bis auf den letzten Platz belegt und sie hofften inständig, dass Eva und Ulf endlich an Land kamen, da es zunehmend schwerer wurde, zwei weitere Plätze in diesem ganzen Menschentrubel freizuhalten. Bereits vor dem Strandlokal wartete eine Traube Urlauber darauf, dass endlich jemand bezahlte und einen der begehrten Plätze verließ. Die Dreistesten unter ihnen spionierten durch ständiges Auf- und Abgehen durch die Tischreihen, diejenigen Restaurantgäste aus, die gerade ihren letzten Bissen heruntergeschluckt hatten. Unverschämter ging es wohl kaum. So kam es, dass Ben, als ehemaliger Klassensprecher sich der Aufgabe übertragen sah, die zwei freizuhaltenden Plätze zu verteidigen, als wären sie eines seiner Körperteile.

„Ich weiß genau, dass wir ein Uhr gesagt haben", empörte er sich, da er Unpünktlichkeit schon immer hasste.

„Nun reg dich mal ab. Die kommen bestimmt gleich um die Ecke", beschwichtigte ihn Rieke.

„Die zwei liegen sicher seit gestern Nacht in irgendeiner Düne und haben die Zeit vergessen. Ihr werdet schon sehen. Eva wird mit Strandhafer in den Haaren und Ulf mit Sand hinter den Kiemen hier ankommen. Das war doch nie anders", wandte Boris ein.

Doch Tjark war anderer Meinung.

„Das glaube ich nicht. So zugekippt, wie Ulf gestern Nacht gewesen ist, hätte Eva ihn sicher nicht mehr an sich rangelassen."

„Bist du dir da so sicher? Eva hat ja selber ganz schön was weggesüppelt", erwiderte Boris überzeugt.

„Mann, könnt ihr nicht endlich damit aufhören? Die werden schon kommen", warf Rieke genervt ein.

Beschwichtigend legte Ben seinen Arm um ihre Schultern und zog sie ein Stück zu sich heran. Schon spürte er ihre nackte Haut unter ihrem sandfarbenen Lochshirt, das einem Hauch von Nichts glich. Darunter trug sie ein hellrosa Bikinioberteil, das im Nacken gebunden war. Vereinzelt glitzerten aufgenähte Pailletten durch das Lochmuster hindurch. Eine heiße Welle gleich einem Stromstoß übermannte ihn. Sogleich rückte er näher an sie heran und hauchte ihr einen leichten Kuss auf die Wange, woraufhin sie ihn gröber als sie vorgehabt hatte, von sich schob.

„Was ist denn mit dir los? Hat dir die Sonne den Verstand weggebrannt oder was?"

„Hoppla!", sagte er und nahm ergeben die Hände hoch.

„Ich dachte, du brauchst vielleicht mal ein bisschen Nähe. Aber ich sehe schon, daraus wird nichts. Du stehst wohl immer noch auf Ulf. Da kann ich wohl nicht mithalten", entgegnete Ben sichtlich beleidigt.

„Na, und Tjark und ich auch nicht", pflichtete Boris ihm sofort bei.

„Ich weiß echt nicht, was du an dem findest", sagte Ben. „Hast du ihn dir gestern mal richtig angesehen. Der ist doch nur noch ein abgewracktes ausgeloddertes Gespenst. Kann mir nicht vorstellen, dass der noch was drauf hat. Besser, du versuchst es mit einem von uns. Wir könnten dir …"

Augenblicklich unterbrach sie ihn.

„Ich will gar nicht wissen, was ihr alles könnt Jungs. Behaltet das mal lieber für euch", fuhr Rieke ihm über den Mund. Doch so schnell wollte er sich nicht geschlagen geben.

„Nein, jetzt mal ehrlich. Was hat er, was wir nicht haben? Das sage mir mal. Sexappeal wird es wohl eher nicht sein", stellte er fest, fasste nach ihrer Hand und schob sie ungefragt unter sein T-Shirt.

„Hier! Fühl! So muss sich ein Waschbrettbauch anfühlen!"

Ruckartig zog sie ihre Hand zurück und starrte ihn fassungslos an.

„Verschwitzt meinst du wohl?", entgegnete sie barsch und rückte einige Zentimeter von ihm ab. Mehr war nicht möglich aufgrund der Enge an dem kleinen Tisch, an dem sie saßen.

Nur gut, dass sie immer einen kleine Vorrat an Desinfektionstüchern in ihrer Handtasche hatte. Sofort suchte sie eines und säuberte angewidert ihre Hände.

„Das ist ehrlicher Männerschweiß meine Liebe. Den musst du dir nicht abwaschen", grinste er sie lüstern an.

Eine kurze Weile sagte niemand etwas, was nicht weiter auffiel, da die Geräuschkulisse umzu einen denkwürdigen Pegel erreicht hatte. Rieke hielt ihre Augen geschlossen, streckte ihr Gesicht der Sonne entgegen und versuchte, das einem Bienenschwarm ähnelnde Geplapper um sie herum auszublenden. Die drei Männer bestellten eine weitere Runde Bier und entspannten auf ihre Weise.

„Ich klingele die Eva jetzt mal auf ihrem Handy an", erklärte Ben. „Der Ulf hat ja keines. Vielleicht haben die beiden uns ja doch vergessen.

„Kann ich mir zwar nicht vorstellen, aber man kann ja nie wissen. Versuch es einfach", bestärkte Tjark ihn. Dann fügte er noch hinzu: „Wer weiß, was der Ulf mit ihr angestellt hat? Ist vielleicht ganz gut, wenn wir sie von ihm wegholen."

„Was willst du damit sagen?", fragte Rieke aufgebracht und warf ihm einen sauren Blick zu.

„Nichts. Gar nichts will ich sagen", entgegnete Tjark. „Ich meine nur, dass ich es schön finden würde, Eva heute noch zu Gesicht zu kriegen." Und nach einigen Sekunden fügte er noch ein „und Ulf natürlich auch", hinzu.

Doch Eva ging nicht an ihr Handy. Wie hätte sie das auch tun sollen. Sie war tot und auf dem Weg in die Rechtsmedizin. Aber davon ahnten Rieke, Boris, Tjark und Ben nichts. Ebenso wenig wussten sie, dass Ulf auf dem Norderneyer Polizeirevier Rede und Antwort stand und sie selbst bereits gesucht wurden.

Vier Inselgäste aufzufinden, von denen eine genauere Beschreibung fehlte, erwies sich für Fredersen und Vorbeck ebenso schwierig, als hätten sie den Auftrag erhalten eine Bachforelle in der Nordsee zu fischen. Wobei sie von der zumindest wussten, wie sie aussah.

Das Einzige, was Ulf Stikkert ihnen außer der mageren Personenbeschreibung, die auf jeden zweiten Mann ihres Alters zutraf, mit auf den Weg gegeben hatte, war, dass die drei Männer wohl in einem Hotel mit Pool wohnten. So viel oder so wenig hatte er sich aus den Gesprächen des vergangenen Abends noch behalten. Was natürlich nicht unbedingt bedeutete, dass sie alle in ein und demselben Hotel abgestiegen waren, wovon jedoch auszugehen war. So blieb den beiden Kollegen nichts anderes übrig, als ein Hotel nach dem anderen abzuklappern und darauf zu hoffen, dass sie einen Treffer landeten.

„Zu blöde, dass wir die nicht auf ihren Handys erreicht haben", nölte Vorbeck.

„Sehe ich genauso. Aber vielleicht wollen die heute nicht gestört werden", mutmaßte Fredersen.

„Oder sie schlafen noch ihren Rausch aus. Wenn die sich genauso volllaufen ließen wie der Stikkert, dann müssen wir davon ausgehen, dass sie heute eher nicht mehr an ihre Telefone gehen", überlegte Fredersen.

„Möglich. Oder sie baden gerade im Meer und die Handys liegen sicher im Hotelsafe", setzte Vorbeck die Liste der Möglichkeiten weiter fort.

„Oder sie sitzen irgendwo in der Sonne und gehen einfach nicht dran", überlegte Fredersen.

Schließlich gelangten sie zu der Erkenntnis, dass es noch unzählige Varianten gab, aus welchem Grund die Gesuchten nicht an Ihre Handys gingen. Auch kamen sie zu dem Schluss, dass es zu nichts führte, sich noch weitere Gedanken darüber zu machen.

„Ist ja alles gut und schön, aber was machen wir, wenn wir sie finden und sie sternhagelvoll in ihren Betten liegen?", überlegte Vorbeck.

„Jou, das wäre jetzt echt eine Überlegung wert. Habe keine Ahnung. Hoffen wir mal, dass wir sie nüchtern und wach antreffen. Warten wir es einfach ab. Wird sich alles zeigen", antwortete Fredersen unbeirrt und versuchte seinem Kollegen so wenig wie möglich zu verstehen zu geben, dass er keinen blassen Schimmer hatte, was er in einer solchen Situation tun sollte. Zwar hatte er bereits einiges während seiner Dienstzeit auf Norderney erlebt, aber ein Mord war noch nie dabei gewesen.

Und als habe Vorbeck seine Gedanken erraten, fragte er: „Meinst du, es war Mord? Meinst du dieser Ulf Bernhard Stikkert …"

„Berthold heißt der Knabe. Berthold!"

„Ja gut. Berthold. Meine ich ja", berichtigte sich Vorbeck. „Also denkst du, der hat dieser Eva Kaiser erst ihr Geld abgeknöpft und sie dann umgebracht? Meinst du, der ist zu sowas fähig?"

„Kann ich mir eigentlich nicht vorstellen. Warum sollte er sie erst ausrauben, dann umbringen und sich anschließend an den Strand zum Schlafen legen? Das wäre ja wohl wirklich ziemlich blöde. Kann aber natürlich sein. Schließlich war er voll wie ein Amtmann. Und ob er zu sowas fähig ist … Ich habe ehrlich gesagt keine Ahnung. Ich kann diesen Typen gar nicht einschätzen. Der ist doch Autor und schreibt Kurzgeschichten, wenn ich das richtig mitbekommen habe. Er hat also schon eine große Phantasie", spann Fredersen drauflos.

„Ja, aber der schreibt Schmusi-Geschichten", warf Vorbeck ein.

„Der schreibt was?", fragte Fredersen.

„Na, Schnulzen. Liebesgefasel und sowas. Ich kann mir nicht vorstellen, dass der jemanden umbringen kann, wenn er sonst immer ein Happy End erfinden muss."

„Wie auch immer. Auf jeden Fall ist das alles ziemlich seltsam. Ach, was sage ich. Es ist einfach schrecklich“, erklärte Fredersen mit belegter Stimme.

Erschrocken schaute Vorbeck seinen Kollegen an. Nie hätte er es für möglich gehalten, dass Fredersen irgendetwas tatsächlich an die Nieren ging. Fredersen war der optimistischste Mensch, dem Vorbeck jemals begegnet war. Daher irritierte es ihn auch maßlos, dass sein Kollege nun zerstreut und planlos wirkte. Überhaupt fand Fredersen sonst immer für alles eine Erklärung. Kaum etwas hatte ihn in den letzten Jahren aus der Reserve gelockt.

Nur ein einziges Mal hatte Vorbeck erlebt, dass sein Kollege die Nerven verlor. Aber auch das lag lange zurück. So lange, dass Vorbeck sich selbst an die Einzelheiten nicht mehr genau erinnern konnte. Auf jeden Fall war es ein Badeunfall mit einem Kleinkind gewesen, das wusste er noch. Auch dass diese Sache nicht glimpflich ausging. Ebenso, dass Fredersen ihn damals zum allerersten Mal beim Vornamen genannt hatte, was er ihm eigentlich untersagt hatte. Ansonsten hielt Fredersen sich immer an ihre Abmachung. Er selbst hatte das anfangs, als er nach Norderney versetzt wurde, so gewollt. Bernd hatte er zu sich gesagt. Bernd, lass bloß niemanden so nah an dich heran. Zu tief saßen die Wunden, die ihm ein Vorgesetzter, an den er sich nur ungern erinnerte, in der Vergangenheit zugefügt hatte. Aus der Entfernung betrachtet war er, Bernd Vorbeck, einfach ein klassisches Mobbingopfer gewesen. Mit allem Drum und Dran, gefolgt von Burnout, Reha und letztlich einer Versetzung auf die ihm bis dato unbekannte ostfriesische Insel Norderney, auf der er sich mittlerweile heimisch und pudelwohl fühlte.

Zum jetzigen Zeitpunkt allerdings und mit Abstand betrachtet, war ihm klar geworden, dass es ein einsamer Blödsinn war, den er seinem Kollegen da seit Jahren abverlangte. Insgeheim gestand er sich ein, dass er ein dummer alter Dämlack war. Ein Sturkopf, der ohne seinen Kollegen einfach nichts zustande brachte. Er würde umdenken müssen, wenn er seine letzten Dienstjahre besser auf die Reihe kriegen wollte, als er es bisher getan hatte. Schließlich würde er auch weiterhin auf Norderney wohnen bleiben und so war es an der Zeit sich endlich ein paar Freunde zuzulegen. Dann konnte er bei Fredersen auch gleich anfangen.

„Sagen Sie mal Fredersen", stotterte er darauf los. „Sagen Sie, wie wäre es, wenn wir uns in Zukunft beim Vornamen nennen."

Fredersen staunte und kam aus dem Staunen gar nicht mehr heraus.

„Was habe ich getan? Wie kommt mein werter Kollege auf seine alten Tage nur auf einen solch verführerischen Gedanken?"

Schon bereute Vorbeck seine Worte, überlegte sie zurückzunehmen, doch bevor er dies tun konnte lenkte Fredersen ein, gab Vorbeck einen ordentlichen Knuff in die Seite und sagte: „Das wird ja wohl auch langsam Zeit Bernd. Ich dachte, du kriegst niemals die Kurve."

Unerwarteterweise wurden Fredersen und Vorbeck bereits im dritten Hotel fündig. Ben Hobrecht, Tjark Steffens und Boris Feldhof standen in der Gästeliste. Und wie von Ulf Stikkert angenommen, würden sie erst am nächsten Tag abreisen.

„Was für ein Glück", schnaufte Vorbeck. „Dann hat die verdammte Sucherei ja schon ein Ende, bevor wir richtig losgelegt haben. Brauchen wir nur noch diese Frau finden. Aber das wird ja ein Leichtes. Die soll angeblich hier auf der Insel wohnen, wie der Stikkert sagte."

„Okay. Wie machen wir das jetzt?", fragte Fredersen kaum hörbar und eigentlich war die Frage auch gar nicht an Vorbeck gerichtet, sondern er hatte nur laut gedacht.

„Na, wir suchen jetzt zusammen diese Rieke… Dingsbums", entgegnete Vorbeck.

Doch Fredersen konnte über so viel Blödheit seines Altkollegen nur den Kopf schütteln. Insgeheim wünschte er, Vorbeck würde sich früher in den Ruhestand verabschieden und er bekäme einen jungen Kollegen zur Seite gestellt, was jedoch eher unwahrscheinlich war. Vorbeck würde seinen Dienst bis zur letzten notwendigen Sekunde hier auf Norderney auskosten.

„Wie stellst du dir das vor Bernd? Wir beide suchen jetzt die Frau Mitfeld und in unserer Abwesenheit kreuzen hier im Hotel die drei Männer auf und wir verpassen sie. Das ist keine allzu gute Idee", gab Fredersen zu bedenken.

„Hast ja wieder mal recht. Wie wäre es dann, wenn ich die drei Männer am Strand suche und du versuchst die Mitfeld aufzuspüren", schlug Vorbeck daher vor.

„Ist nicht dein Ernst, Bernd. Du kommst vielleicht auf Ideen. Willst du mit einem Megaphon am Strand entlangwandern und sie ausrufen? Und wieso nimmst du überhaupt an, dass sie am Strand sind? Haben wir nicht gerade geklärt, dass sie überall auf der Insel unterwegs sein könnten? Vielleicht machen sie eine Fahrradtour durch die Dünen oder sind mit der Inselbahn auf Rundfahrt. Vielleicht spielen sie Minigolf am Nordstrand, amüsieren sich am FKK Strand an der Oase oder besteigen den Leuchtturm."

Vorbeck schaute betreten zu Boden und schwieg.

„Ich würde sagen, du setzt dich hier in die Hotellobby und wartest bis die drei eintrudeln und ich mache mich auf die Suche nach der Mitfeld. Ich glaube, das ist wohl das Sinnvollste."

„Ich soll jetzt untätig hier herumsitzen und warten? Können wir nicht einfach an der Rezeption Bescheid sagen, dass die uns anrufen, wenn die drei auftauchen?", wollte Vorbeck wissen.

„Das ist mir zu ungewiss. Stell dir vor, die Rezeption ist gerade nicht besetzt und die schleichen sich rein. Dann kriegen wir nichts davon mit. Wie stehen wir dann da? Wie wollen wir das dem Herrn Hauptkommissar erklären? Der müsste ja denken, wir haben unseren Abschluss nicht auf der Polizeischule gemacht, sondern im Lotto gewonnen. Willst du das?", fragte er.

„Nein. Natürlich nicht. Wir machen das besser so, wie du sagst", knickte Vorbeck ein.

Während Vorbeck es sich in der Hotellobby bequem machte und eine Zeitung nach der anderen las, selbstverständlich ohne dabei die Eingangshalle aus den Augen zu verlieren, hatte Fredersen im örtlichen Adressverzeichnis die Anschrift von Rieke Mitfeld ausmachen können und befand sich nun auf direktem Weg zu ihr. Zu diesem Zweck bemühte er nochmals seinen Privatwagen, da beide Dienstfahrzeuge immer noch nicht wieder einsatzfähig waren und er so und so lieber mit dem Käfer umherfuhr. Warum die Reparatur des Reifens allerdings so lange dauerte, wusste er nicht, hatte aber auch keine Zeit sich darüber Gedanken zu machen. Kurz erwog er, bei diesem phänomenalen Wetter das Dienstfahrrad zu nehmen. Doch in Anbetracht dessen, dass er beabsichtigte Frau Mitfeld bei deren Antreffen gleich mit auf die Wache zu nehmen, war das Fahrrad denkbar ungeeignet. Was nicht heißen sollte, dass er noch nie zu zweit auf einem Fahrrad unterwegs gewesen war. Sogar Vorbeck hatte er einmal auf dem Gepäckträger transportiert und das sollte schon was heißen.

Am Rande der Mühlenstraße brachte Fredersen seinen Wagen zum Stehen. Den Rest der Wegstrecke legte er zu Fuß zurück. Das erschien ihm sinnvoller, als direkt vor der Haustür zu parken. Obwohl es im Grunde genommen keinen Unterschied machte, ob die Nachbarn nun sein Auto oder ihn selbst sahen. Augen und Ohren waren so und so überall. Außerdem kannte man ihn und seinen Käfer auf der Insel sehr gut. Trotzdem meinte er zu Fuß weniger Aufsehen zu erregen.

Mit dem Zeigefinger ging er die Klingelschilder durch. Mitfeld. Da war er schon der Name. Fredersen klingelte. Nichts passierte.

Er klingelte nochmal. Wieder nichts. Schließlich öffnete sich ein Fenster direkt neben der Haustür, eine alte Dame schaute heraus und gab ihm zornig zu verstehen, dass es eine Frechheit wäre, Sturm zu läuten. Auch fragte sie ihn, welche Kinderstube er denn nur genossen habe, was Fredersen augenblicklich ein amüsiertes Lächeln auf die Lippen zwang. Schließlich erkannte sie ihn, woraufhin sie augenblicklich wortlos das Fenster schloss. Sekunden später ertönte der Summer der Tür.

Sie hieß Hocke. Agatha Hocke. War stolze 82 Jahre alt, hatte eine abgöttische Liebe für Kittelschürzen und so, wie es Fredersen schien, kam an ihr so schnell niemand freiwillig vorbei.

„Zu wem wollen Sie?“, krächzte sie ihm, schon als er die ersten Stufen nahm, entgegen.

„Zu Frau Mitfeld“, antwortete Fredersen knapp, denn auf einen Plausch mit einer Kittelschürzenoma hatte er entschieden keine Lust. Nicht, dass er sich nicht gerne mit älteren Menschen unterhielt, aber erstens war er im Dienst und hatte einen wichtigen Auftrag zu erledigen, und zweitens war der Mottenkugelgeruch, der aus der Wohnungstür der Hocke drang, einfach zu massiv.

„Die ist nicht da!“, krähte Agatha Hocke.

„Und das wissen Sie genau?“, fragte Fredersen.

„Na, was meinen Sie denn? Die wohnt doch hier. Und wenn hier jemand etwas weiß, dann bin ich das. Wo kämen wir denn hin, wenn hier niemand mehr auf den anderen Acht gäbe, Herr Wachtmeister.“

„Fredersen, Frau Hocke. Ich heiße Fredersen.“

Doch Agatha Hocke interessierte der Name ihres Gesprächspartners nicht und sie plauderte unverdrossen munter weiter.

„Die junge Frau ist letzte Nacht spät nachhause gekommen. Habe ihre Haustür klappern hören. Dann hat sie sich morgens die Zeitung aus dem Briefkasten geholt und gegen Mittag ist sie wieder weg.“

Fredersen war sich nicht sicher, ob er und Agatha Hocke tatsächlich von der gleichen Rieke Mitfeld sprachen. Seines Wissens, dass sich jedoch einzig auf die Aussage des Ulf Stikkert stützte, musste Frau Mitfeld knappe sechzig Jahre alt sein. Schließlich feierte sie am gestrigen Abend ihr vierzigstes Klassentreffen. Wohlwissentlich, nun noch einige Zeit länger in einem Gespräch mit Agatha Hocke gefangen zu sein, hakte er diesbezüglich nach.

„Sagen Sie, Frau Hocke, Sie sprachen eben von der jungen Frau. Meinten Sie damit wirklich Ihre Nachbarin?"

„Na, also was denn? Die Gute ist doch erst neunundfünfzig. Da geht es doch erst richtig rund im Leben. Aber das kannst du wohl auch noch nicht wissen mien Jung. Dazu bist du wohl noch zu grün hinter den Ohren.

Fredersen verschlug der Slang der Hocke beinahe die Sprache. Schon wollte er etwas entgegnen, ließ es dann aber.

„Ach, wenn ich so zurückdenke…, das waren noch Zeiten. Mit Sechzig habe ich meinen ersten Bauchtanzkurs gemacht. Das kann ich heute noch", und schon begann sie ihre Hüften zu schwingen. „Ja, ich war schon ein ganz schön flotter Feger."

Da Fredersen dem nichts weiter zu entgegnen wusste und glücklicherweise die Wohnungstür der Rieke Mitfeld erreicht hatte, wandte er sich ab und klingelte. In Folge ertönte ein wohliger Dreiklang. Doch es öffnete niemand.

„Habe ich es nicht gesagt? Der Vogel ist ausgeflogen!", meckerte Agatha Hocke, immer noch in ihrer Wohnungstür stehend, die sich eine Etage unter ihm befand. Einmal läutete Fredersen noch, versuchte das Gequatsche der Hocke auszublenden, schließlich trat er den Rückweg an. Als er die immer noch vor ihrer Wohnungstür stehende neugierige Nachbarin erreicht hatte, bedanke er sich für ihre Hilfsbereitschaft und drückte ihr seine Visitenkarte mit den Worten „Wenn Ihnen noch was einfällt, rufen Sie mich an", in die Hand.

Den Blick der alten Hocke im Nacken, verließ er das Haus und noch bevor die Haustür ins Schloss fiel, hörte er, wie sie ihm hinterher krähte: „Ich rufe Sie an. Ich rufe Sie ganz sicher an, Herr Wachtmeister."

8. Kapitel

Noch immer saß Ulf Stikkert auf dem harten Stuhl in dem kleinen Vernehmungsraum der Norderneyer Polizeistation und wurde befragt. Ganz allmählich verblassten seine hämmernden Kopfschmerzen, was er auf die Kombination Schmerztabletten mit starkem Kaffee zurückführte.

„Befassen wir uns noch einmal mit Eva Kaiser", begann Holle erneut. „Was können Sie mir noch über sie erzählen, Herr Stikkert."

„So ganz viel ist das nicht. Ich habe sie in den letzten vierzig Jahren nicht allzu oft zu Gesicht bekommen. Wie ich schon sagte, eigentlich nur zu den Klassentreffen."

„Aber Sie werden doch wohl wissen, ob sie verheiratet war, ob sie Kinder hatte oder dergleichen. Über sowas unterhält man sich doch, wenn man sich nach so vielen Jahren wiedertrifft. Oder etwa nicht?"

„Ja, das schon", bestätigte er zögernd.

„Na, dann schießen Sie mal los!"

Es war mehr als erwartet, was Holle aus ihm herausquetschen konnte. Schließlich wusste er, dass Eva Kaiser lange Jahre angeblich glücklich verheiratet gewesen war und ihr Ehemann vor einigen Jahren verstarb. Daher habe sie ihre langjährige Ehewohnung in Hamburg aufgegeben und sei nach Helgoland zu ihrer Freundin Jutta gezogen.

„Aber das habe ich Ihnen doch auch schon aufgeschrieben, dass die Eva auf Helgoland wohnte, Herr Holle. „Das wissen Sie ja schon", woraufhin dieser nickte und sofort mit der Befragung fortfuhr.

„Und hat die Frau Kaiser Kinder? Wissen Sie das vielleicht auch?"

„Ach ja. Sie hat eine Tochter."

„Und? Hat diese Tochter auch einen Namen?"

„Sie heißt Finja."

„Finja Kaiser also. Und was noch? Muss ich Ihnen denn alles aus der Nase ziehen?“, blaffte Holle ihn mittlerweile genervt an.

„Nein, eigentlich nicht. Was wollen Sie denn noch wissen?“, fragte Ulf Stikkert ahnungslos.

„Vielleicht, wo diese Finja wohnt? Was sie so macht.“

„Ach ja. Da haben Sie aber Glück. Das erzählte mir Eva gerade gestern Abend. Die Finja wohnt in Sydney.“

„In Australien?“, hakte Holle verwundert nach.

„Ja. Da liegt Sydney wohl bekanntlich. Sie ist dort nach dem Abitur als Au-pair hin und dann dageblieben.“

„Ach“, entfuhr es Holle. „Einfach so, oder hat sie dort jemanden kennengelernt?“

„Ist möglich, das weiß ich aber nicht. Auf jeden Fall erzählte mir Eva, dass sie mit ihrer Tochter schon lange kaum mehr Kontakt hat. Höchstens mal eine Karte zu Weihnachten und zum Geburtstag. Sie sagte, sie seien grundverschieden und kamen nie wirklich miteinander klar.“

„Aber es ist schon ihre leibliche Tochter. Oder hat sie die Finja adoptiert“, wollte Holle wissen.

„Soviel ich weiß, ist es ihre leibliche Tochter. Allerdings war ich bei der Zeugung nicht dabei“, witzelte Stikkert.

Holle rümpfte die Nase. Schließlich erkundigte er sich nach Finjas Adresse in Sydney und der Adresse ihrer Mutter auf Helgoland. Doch sowohl die eine als auch die andere kannte Stikkert nicht.

„Ich nehme an, den Namen dieser Freundin auf Helgoland kennen Sie nicht zufällig?“

„Nein, leider nicht. Tut mir echt leid.“

„Und wo die Eva Kaiser hier auf Norderney untergebracht war, das wissen Sie wahrscheinlich genauso wenig, nehme ich an.“

Ulf Stikkert überlegte angestrengt und Holle sah es ihm an, dass er nicht wieder zugeben wollte, dass er keinen blassen Schimmer hatte.

„Ich kann das jetzt nicht mit Sicherheit sagen, aber ich glaube, sie hat sich im selben Hotel wie Ben eingebucht. Ja so muss es sein. Ich weiß noch, dass Ben sie fragte, ob sie sich am Sonntagmorgen am hauseigenen Pool treffen wollen."

„Und, wollte Sie?", fragte Holle interessiert.

„Nein, sie lehnte ab."

Zweifellos musste Ulf Stikkert in den kommenden Tagen etliche Happyend Geschichten erfinden, wenn er irgendwie über die Runden kommen wollte. Die dreihundert Euro aus seiner Hosentasche, wollte er jedenfalls solange nicht anrühren, bis er herausgefunden hatte, wofür und von wem er sie erhalten hatte.

Da er nur zu genau wusste, dass er Norddeich oder noch treffender, seinen Platz vor seinem Laptop in nächster Zeit wohl kaum verlassen würde, um wieder flüssig zu werden, konnte er der Polizei auch guten Gewissens sagen, dass er ihnen jederzeit mit Rat und Tat zur Seite stand. Wobei er allerdings zu bedenken gab, dass er telefonisch nicht erreichbar war, weil ihm sein Telefon schon vor Wochen, aufgrund nicht bezahlter Rechnungen, abgestellt wurde. Ebenso merkte er an, dass er sich auch nicht im Besitz eines Handys befand, da er sich auch dieses nicht leisten konnte.

Doch Holle zeigte sich von alldem unbeeindruckt und sagte: „Wenn wir Sie brauchen, werden wir Sie erreichen, da machen Sie sich mal keine allzu großen Sorgen." Woraufhin Stikkert ihm die Telefonnummer seines Vermieters aufschrieb, über den er im Notfall kontaktiert werden konnte.

„Vielleicht schreiben Sie mir auch noch den Namen Ihres Vermieters auf, Herr Stikkert", forderte Holle ihn auf, dem Stikkert sofort Folge leistete.

„Er heißt Tore Gerdes. Aber Obacht, der ist nicht ganz ohne, das sage ich Ihnen schon mal gleich im Voraus."

„Was soll das heißen", fragte Holle ihn interessiert.

„Na ja, wie ich schon sagte, habe ich meine Miete schon seit längerem nicht mehr bezahlt und es könnte sein, dass der Gerdes nicht so gut auf mich zu sprechen ist.“

„Das würde ich in diesem Fall auch meinen. Dann sehen Sie mal zu, dass Sie jetzt schnell an Ihren Schreibtisch kommen und ein paar Geschichten zustande bringen, damit Sie bald wieder das nötige Kleingeld haben.“

Das ließ er sich kein zweites Mal sagen, verabschiedete sich und ließ eine Wolke abgestandener Gerüche zurück. Holle öffnete das Fenster Richtung Onnen-Visser Platz weit. Der Raum brauchte zwingend einen Luftaustausch, was jedoch kaum möglich war, da die Luft draußen stand. Es war heiß und kein Lüftchen wehte. Er sah Ulf Stikkert auf der geschwungenen Bank hinter dem Bücherschrank sitzen und umherschauen. Als dieser ihn am Fenster erblickte, stand er auf, kam auf ihn zu und blieb stehen.

„Was ich noch sagen wollte, Herr Hauptkommissar…“, begann er.

„Ja?“, fragte Holle aufmerksam, schon in der Annahme ihm sei noch etwas Wichtiges eingefallen.

„Diese Pritsche in ihrer Gewahrsamszelle war gar nicht mal so schlecht. Die Matratze war weicher als bei mir zuhause. Es hätte mich schlechter treffen können. Die Einrichtung war zwar etwas spartanisch, aber ich hatte ja eh die Augen zu.“

„Welche Einrichtung?“, fragte Holle prompt. „Die Zellen haben keine Einrichtung, Herr Stikkert. Das müssen Sie geträumt haben“, worauf sich Stikkert lediglich ein verwundertes „tatsächlich? Ist das so?“, abrang und über das ganze Gesicht grinste.

Hauptkommissar Erwin Holle wusste nicht so recht, was er mit dieser Aussage anfangen sollte. Eigentlich wusste er noch nicht mal was er von diesem kauzigen Typen halten, noch ob sie seinen Aussagen Glauben schenken konnten. Vielleicht hatte er auch alles ersponnen, was er bisher zu Protokoll gebracht hatte. Er fragte sich, ob er darüber lachen oder verärgert sein sollte. Er nahm es mit Humor.

„Na, dann kommen sie doch ab und an mal vorbei und schlafen sich hier bei uns aus. Ich muss nur noch mit den Kollegen absprechen, was wir für einen Übernachtungspreis nehmen. Wäre dann aber ohne Frühstück!", sagte er, so ernst er konnte.

„Echt jetzt?", fragte Stikkert erfreut und wartete eine Antwort gar nicht mehr ab. „Vielleicht werde ich auf Ihr Angebot zurückkommen", dann ging er pfeifend Richtung Nordstrand.

Mittlerweile war es früher Sonntagabend geworden und Holle und Team waren noch keinen nennenswerten Schritt vorangekommen.

Fakt war, sie hatten eine weibliche Leiche, die aus unerfindlichen Gründen in den Morgenstunden am Weststrand gelegen hatte. Ebenso war gegeben, dass sie einen Mann in alkoholisiertem Zustand in unmittelbarer Nähe des Fundortes schlafend aufgefunden hatten. Dieser konnte nach einigen Stunden Schlaf zwar wichtige Eckdaten preisgeben, schien auf den zweiten Blick selbst jedoch nicht involviert. Bei dem Betrunkenen handelte es sich um den in Norddeich wohnenden Ulf-Berthold Stikkert, seines Zeichens Kurzgeschichtenautor bei einem Zeitschriftenverlag, von dem Hauptkommissar Erwin Holle nie zuvor hörte.

Ebenso sicher war, dass es sich bei der Toten um Eva Kaiser, verwitwet, eine erwachsene Tochter und derzeit wohnhaft auf Helgoland handelte. Sie war eine ehemalige Mitschülerin von Ulf Stikkert und hatte, wie er selbst, am Vorabend am Klassentreffen zum vierzigsten Jahrestag ihrer Abschlussklasse teilgenommen.

Laut Stikkert war die Feier feucht fröhlich gewesen und bis zu einem gewissen Grad hatte er sich auch noch an den Ablauf des Abends erinnern können. Doch aufgrund eines dann folgenden immensen Alkoholgenusses waren ihm, wie es Holle kurzerhand auf den Punkt brachte, die Lichter ausgegangen.

So wusste Ulf Stikkert zwar, dass die Feier in der Giftbude begann, aber ob sie dort auch endete, entzog sich seiner derzeitigen Erinnerung. Auch wusste er nicht mehr, wann und mit wem er die Feier verlassen hatte und schon gar nicht, wie er unter den Kletterturm am Spielplatz des Weststrandes gekommen war. Was es mit dem Bargeld auf sich hatte, war ihm ein Rätsel.

Den einzigen Lichtblick des Tages hatten Vorbeck und Fredersen zu verzeichnen. Sie stellten den Wohnort von Rieke Mitfeld fest, die ebenfalls zum harten Kern der Feierlustigen gehörte, trafen sie jedoch zuhause nicht an. Dafür machte Fredersen Bekanntschaft mit ihrer Nachbarin Agatha Hocke, worauf er auch gerne verzichtet hätte.

Weiterhin fanden sie das Hotel, in dem sich drei weitere Mitschüler der Verstorbenen eingebucht hatten. Doch leider fehlte auch von Boris Feldhof, Ben Hobrecht und Tjark Steffens bisher jegliche Spur.

So saß Vorbeck derzeit immer noch in der Hotellobby und wartete auf die drei Herren, um sie in Folge zur Polizeiwache zu begleiten.

„Er ist da, Herr Hauptkommissar!", rief Fredersen. Und noch bevor Holle etwas fragen konnte, hatte Fredersen ihm den Bericht der Rechtsmedizin auch schon auf den Tisch gelegt und blieb gespannt vor dem Schreibtisch stehen.

„Na endlich", entgegnete Holle und vertiefte sich sofort darin.

In Kurzform, gleich einer Momentaufnahme gab er sodann seinen Kollegen Auskunft.

„Eva Kaiser wurde an Händen und Füßen gefesselt. Wahrscheinlich Kabelbinder. Sie war geknebelt. Ihre Augen waren verklebt worden, was anhand von Klebespurenresten festgestellt werden konnte. Im Mund- und Rachenbereich muss wohl ein Tuch gesteckt haben. Es wurden noch einige Fasern gefunden. Sie hat also nur durch die Nase geatmet. Allem Anschein nach wurde sie bei Ebbe ins Wasser geschleppt. Wahrscheinlich hat sie versucht an den Strand zu robben. Unter ihren Fingernägeln fanden sich Partikel von Muscheln. Wir müssen davon ausgehen, dass der Täter ihr bei ihrem Versuch an Land zu gelangen sogar zugeschaut hat.

Vielleicht hat er sie auch davon abgehalten und sie immer wieder ins Wasser gezerrt. Auch das ist nicht auszuschließen. Das würde auf jeden Fall die Hämatome an ihren Oberarmen erklären."

„Oh Gott! Die arme Frau!", entfuhr es Mira.

„Hat sie sich dem Täter denn nicht widersetzt? Sie muss doch Gegenwehr geleistet haben, als er sie überwältigte."

„Auch das steht im Bericht", erklärte Holle. „Es wurden keinerlei Abwehrspuren gefunden. Dafür konnte ein leichtes Betäubungsmittel nachgewiesen werden. Allerdings, so steht es geschrieben, soll sie das nur wenige Zeit außer Gefecht gesetzt haben. Wahrscheinlich genau so lange, wie der Täter brauchte, sie zu fesseln", mutmaßte Holle.

„Sicher ist jedenfalls, dass das Salzwasser den Knebel und das Stoffstück in ihrem Mund letztlich durchdrungen hat, woraufhin sie sich erbrach. Sehr wahrscheinlich ist sie an ihrem Erbrochenem erstickt, bevor sie im Wasser ertrinken konnte. Die Flut trug sie dann an Land."

„Dann war sie bei vollem Bewusstsein, als sie starb?", fragte Vorbeck.

„Auf Grund der geringen Betäubungsmittelmenge müssen wir davon ausgehen."

„Das hieße also, dass sie genau mitbekommen hat, was mit ihr geschah, sie aber an der Situation nichts ändern konnte", stellte Mira Lose fassungslos fest.

„So ist es", kommentierte Holle knapp.

„Dann ist das jetzt sicher, dass sie ermordet wurde?", fragte Fredersen vorsichtig und Hauptkommissar Holle meinte seinen Ohren nicht zu trauen.

„Lieber Herr Kollege", begann er betont langsam „ist das jetzt eine ernst zu nehmende Frage? Oder wollen Sie uns tatsächlich Glauben machen, dass das Opfer sich erst selbst geknebelt und sich anschließend an Füßen und Händen gefesselt hat. Wenn das so gewesen wäre, müsste sie sich vorher ins Watt gesetzt und sich auch das Betäubungsmittel selbst verabreicht haben. Wobei sie sich dann schlechterdings die Fesseln hätte binden können. Alle Utensilien für diese Aktion hätte sie bei sich tragen müssen, ergo wären sie wohl morgens ebenfalls an Land gespült worden. Und jetzt überlegen Sie mal ganz schlau und sagen mir, ob Sie das wirklich glauben."

Fredersen schaute ihn naserümpfend an, schließlich antwortete er kaum hörbar: „Ich würde es zu gerne glauben. Denn dann hätten wir hier keinen Mord, sondern nur einen Selbstmord. Das ist zwar auch nicht gerade wünschenswert, aber vielleicht nicht ganz so dramatisch."

Der Abend kroch dahin und Vorbeck grämte sich fast zu Tode, dermaßen untätig in der Hotellobby herumzusitzen. Auch mehrere Tassen Kaffee hatten an seinem gelangweilten Zustand nichts geändert. Schließlich bestellte er sich, obwohl er ihm Dienst war, ein kleines Bier, blätterte ein weiteres Mal die ausgelegten Zeitungen von vorn bis hinten durch, starrte eine unendlich lange Zeit aus dem Fenster und meinte den Ausblick letztlich so gut zu kennen, dass er ihn hätte in Öl malen können, wenn er dazu fähig gewesen wäre.

Unzählige Urlauber waren, seitdem er auf dem Sofa nahe der Eingangstür saß, an ihm vorbeigeschlendert. Allerlei fröhliche Menschen, die den lieben langen Tag scheinbar nichts Besseres zu tun hatten, als sich mit Sonnenmilch einzuschmieren und ihre Körper in der Sonne zu grillen. Neid beschlich ihn. Zu gerne würde er auch einen sonnengebräunten Teint vorweisen können. Doch stattdessen sprießten bei ihm lediglich Unmengen von Sommersprossen und sein lichter rötlicher Haarschopf driftete ins Orangefarbene ab. Schnell wischte er diese zähen Gedanken beiseite und widmete sich wieder der Eingangstür. Schließlich mussten die Gesuchten irgendwann ins Hotel zurückkehren. Doch so sehr er auch jeden Hotelgast fixierte, die drei Gesuchten sah er nicht. Wobei es

für ihn natürlich einen erhöhten Schwierigkeitsgrad darstellte die drei überhaupt zu erkennen, da er außer der Beschreibung, die Ulf Stikkert abgegeben hatte, kein Foto oder dergleichen von ihnen besaß. Doch auch die Dame an der Rezeption hatte versprochen die Augen offenzuhalten und sogleich Bescheid zu geben, wenn sie einen von ihnen zu Gesicht bekam.
Kurz nach zehn Uhr am Abend war die Rezeption nicht mehr besetzt, da das Hotel zu den inhabergeführten am Platz gehörte. Die Eingangstür wurde abgeschlossen und Vorbeck somit eingeschlossen. Müde starrte er fortwährend in Richtung Tür, saß sich seinen Allerwertesten wund, aber nichts geschah. Viele Hotelgäste kehrten spät zurück. Sie gaben an der Vordertür einen Code ein, womit sie den Summer aktivierten. Einige schleppten sich torkelnd die Treppe hinauf. Andere bedienten sich noch an der hauseigenen Bar, die jedem Hotelgast zur Verfügung stand. Hierbei hatten die Inhaber ganz klar die Ehrlichkeit ihrer Hausgäste im Fokus. Neben der Bar lag der Einfachheit halber ein Schreibblock und ein Stift und jeder Gast war angehalten aufzuschreiben, was er der Bar entnommen hatte, damit auch diese Kosten bei Abreise abgerechnet werden konnten. Vorbeck überlegte, ob auch er sich wohl dort bedienen dürfte, verließ seinen angestammten Sofaplatz und schaute nach, wonach ihm gelüstete. Als er mehrere Flaschen Norderneyer Brauhausbier entdeckte, langte er zu. Er nahm sich gleich zwei Flaschen und noch eine Tüte Erdnüsse. Dann kehrte er zurück zum Sofa. Das Bier schmeckte hervorragend. Aber das wusste er ja.

Als ein schlurfendes Geräusch in seiner unmittelbaren Nähe ertönte, schreckte er auf. Verwirrt schaute er sich um und stellte fest, dass er nicht nur die ganze Nacht, sondern auch die ihm angetraute Überwachungsaufgabe verschlafen hatte. Er sah eine junge Frau einen Staubsauger durch die Lobby schieben und mehrere andere Reinigungskräfte mit Handtüchern hin und her eilen.

Seine Bierflaschen und die leere Tüte Erdnüsse waren weggeräumt worden. Das kleine Glastischchen, das vor dem Sofa stand blitzte und blinkte im Sonnenlicht. Er sah vereinzelte feuchte Putzstreifen und wunderte sich darüber, dass er dermaßen fest geschlafen hatte. Doch noch mehr fragte er sich, wie ihm dieser Fauxpas überhaupt passieren konnte und wie er das Fredersen und insbesondere seinem Chef erklären sollte.

Ein betörender Kaffee- und Brötchenduft drang an seine Nase. Mit bettschwerem Blick schaute er auf seine Armbanduhr, deren Anblick ihn blitzartig vom Sofa riss.

„Schiet“, rief er entsetzt, „was für ein verdammter Schietkram!“ Es war bereits acht Uhr durch. Augenblicklich fragte er sich, warum ihn niemand geweckt hatte. Konnte doch nicht angehen, dass sämtliches Personal auf leisen Sohlen an ihm vorbeigeschlichen war. Panikartig begann er zu schwitzen. Gequält überlegte er, was er zu seiner Rechtfertigung auf dem Revier nun erzählen konnte, da er natürlich nicht wusste, ob und wann Hobrecht, Feldhof und Steffens ins Hotel zurückgekehrt waren.

Glücklicherweise konnte er an der Rezeption zumindest in Erfahrung bringen, dass die drei derzeit vermutlich auf ihren Zimmern waren, da an jeder der Zimmertüren das Schild mit der Aufschrift „Bitte nicht stören“ gehängt war, was wiederum ein sicheres Anzeichen dafür war, dass sie alle noch schliefen.
Zügig rief er auf dem Revier an und setzte seine Kollegen davon in Kenntnis, dass die drei Gesuchten allem Anschein nach im Hotel waren. Kurze Zeit später erschienen Holle, Nordmeier und Lose auf der Bildfläche. Dass Vorbeck nicht wusste, wann die drei Männer das Hotel wieder betreten hatten, behielt er vorerst für sich. Auch hoffte er, dass dies im Weiteren keine nennenswerte Rolle spielen würde, bestenfalls gar nicht zur Sprache kam.

Währenddessen Hobrecht, Feldhof und Steffens von Vorbeck und Fredersen im übernächtigten Zustand auf die Norderneyer Polizeiwache gebracht wurden, bezahlte Holle Vorbecks Zeche und erhielt die Auskunft, dass Eva Kaiser ebenfalls in diesem Hotel eingecheckt hatte. Daraufhin nahm er zusammen mit Nordmeier und Lose das betreffende Hotelzimmer in Augenschein.

Doch auch nach gründlichster Überprüfung des Zimmers ließ sich kein Anhaltspunkt für einen Mord feststellen. Der Raum war in einem tadellosen Zustand. Nichts war zu finden, woraus zu schließen gewesen wäre, dass Eva Kaiser sich in Gefahr befunden hätte. Außer diverser Sommerbekleidung und unzähligen Toilettenartikeln, befand sich nichts weiteres Persönliches in ihrem Koffer.

„Es ist mir unverständlich", murmelte Holle vor sich hin. „Was ist das nur für eine seltsame Frau gewesen?", fragte er schließlich in die Ruhe des Zimmers hinein. Mira und Jannis schauten ihn verwundert an. Es war ihnen anzusehen, dass sie überhaupt nicht wussten, was er damit sagen wollte.

„Was meinst du damit", fragte Mira schulterzuckend.

„Siehst du das etwa nicht? Diese Kaiser hat gar nicht erst ihren Koffer ausgepackt. Da ist noch so gut wie alles drin. Also, wenn das mal nicht ungewöhnlich ist für eine Frau ihres Alters. Also meine Frau räumt immer alles sofort ordentlich in den Schrank, wenn wir im Urlaub sind. Das kenne ich gar nicht anders. Das gehört sich doch wohl auch so. Schließlich war die hier nicht als Rucksacktouristin unterwegs."

Mira und Jannis wechselten einen amüsierten Blick, der ihrem Chef nicht entging.

„Was?", fragte er verdutzt.

Doch keiner von beiden ging auf ihn ein. Stattdessen begann Mira damit, die Badezimmerartikel einer genaueren Untersuchung zu unterziehen und Jannis bückte sich und schaute unter dem Bett nach, ob dort etwas zu finden war.

„Und überhaupt…", setzte er an, als er Mira im Bad über die Schulter lugte, „um was in aller Welt braucht eine Frau so viel

Klimbim in Tuben? Also meine Frau hat ihre ein, zwei Cremes und damit ist es auch gut."

Mira verdrehte die Augen, was ihrem Chef dank des vieltürigen Badezimmerspiegels natürlich nicht verborgen blieb.

„Darf ich aus deinem Blick schließen, dass dieses ganze Tuben-und-Pasten-Wirrwarr normal ist?", woraufhin Mira schweigend nickte und Holle ein schlichtes „unglaublich", verlauten ließ. Eine Handtasche fanden sie nicht. Was auch eher unwahrscheinlich gewesen wäre, da eine Frau nach Holles Meinung, so gut wie nie ohne ihre Tasche ausging.

9. Kapitel

Zurück auf der Dienststelle beauftragte Hauptkommissar Holle sofort Vorbeck mit der Aufgabe sämtliche Mülleimer entlang der Strandpromenade in Höhe des Fundorts nach einer Damenhandtasche zu durchsuchen. Vorbeck, der bei den Worten, einen wichtigen Sonderauftrag zu erhalten, augenblicklich ein gutes Stück größer geworden war, schrumpfte aufgrund der unleidlichen Aufgabe in Sekundenschnelle.

„Muss das sein?“, frage er mit angewidertem Gesichtsausdruck, als steckte er bereits tief drin in den Mülleimern. „Wissen Sie eigentlich wie die stinken in dieser Hitze?“, fragte er aufgebracht und wischte sich mit einem Stofftaschentuch den Schweiß von der Stirn. „Kann das nicht Fredersen machen? Ich hasse Müll. Ich habe eine so empfindliche Nase. Und eine Stauballergie habe ich vielleicht auch.“

„Vielleicht?“, fragte Holle. „Also entweder haben Sie eine Allergie oder nicht Vorbeck. Immer schön bei der Wahrheit bleiben“, sagte Holle.

„Na gut. Ich gebe es zu. Ich habe keine Allergie. Ich hasse einfach nur stinkigen Müll.“

„Wer tut das nicht. Jetzt nehmen Sie sich mal nicht ganz so wichtig. Stellen Sie sich doch einfach vor, Sie finden die Tasche. Wäre das nicht kolossal? Dann wären Sie der König der Dienststelle.“

Vorbeck schaute ungläubig. Schließlich willigte er ein. Was hätte er auch sonst tun sollen. Dies war sein Job. Er hatte keine andere Wahl, wenn er weiterhin bei diesem Verein angestellt bleiben wollte.

„Also sehen Sie jetzt mal zu, dass Sie da hinkommen. Sonst sind die Mülleimer vielleicht schon geleert, bevor Sie angefangen haben zu suchen.“

„Ich hoffe es“, brummelte Vorbeck und schon knuffte ihn Fredersen unsanft in die Seite.

„Bernd, du bist echt nicht mehr zu retten. Überleg doch mal.“ Aber Vorbeck grunzte nur genervt und machte keinerlei Anstalten das Revier zu verlassen.

„Sollten Sie Pech haben Vorbeck und die Eimer sind schon leer, dann machen Sie sich sofort auf den Weg zum Abfallentsorger“, erklärte ihm Holle.

„Ist nicht Ihr Ernst. Das mache ich nicht. Das können Sie nicht von mir verlangen. Den Gestank halte ich nicht aus“, empörte er sich.

„Was ich von Ihnen verlangen kann und was nicht, das lassen Sie mal meine Sorge sein. Ihnen ist doch auch daran gelegen diese unglückliche Situation auf Ihrer Insel schnellstens zu bereinigen, oder?“

„Natürlich“, gab Vorbeck kleinlaut zu.

„Na, sehen Sie. Worauf warten Sie also noch?“

Erst dann machte Vorbeck kehrt, verließ mit gesenktem Kopf den Raum und machte sich auf den Weg, die ihm zugewiesene Aufgabe zu erledigen.

Wie vom Donner gerührt nahmen Hobrecht, Feldhof und Steffens zur Kenntnis, dass ihre ehemalige Mitschülerin, Eva Kaiser, mit der sie am Samstagabend noch in Erinnerungen schwelgten, am Sonntagmorgen tot am Strand aufgefunden worden war. Mit ebensolcher Verwunderung sahen Holle und Kollegen es als gegeben an, dass die drei Männer von diesem Vorfall noch gar nichts mitbekommen hatten. Zumindest gaben sie vor, davon bisher nichts gehört zu haben, was jedoch eher unwahrscheinlich erschien. So groß war Norderney nun auch nicht und wenn man Fredersen Glauben schenken wollte, der ja gebürtiger Insulaner war, funktionierte die „Stille Post“ auf Norderney ebenso gut wie am Festland.

Doch die drei beteuerten auch auf mehrfache Ansprache wirklich nichts mitbekommen zu haben. Schließlich gaben sie zu, dass sie schon etwas verwundert, wenn nicht gar pikiert gewesen waren, dass sie Eva am Tag nach der Klassenfeier nicht mehr zu Gesicht bekamen. Was Ulf Stikkert betraf, so war dieser ihnen nicht sehr wichtig. Er gehörte zwar zu dieser alten Gemeinschaft aus Schultagen, doch passte er nicht mehr ganz zu ihnen. Außerdem neideten die drei Männer ihm seine Wirkung, die er auf Frauen hatte, was sie natürlich in dieser Form nicht zugaben. Tatsächlich hatten sie angenommen, dass Eva Kaiser und Ulf Stikkert ihre Zeit auf der Insel in trauter Zweisamkeit verbrachten, da sie schon früher aneinanderhingen wie Kletten. Selbstredend hatten sie versucht Eva auf ihrem Handy zu erreichen, aber wie erwartet, war nur die Mailbox angesprungen. Und Ulf besaß, wie er im Laufe des Samstagabends beiläufig erwähnte, derzeit kein Mobiltelefon.

Auch die drei Einzelbefragungen brachten vordergründig wenig Aufschluss und so konnten Hobrecht, Steffens und Feldhof die Wache schon nach kurzer Zeit wieder verlassen. Dies natürlich nur unter dem Aspekt, dass sie sich selbstverständlich für eine weitere Befragung zur Verfügung hielten, wenngleich sie beabsichtigten, noch am selben Tag ihre Heimreise anzutreten.

Nachdem das Team um Hauptkommissar Holle sich im Besprechungsraum bei Kaffee und Krabbenbrot versammelt und gestärkt hatte, wurde es wieder dienstlich.

„Was haben wir nun alles?“, frage Holle in die Runde.

Mira Lose begann als Erste von der Befragung des Ben Hobrecht zu berichten.

„Herr Hobrecht ist ledig und wohnt in Norddeich. Er ist Frührentner. War wohl mal ein hohes Tier bei einer Werft in Hamburg, aber das muss ich noch überprüfen. So wie er sagte, hat er für sein Leben genug gearbeitet und genügend Geld auf der hohen Kante hat er wohl auch. Er meinte, dass er das Leben jetzt nur noch genießen will.“

„Und was konnte er dir über den Abend der Klassenfeier berichten?“, fragte Holle seine Kollegin.

„Eigentlich nichts Besonderes. Nur, dass es eine richtig schöne Feier gewesen sein soll und genau wie Ulf Stikkert es schon sagte, sei der „harte Kern“ noch geblieben, als die ganzen Langweiler der Klasse die Feier schon längst verlassen hatten. Dann gab er noch an, dass Eva Kaiser als Erste ging und unser lieber Herr Stikkert soll kurz nach ihr los sein.“

„Ach was!“, entfuhr es Nordmeier. „Das hat der Schlemil uns ja gar nicht gesagt.“

„Ich schätze, er wusste es nicht mehr. Auf jeden Fall müssen wir uns den wohl nochmal vornehmen“, was sofort auf allgemeine Bestätigung stieß.

„Und? Was haben die Herrschaften gestern den lieben langen Tag und die Nacht so getrieben? Hast du in Bezug darauf auch etwas aus ihm herausbekommen?“, fragte Holle.

„Natürlich“, entgegnete sie stolz.

„Am Tag nach der Klassenfeier, als Hobrecht, Feldhof, Steffens und Mitfeld ausgeschlafen hatten, haben sie sich wieder getroffen und sind hier und da eingekehrt, haben getrunken und gegessen, Bier, Cocktails, Sektchen. Wie er sagte, ging das den ganzen Tag so. Ich habe die Bars und Cafés alle aufgeschrieben, falls wir da nachhaken müssen.“

„Die haben also den ganzen Tag gesoffen, wenn wir das mal auf den Punkt bringen wollen“, fügte Fredersen hinzu, nur, um auch endlich mal wieder irgendetwas gesagt zu haben.

„Wir können also festhalten…“, sagte Holle, „die vier waren tatsächlich bis gestern Abend zusammen. Die Männer sind irgendwann ins Hotel, die genaue Uhrzeit wird uns Kollege Vorbeck noch sagen, und Rieke Mitfeld ist zurück in ihre Wohnung. Stimmt das soweit?“

Mira nickte.

Die Tür ging auf und Vorbeck erschien mit zufriedenem Gesichtsausdruck und einer Plastiktüte in der Hand, die er alsgleich auf dem Besprechungstisch ablegte.

„Ich habe die Handtasche der Toten gefunden", erklärte er stolz. „Sie war tatsächlich in einem der Mülleimer oberhalb des Weststrandspielplatzes. Ist noch alles drin, wie mir scheint. Portemonnaie, Handy und allerlei Frauenkrams. Ein Paar Damenschuhe waren auch in dem Mülleimer. Die habe ich auch noch mitgebracht. Wer weiß, vielleicht gehören die auch der Frau Kaiser."

„Sehen Sie Vorbeck, war doch gar nicht so schlimm, wie Sie erwartet haben. Ich muss sagen, da haben Sie ja mal einen richtigen Volltreffer gelandet", lobte ihn Holle.

„Und wenn Sie mir nun noch sagen, um wie viel Uhr Hobrecht, Steffens und Feldhof in das Hotel zurückgekehrt sind, dann haben Sie für heute alles richtig gemacht."

Doch diese Frage konnte Vorbeck natürlich nicht beantworten. Stattdessen druckste er herum, pulte an seinen Fingernägeln und tat, als habe er die Frage gar nicht gehört. Erst als sein Chef ihn ein zweites Mal fragte, gab er kleinlaut zu, dass er auf dem Sofa in der Hotellobby eingeschlafen war und erst am Morgen wieder aufgewacht ist.

„Das heißt, Sie haben weder gesehen, ob die drei zusammen ins Hotel kamen, noch wann Sie gekommen sind?", echauffierte sich Holle und Vorbeck schüttelte beschämt den Kopf.

„Mann, Sie sind mir vielleicht ein Schussel. Am besten, Sie verhalten sich jetzt einfach still, sonst…, ach, halten Sie einfach den Mund und hören zu, vielleicht lernen Sie ja noch was."

Betreten schaute Vorbeck zu Boden. Wie weggeblasen war sein Stolz, der noch vor Minuten in seiner Brust schwoll. Keinen Ton wollte er mehr von sich geben. Wütend aufgrund der Maßregelung, stellte er sich einen Stuhl in die hinterste Ecke des Büros, setzte sich und sah zerknirscht zu, wie seine Kollegen das Innenleben der Handtasche peinlichst genau untersuchten.

„Sie haben doch wohl Handschuhe angezogen Kollege Vorbeck?", fragte Holle in seine Richtung.

„Aber natürlich. Was denken Sie denn Chef. So blöd bin ich nun ja auch wieder nicht“, was Holle seinerseits mit einem „man kann ja nicht wissen“, kommentierte.

„Ist schon unglaublich, dass die Tasche einfach so im Mülleimer lag“, staunte Fredersen.

„Ja. Das muss ich auch sagen. Für mich sieht es so aus, als hätte der Täter gewollt, dass wir sie finden. Oder er hat sich darüber keine Gedanken gemacht und es war ihm egal“, pflichtete Holle ihm bei.

Das Handy hatten sie schnell entsperrt. Als Zifferncode hatte sie ihr Geburtsdatum eingegeben, was denkbar einfallslos war. Doch dadurch hatten sie nun Zugriff auf ihre sämtlichen Kontaktdaten und auch Einblick in ihre Nachrichten, die sie mit Freunden und Bekannten austauschte. Einschließlich der Telefonnummer ihrer Tochter und der ihrer Freundin Jutta. Einzig seltsam war, dass sich in ihrem Portemonnaie kein müder Cent befand.

Beim Herumstöbern in ihren Handy-Nachrichten stockte Holle.

„Das gibt es nicht. Ich habe hier etliche Sprachnachrichten von Hobrecht, Steffens und Feldhof vom Tag der Klassenfeier gefunden. Es ist unfassbar. Das müsst ihr euch anhören. Wartet, ich gebe euch mal einen kurzen Einblick.“

Fredersen, Vorbeck, Nordmeier und Lose spitzten die Ohren.

„*Hey Süße! Bist du schon auf der Insel? Wollen wir nach der Feier noch zusammen auf ein Stößchen weg?*“, schrieb Hobrecht schon am Nachmittag. Und dann hier, „*wie sieht es aus mit uns zwei Hübschen heute Abend?*“, von Feldhof. „*Es soll eine sternenklare Nacht werden. Hast du später Zeit für mich?*“, fragte Steffens.

„Und so geht das munter weiter. Die haben die arme Frau ja den ganzen Tag lang mit Nachrichten zugetextet. Kein Wunder dass sie auf keinen von denen scharf war.“

Nachdem Holle sämtliche Nachrichten gelesen hatte, wanderte das Handy von einem Kollegen zum anderen, bis alle im Bilde waren.

„Besser hätte es gar nicht kommen können“, stellte Holle erneut fest und schaute Vorbeck dabei fest in die Augen.

„Also ich muss sagen, Herr Kollege, da haben sie mal ganze Arbeit geleistet. Und nun muckschen sie nicht weiter rum und kommen mal wieder näher ran. Sie haben jetzt wohl lange genug den Beleidigten gespielt. So etwas passiert schon mal im Eifer des Gefechts, dass ich einen Kollegen etwas härter angehe. Das müssen Sie schon abkönnen“, woraufhin sich Vorbecks Gesichtsausdruck augenblicklich um mehrere Nuancen aufhellte und er seinen Stuhl dicht an den Schreibtisch schob.

Die im Handy von Eva Kaiser abgespeicherte Telefonnummer ihrer Tochter brachte nicht den erwünschten Erfolg. Lediglich eine weibliche Computerstimme faselte, dass der gewünschte Gesprächspartner vorübergehend nicht zu erreichen war. Demgegenüber war die Telefonverbindung zur Freundin auf Helgoland schnell hergestellt. Dieser blieb, aufgrund der ihr mitgeteilten Botschaft, allerdings jeder noch so kleine Ton im Hals stecken.

„Sind Sie noch dran?“, fragte Holle besorgt, doch nur ein heiseres Schluchzen drang an sein Ohr.

Schließlich fand sie ihre Sprache wieder und versicherte, sich so zügig es ihr möglich war, auf den Weg zur Rechtsmedizin zu machen, um sich davon zu überzeugen, dass es sich bei der Toten wirklich um ihre Freundin handelte. Auf Nachfrage, ob sie eine neuere Telefonnummer von Finja Kaiser hatte, teilte sie den Beamten platt mit, dass sie es sich sparen könnten nach dieser Abtrünnigen zu forschen.

„Und warum, wenn ich fragen darf?“

„Weil es sie so und so nicht interessieren wird, was ihrer Mutter zugestoßen ist. Die hatten doch schon ewig keinen Kontakt mehr. Die Finja ist da in eine ganz üble Sekte abgerutscht. Bin mir noch nicht mal sicher, ob sie sich überhaupt noch Finja nennt. Als wir, ich meine Eva und ich, das letzte Mal von ihr hörten, das muss Anfang vergangenen Jahres gewesen sein, war sie gerade mit nichts als dem Rucksack in diesem großen weiten Land unterwegs. Das muss man sich mal vorstellen. Nur mit ein paar Habseligkeiten als Frau allein und zu Fuß in der Ferne. Da soll eine Mutter in der Heimat wohl verrückt werden. Nur einmal kam eine nichtssagende Ansichtskarte aus irgendeinem Nationalpark."

„Und?", begann Holle. „Haben Sie die Karte vielleicht noch irgendwo?"

„Nein. Nicht dass ich wüsste."

Kopfschüttelnd bedankte sich Holle und beendete das Telefonat. Immer wieder wählte er die Telefonnummer von Finja. Und ein ums andere Mal dröhnte ihm die Computerstimme ins Ohr. Bis er schließlich Glück hatte und sie sich tatsächlich meldete. Etwas erschrocken, da er gar nicht mehr damit gerechnet hatte sie an den Apparat zu bekommen, presste Holle den Hörer an sein Ohr.

„Spreche ich mit Finja Kaiser?", rief er in den Hörer.

„Ja, das bin ich!", antwortete eine fremde Frauenstimme.

Holle stellte sich vor, sagte, um was es ging, wartete auf ihre Reaktion. Doch sie begann weder zu schluchzen, wie er es normalerweise in solch einer Situation erlebte noch versagte ihr die Stimme. Stattdessen fragte sie ihn, warum er sie so anbrüllte und ob er nicht in einer normalen Lautstärke mit ihr sprechen könnte.

Holle wusste selber nicht, warum er so laut in den Hörer sprach und drosselte seine Stimme. Vielleicht lag es an der Entfernung von Norderney nach Sydney.

Finja sprach in einem aktzentfreien Deutsch. Das sollte sie wohl auch, schließlich war es ihre Muttersprache. Wie sich im Laufe des Gesprächs herausstellte, hatte sie weder ihren Namen geändert noch war sie in irgendeine ominöse Sekte abgerutscht. Einzig einer Yoga Gemeinschaft an der Ostküste hatte sie sich angeschlossen, was in Augen von Hauptkommissar Holle nichts Anrüchiges darstellte.

Interesse am plötzlichen Versterben ihrer Mutter zeigte Finja nicht. Einzig die Worte: „Nun, dann ist das eben so. Ich werde auch ohne sie klar kommen. Das musste ich ja schon mein ganzes Leben lang", brachte sie betont gleichgültig hervor.

„Und sollten Sie mich fragen wollen, ob ich sie nochmal sehen will, ist meine Antwort ein klares Nein. Ich werde weder jetzt noch zu ihrer Beerdigung nach Deutschland zurückkehren."

„Okay. Das ist ihre Entscheidung. Da mische ich mich nicht ein. Sie müssen nichts tun, was sie später einmal bereuen. Da bin ich ganz bei Ihnen. Sie werden ganz sicher Ihre Gründe dafür haben. Dennoch sollten Sie mir für etwaige Fragen weiterhin zur Verfügung stehen", erklärte er, obwohl er sich ziemlich sicher war, dass es eher unwahrscheinlich war, dass er Finja Kaiser ein weiteres Mal anrufen würde.

„Das ist kein Problem. Ich weiß zwar nicht inwieweit ich Ihnen weiterhelfen kann, aber wenn es denn unbedingt sein muss …"

Leicht geschockt beendete Holle das Telefonat. Sogleich fragte er sich, was passieren musste, dass eine Tochter so emotionslos über ihre Mutter sprach. Doch lag die Antwort auf der Hand. Eva Kaiser hatte sich zeitlebens nicht um ihre Tochter gekümmert. Wenn Holle Finja Kaiser Glauben schenken durfte, war sie ihrer Mutter von klein auf nur ein Klotz am Bein gewesen.

Alsdann gab Holle seinem Inselkollegen Fredersen den Auftrag die gefundene Handtasche und die Schuhe der Toten der Kriminaltechnischen Untersuchung zukommen zu lassen.

„Okay. Machen wir erstmal weiter. Was hat Tjark Steffens von sich gegeben", fragte er Nordmeier, woraufhin dieser ebenso ausführlich Bericht erstatte, wie seine Kollegin zuvor und wie Holle es von ihm erwartete.

„Tjark Steffens ist Gastronom an der ostfriesischen Küste. Er hat ein kleines Restaurant. Es heißt „Fleisch am Deich". Der hat mir richtig den Mund wässerig gemacht. Also da müssen wir unbedingt alle zusammen mal hin. Da gibt es Lamm- und Gallowayfleisch und Gerichte mit Schaf- und Ziegenkäse. Und alles ist vollkommen Bio", sagte er. Weitere Großartigkeiten brachte die Aussage von Tjark Steffens jedoch nicht zu Tage, da sie bis auf wenige Details der Aussage von Ben Hobrecht glich. Einzig neu war, dass Steffens seinen Mitschüler Ulf Stikkert bereits am Morgen auf der Georgshöhe angetroffen hatte.

„Auf der Georgshöhe…", murmelte Holle vor sich hin und schon spürte er, wie sich die Geschichtsschublade in seinem Gehirn öffnete. „Die ist nach König Georg V. benannt worden", sagte er ungefragt. „Der war bis Mitte des neunzehnten Jahrhunderts oft monatelang zu Gast auf der Insel. Ihr wisst doch, das war dieser blinde hannoversche König. Nur für den Fall, dass ihr euch fragt, warum diese Düne so heißt." Dann forderte er Nordmeier auf, mit seinem Bericht fortzufahren.

Doch sehr aufschlussreich war nichts von dem, was Nordmeier aus Steffens herausbekommen hatte. Einzig, dass dieser mit Stikkert geklönt hatte, wie man es für gewöhnlich tat, wenn man sich lange Zeit nicht mehr gesehen hatte. Doch merkte Steffens an, dass sein damaliger Mitschüler wohl keine rechte Lust gehabt hatte, sich mit ihm zu unterhalten. Er meinte sogar, dass er ziemlich abweisend zu ihm gewesen sei und erinnerte sich, dass Stikkert gesagt haben soll, dass er beabsichtigte sich noch die Insel anzuschauen, was Steffens ihm jedoch nicht glaubte. Er hatte es für viel wahrscheinlicher gehalten, dass sich Stikkert noch eine „Schnitte" für ein Schäferstündchen angeln wollte.

Auf weiteres Befragen war er dann bereitwillig in Plauderlaune geraten und erzählte so dies und das aus dem Nähkästchen seiner Schulzeit. Alles in allem viele unbrauchbare Dinge, die überhaupt nichts zum Fall beitrugen.

Einzig interessant war, dass Ulf Stikkert in früheren Zeiten wohl ein echter „Aufreißer" gewesen sein musste, der keinen Leckerbissen ungeküsst an sich vorbeiziehen ließ.

So erfuhr Nordmeier auch, dass Stikkert sowohl mit Rieke Mitfeld, als auch mit Eva Kaiser schon zu Schulzeiten das ein oder andere Techtelmechtel gehabt hatte, wovon Stikkert selbst bei seiner Befragung nichts erwähnte. Auch bestätigte Tjark Steffens, dass Stikkert auch auf den vergangenen Klassentreffen immer mal mit einer von beiden eng war.

Auf die bohrende Nachfrage von Nordmeier gab er letztlich widerwillig zu, dass ihm und seinen zwei Mitschülern viel an den beiden Frauen gelegen war und jeder von ihnen nur zu gerne seinen Hut ins Liebesfeuer geworfen hätte. Doch für Eva Kaiser und Rieke Mitfeld war Ulf Stikkert die Erfüllung all ihrer Wünsche.

Holle selbst vernahm Boris Feldhof. Dieser hatte seinen Wohnsitz in Paris, da er dort bei einer internationalen Speditionsfirma arbeitete. So wie er sagte, hatte er keinen seiner Mitschüler seit dem letzten Klassentreffen vor fünf Jahren gesehen. Dies bedauerte er zwar einerseits, andererseits strengten ihn mehrere Tage am Stück mit seinen ehemaligen Mitschülern auch ziemlich an. Trotz dessen war es für ihn immer eine amüsante Abwechslung, sie beim Klassentreffen wiederzusehen. Zu diesem Zweck nahm er gern alle fünf Jahre die Fahrt von Paris nach Ostfriesland in Kauf. Außerdem gab er zu, dass er nichts im Leben lieber täte, als Auto zu fahren. Letztlich prahlte er damit, dass diese Strecke für ihn ein „Klacks" sei.

Näheres über seine Mitschüler wusste er nicht, da er sie tatsächlich immer nur zu den Klassentreffen sah. Doch konnte er einige Episoden aus ihrer gemeinsamen Schulzeit zum Gespräch beisteuern.

Demnach waren Tjark Steffens und Ulf Stikkert damals nur als die „Unzertrennlichen" bekannt. Auch bestätigte Boris Feldhof die

Aussage von Ben Hobrecht, dass Ulf Stikkert schon in früheren Zeiten ein ziemlich „schlimmer Finger“ gewesen sei. Wie er jedoch heute aufgestellt war, was er so tat und womit er seinen Lebensunterhalt verdiente, das meinte Boris Feldhof nicht zu wissen. Zwar hatte er immer wieder einmal mitbekommen, dass Stikkert sich selbst als Autor bezeichnete, gelesen hatte er jedoch noch nie etwas von ihm. Er erklärte sich das damit, dass er schon seit langer Zeit in Paris wohnte und so gut wie nie deutsche Lektüre kaufte, geschweige denn irgendwelche Zeitschriften mit leichter Literatur.

„Also meiner Meinung nach passt das nicht zusammen“, stellte Holle fest, schaute in die Runde und gab zügig seine diesbezüglichen Gedanken preis.

„Einerseits sagt dieser Boris Feldhof, dass er mit Hobrecht, Steffens, Stikkert, Mitfeld und Kaiser über Jahrzehnte eine eingeschworene Gemeinschaft gewesen sein will, andererseits versucht er uns weiszumachen, dass er kaum etwas über Ulf Stikkert weiß.“

An Nordmeier gewandt „Jannis, jag die Daten dieser Mitschüler doch mal eben alle durch den Computer und sieh nach, ob dir da irgendwas auffällt.“

Doch die Recherche brachte keine Auffälligkeiten zu Tage. Keiner von ihnen hatte sich bisher etwas zu Schulden kommen lassen oder war auf sonstige Weise auffällig geworden. Letztlich blieb ihnen nur, sie weiter im Auge zu behalten.

10. Kapitel

Das Telefon läutete und Fredersen nahm das Gespräch entgegen. Schon nach wenigen Sekunden verdrehte er die Augen, zog seltsame Grimassen und wog seinen Kopf hin und her, was seine Kollegen aufhorchen ließ.

„Ja, ich erinnere mich noch an Sie Frau Hocke. Selbstverständlich. Nein, das macht keine Umstände. Ich komme gerne noch einmal vorbei. Machen Sie sich keine Sorgen. Sie haben alles richtig gemacht. Sie können unbesorgt sein, ich mache mich sofort auf den Weg. Natürlich. Ja, ich bin dann in Kürze bei Ihnen. In der Mühlenstraße. Natürlich. Kein Problem. Nein, ich kenne den Weg. Sie können sich auf mich verlassen. Nein, ganz sicher ist ihr nichts passiert. Das ist bestimmt leicht zu klären. Nun bleiben Sie erst mal ganz ruhig. Vielleicht kochen Sie sich einen Tee oder einen Kaffee. Nein, ich möchte keinen Kaffee. Nein, auch keinen Tee. Danke. Alles klar. Jaaa! Tschüüüß! Auf Wiederhören!“, dann legte er endlich auf und ließ sich erschöpft auf einen Stuhl fallen.

„Was war das denn jetzt?“, fragte Nordmeier amüsiert.

„Das war Agatha Hocke. Die Nachbarin von Frau Mitfeld.“

„Und? Was wollte sie?“, fragte Holle.

„Sie sagt, sie hätte vergangene Nacht etwas Seltsames bemerkt“, quetschte Fredersen seufzend hervor.

„Schießen Sie los!“, forderte Holle ihn auf.

„Sie meint, letzte Nacht gehört zu haben, wie Rieke Mitfeld nachhause kam. Das ist erstmal nichts Ungewöhnliches, denn diese Frau sieht, hört und weiß scheinbar alles, was in dem Häuserblock vor sich geht. Außerdem wohnt sie nur eine Treppe unter der Mitfeld. Sie gibt an, gehört zu haben, dass Frau Mitfeld gegen zwei Uhr in der Nacht den Schlüssel in ihr Türschloss steckte. Wenig später will sie ein dumpfes Geräusch und ein Klirren aus der Nachbarwohnung gehört haben. Sie sagte auch, dass sie ins Treppenhaus gegangen sei und gelauscht habe. Ihr dort aber nichts Weiteres aufgefallen sei.“

„Das ist alles?“, fragte Holle und zog seine Augenbrauen in die Höhe.

„Nein. Kurze Zeit später sah sie aus dem Fenster und da fiel ihr ein Mann auf, der offensichtlich gerade das Haus verließ. Sie sagte, er trug eine dunkle Kapuzenjacke und ging ziemlich zügig in Richtung Benekestraße.“

„Das war‘s?“, fragte Mira Lose.

„Im Grunde genommen ja!“

„Und was ist daran nun so dramatisch?“, fragte Nordmeier.

„Das ist es ja. Nachdem der Mann weg war, hat sie aus der Wohnung von Frau Mitfeld nichts mehr gehört. Moment…, wie hat sie das nochmal gesagt?“, fragte Fredersen sich selbst und man sah ihm an, dass er versuchte die Worte der alten Hocke in sein Gedächtnis zurückzuholen.

„Ah! Jetzt habe ich es. Sie sagte, sie habe keinen Mucks gehört.“

„Na, dann wird die Frau Mitfeld wohl schlafen gegangen sein“, sagte Holle sichtlich genervt.

„Mag sein“, sagte Fredersen.

„Und woran macht sie nun fest, dass der Mann den sie gesehen hat, überhaupt aus der Wohnung ihrer Nachbarin kam?“, fragte Holle.

„Keine Ahnung“, entgegnete Fredersen. „Das sei so klar wie Kloßbrühe, sagte sie.“

„Ach! Was meinen Sie Fredersen, ist diese Hocke vielleicht ein bisschen…“

„Sie meinen, ob sie im Oberstübchen noch ganz klar ist?“, fragte Fredersen.

„Ja. Genau das.“

„Ich weiß es ehrlich gesagt nicht“, stöhnte Fredersen. „Auf jeden Fall hat sie seitdem von der Mitfeld nichts gehört und das kam ihr ziemlich merkwürdig vor. Gerade weil sie heute Morgen eigentlich wieder zur Arbeit hätte gehen müssen."

„Und das weiß die alte Dame ganz genau?", fragte Holle.

„Ja. So sagte sie jedenfalls. Und ganz ehrlich, ich glaube, sie weiß wirklich alles, was in diesem Haus so vorgeht. Die steckt ihre neugierige Nase bestimmt überall rein."

„Und wenn die Mitfeld nun einfach für heute freigenommen hat, um auszuschlafen?", überlegte Mira Lose.

„Daran habe ich auch schon gedacht. Ist aber nicht so. Frau Hocke hat einen Schlüssel für die Wohnung. Sie schaut dort manchmal nach den Blumen, wenn ihre Nachbarin ein paar Tage verreist ist. Auf jeden Fall ist sie rüber in die Wohnung, um nachzusehen, ob alles in Ordnung ist."

„Und? War alles in Ordnung?", fragte Vorbeck, der schon länger nichts mehr gewagt hatte zu sagen.

„Nichts war in Ordnung. Im Wohnzimmer war eine ziemliche Unordnung. Das Bett im Schlafzimmer war unberührt und Frau Mitfeld war nicht da."

„Hm", grummelte Holle und strich sich durch einen imaginären Schnäuzer. Schließlich entschied er, dass sie auf jeden Fall auf der sicheren Seite wären, wenn sie dort einmal nach dem Rechten sehen, obwohl er nicht glaubte, dass an den Ausführungen der Spürnase Agatha Hocke irgendetwas Wahres dran war.

„Fahren Sie dort doch nochmal hin Fredersen, dann sind wir auf der sicheren Seite", forderte Holle ihn auf. „Wo wohnt die alte Dame noch gleich?", fragte er nach, währenddessen er den Straßennamen in den vor ihm liegenden Unterlagen suchte.

„Sie wohnt in der Mühlenstraße", stöhnte Fredersen.

„Ach ja, stimmt. Das ist diese lange Straße mit den vielen rotgetünchten Häuserblöcken. Da steht doch auch die Norderneyer Mühle Selden Rüst. Heißt wohl so viel wie selten Rast oder selten Ruhe, habe ich mal gelesen. Ist eine Holländerwindmühle, wenn ich mich nicht irre und steht unter Denkmalschutz. Es soll die einzige Windmühle auf den Ostfriesischen Inseln sein", erläuterte Holle grinsend und freute sich seinen Kollegen mal wieder ein wenig Geschichtswissen aufgedrängt zu haben.

„Was Sie nicht alles wissen", wunderte sich Fredersen. „Dabei sind sie doch nur ab und an im Urlaub hier auf unserem Eiland. Respekt, Herr Hauptkommissar! Ich bin erstaunt. Aber wissen Sie denn auch, was an ihr das Besondere ist?", forderte Fredersen seinen Chef heraus.

Seinen Stirnfalten war zu entnehmen, dass sein Hirn richtig auf Alarm gebürstet war und er sich mächtig anstrengen musste, um die Frage seines Inselkollegen zu beantworten. Holle konnte es nicht ausstehen, wenn er etwas Geschichtsträchtiges nicht beantworten konnte, obwohl er es eigentlich wissen müsste. Er meinte die Norderneyer Mühlengeschichte genau zu kennen. Auch war er schon an einem der Drehtage auf der Galerie gestanden. Sogar auf einer Postkarte aus dem Jahr 1900 hatte er sie einmal gesehen. Aber was sollte an ihr nun besonders sein, aufgrund dessen sie sich von anderen Mühlen unterschied? Er gestand sich ein, dass er es nicht wusste oder was ihm angenehmer erschien, dass er einfach nicht auf die Antwort kam. Gleich würde es ihm wie Schuppen von den Augen fallen, da war er sich sicher.

„Nein, Herr Kollege. Ich habe keine Ahnung. Schießen Sie los." Gespannt hing er an Fredersens Lippen und hörte ihn dann sagen: „Sie ist das einzige Gebäude auf Norderney, dass mit Reet gedeckt ist."

„Ach!", entfuhr es Holle. „Echt? Das bezweifele ich aber. Hat nicht das Fischerhaus-Museum auch ein Reetdach? Wenn Sie sich da man nicht irren Fredersen."

„Also ich muss doch sehr bitten. Sind Sie der Insulaner oder ich? Aber bitteschön, Sie können das ja noch überprüfen, wenn Sie es mir nicht glauben wollen."

„Das werde ich. Da können Sie sicher sein“, erwiderte Holle und ging dann zur Tagesordnung über.

„Dann machen Sie sich mal flugs auf den Weg Fredersen, dass Sie zu der alten Hocke kommen. Und vielleicht fahren Sie auf einen Sprung am Fischerhaus vorbei und gucken sich das Dach an. Dann brauche ich das nachher nicht mehr machen“, empfahl er ihm. Kopfschüttelnd starrte Fredersen den Auricher Vorgesetzten an und empfand ihn zunehmend eigenartig.

„Und wenn Sie die Frau Mitfeld antreffen, bringen Sie sie einfach gleich mit. Wir hätten sie ja so und so in Kürze auf die Wache gebeten“, entschied Holle, woraufhin Fredersen schließlich aufsprang, seine Dienstjacke anzog und Richtung Tür eilte. Er war schon fast draußen, als Holle ihm einen letzten Auftrag hinterherrief. „Und noch etwas Fredersen! Nehmen Sie den Kollegen Vorbeck mit und passen Sie gut auf ihn auf, nicht, dass er uns wieder einschläft.“

Wie angenommen erwartete Agatha Hocke die beiden Beamten bereits voller Ungeduld. Schon aus etlicher Entfernung sahen die beiden Kollegen, wie sie auf dem Bürgersteig vor ihrem Haus aufgeregt hin und her trippelte.

Fredersen hatte gerade die Autotür eine Winzigkeit geöffnet, schon drang ihm eine krächzende Tonfolge entgegen.

Mit einem „na, wo bleiben Sie denn, Herr Wachtmeister!“ und „ich dachte schon, Sie haben mich vergessen“, begrüßte sie ihn und musterte zeitgleich seinen Kollegen Vorbeck, dem sie wortlos die Hand entgegenstreckte und der sogleich Anstalten machte sich vorzustellen, doch Agatha Hocke hatte nur Augen für Fredersen. Vorbeck behandelte sie im Weiteren, als wäre er Luft.

„Also ich glaube, der Frau Mitfeld ist etwas zugestoßen, Herr Wachtmeister“, plapperte sie an Fredersen gewandt, wackelte in Richtung Haustür, reihte weiterhin einen Satz an den anderen und ließ keinen Kommentar zu.

„Also, Herr Wachtmeister, ich habe meine Nachbarin immer noch nicht gesehen und gehört habe ich auch nichts von ihr. Das gibt es doch gar nicht. Die ist doch eine Frühaufsteherin. Trinkt immer morgens am geöffneten Fenster ihren Kaffee, müssen Sie wissen. Da muss etwas passiert sein. Ich spüre das in meinem rechten Knie. Das fängt immer an zu jucken, wenn irgendjemanden etwas zugestoßen ist. Das können Sie mir glauben oder es lassen. Und deshalb habe ich auch schon bei ihr auf der Arbeit angerufen. Ich hoffe, ich bin da nicht zu voreilig gewesen. Aber ich konnte diese Ungewissheit einfach nicht mehr aushalten. Und Sie waren ja noch nicht da. Da wollen Sie mir doch jetzt keinen Vorwurf draus machen, oder? Ich fühle mich nun einmal verantwortlich für die junge Frau. Sie lebt doch immer noch ganz alleine in ihrer Wohnung. Irgendjemand muss doch auf sie Acht geben."

Wieder versuchte Fredersen etwas zu sagen, doch es war vergebens, Agatha Hocke war in ihrem Redefluss einfach nicht zu stoppen.

„Die Gute arbeitet in diesem kleinen Hotel an der Strandpromenade. Na, dieses hübsche, das immer so viele Blumen vor dem Eingang hat. Oder waren es keine Blumen in den Kästen. Herrje, das ist ja nicht zu fassen. Also es könnte auch Strandhafer gewesen sein. So genau weiß ich das jetzt gerade nicht mehr. Ein Strandkorb steht da aber mit Sicherheit vor der Tür. Also, Herr Wachtmeister, Sie wissen doch bestimmt von welchem Hotel ich spreche oder?"

„Fredersen", fiel er ihr ins Wort. „Ich heiße Fredersen", doch die alte Dame achtete gar nicht auf ihn und quasselte unverdrossen weiter.

Wie heißt das Hotel denn noch gleich? Herrje, das fällt mir bestimmt wieder ein."

Für einen klitzekleinen Moment hielt sie inne, fasste sich an die Stirn, sah von Fredersen zu Vorbeck und schüttelte den Kopf. „Ich weiß genau, was Sie denken. Sie meinen wohl ich bin schon etwas tüddelig. Oder wie heißt das nochmal? Ach, dieses schreckliche

Wort. Na, kommen Sie schon. Sie wissen es doch!" Wütend stampfte sie mit dem Fuß auf. „Herrgott nochmal. Diese Krankheit, die die Ollen jetzt alle haben und die es früher nicht gab."

„Sie meinen Demenz?", fragte Vorbeck vorsichtig.

„Sie sagen es", und tätschelte ihm die rechte Wange und Vorbeck fühlte sich in seine Kindheit zurückkatapultiert. Fehlte nur noch dass sie sagte: „Junge, bist du aber großgeworden, ihm mit einem Taschentuch voller Spucke den Mund abputzte oder ihm mit einem Kamm die Haare akkurat scheitelte."

Dann schaute sie Vorbeck direkt an und fragte ihn verwundert: „Wo kommen Sie denn so plötzlich her? Sie habe ich ja noch gar nicht gesehen."

Gerade als Vorbeck ansetzte sich ihr erneut vorzustellen, plapperte sie auch schon weiter.

„Also meine Herren. In meinem Oberstübchen sitzen noch alle Tassen in Reihe." Dann tippte sie sich mit dem Zeigefinger an die Stirn und sagte: „Hier oben ist alles noch frisch wie am ersten Tag."

Kurz pausierte sie, dann nahm sie wieder Fahrt auf.

„Auf jeden Fall ist die junge Frau da an der Rezeption. Und nun stellen Sie sich mal vor, man sagte mir, sie sei heute gar nicht zur Arbeit gekommen und es wusste auch niemand, warum sie nicht kam. Hat sich angeblich einfach nicht abgemeldet. Wenn das nun nicht mehr als seltsam ist, dann weiß ich es auch nicht. Also, ich sage mal, das passt gar nicht zu ihr. Sie ist ja so eine gewissenhafte und freundliche Person. Trägt mir immer mal die Einkäufe rauf oder bringt mir was mit, wenn ich nicht so kann. Also, was sagen Sie denn nun, Herr Wachtmeister. Nun sagen Sie doch endlich was. Das ist ja nicht auszuhalten, dass sie nur so schweigend herumstehen."

„Fredersen. Nennen Sie mich doch bitte bei meinem Namen, Frau Hocke."

Aber Agatha Hocke hatte sich schon längst wieder abgewandt, erklomm schnaufenderweise die wenigen Stufen zur ersten Etage, wobei sie auf jeder zweiten Treppenstufe pausierte und eine Laudatio auf die Liebenswürdigkeit ihrer Nachbarin hielt. Schließlich hatte sie es geschafft. Vor der Wohnungstür von Frau Mitfeld kramte sie in der Versenkung ihrer Kittelschürzentasche nach dem Wohnungsschlüssel, anschließend machte sie sich am Schloss zu schaffen.

„Na, was ist das denn nun wieder? Jetzt kriege ich doch diesen Schlüssel nicht in das dumme Schlüsselloch. Wenn Sie sich noch einen Moment gedulden könnten, dann hole ich schnell meine Brille", und schon machte sie Anstalten in ihre Wohnung zurückzueilen.

Ohne Vorankündigung nahm Vorbeck ihr den Schlüssel aus der Hand und schloss auf, woraufhin Agatha Hocke ihm einen vernichtenden Blick entgegenschoss und ihren aufkommenden Groll durch ein aufgebrachtes, „na, na, na! Ist es denn zu fassen?", Luft verschaffte.

Bevor Fredersen und Vorbeck die Wohnung betraten, dankten sie ihr für ihre Hilfsbereitschaft und wiesen sie ebenso freundlich an, im Treppenhaus zu warten oder besser noch, in ihre Wohnung zurückzukehren. Daraufhin war sie nicht mehr zu bändigen.

„Das ist ja die größte Frechheit, die ich je erlebt habe. Sie glauben doch wohl nicht, dass ich hier draußen alleine stehen bleibe. Ich bin die Nachbarin. Ich muss wissen, was hier vor sich geht. Nein, nein, meine Herrschaften, diese Rechnung haben Sie aber ohne mich gemacht", und schon stellte sie ihren Fuß, der in einem hellrosa Plüschpuschen mit Bommel steckte, auf die Türschwelle.

„Da gucken die Herren aber, was?", warf sie ihnen triumphierend entgegen. „Das habe ich im Tatort gesehen. Gerade letzten Sonntag. Ja, denken Sie nur nicht ich lasse mich von Ihnen hier so mir nichts, dir nichts wegschieben!"

Sowohl Vorbeck als auch Fredersen konnten sich ein Lachen nicht verkneifen, was Agatha Hocke nur noch weiter anstachelte. Entschlossen schob Vorbeck die energische alte Dame ins

Treppenhaus und schloss die Wohnungstür von innen. Nun hörten sie ihr Gezeter in einer gedämpfteren Version.

Der Flur, den sie betraten, befand sich in einem äußerst akkuraten Zustand. Besser gesagt, in einer peniblen Ordnung. Einige Paare Damenschuhe standen in exakt gleichem Abstand nebeneinander. Auf einer Kommode vor dem Spiegel befanden sich drei Vasen mit je einer langstieligen gelben Rose. In der Kommodenschublade fanden sich mehrere Putz- und Desinfektionstücher sowie Gummihandschuhe. Alles aufgereiht nebeneinander, als hätte irgendjemand den Abstand mit einem Zentimetermaß gemessen. Die Garderobenhaken waren sämtlichst leer. Staub schien in dieser Wohnung ein Fremdwort zu sein. Stattdessen roch es stark nach irgendeinem Putz- oder Waschmittel. Oder nach beidem.
Beim Betreten des Wohnzimmers war den Kollegen sofort klar, dass hier tatsächlich etwas Ungewöhnliches geschehen sein musste. So wie es aussah, hatte ein Kampf stattgefunden. Im Zuge dessen war eine Vase zu Bruch gegangen und das Blumenwasser hatte sich über den weißen Hochglanztisch ergossen. Dies musste das nächtliche Geräusch gewesen sein, dass die alte Hocke meinte gehört zu haben. Des Weiteren lag eine Stehlampe auf dem Fußboden und mehrere Bücher waren zusammen mit wertvollem Nippes aus den Regalen gerissen worden. Kleine geschliffene Glasfigürchen, die sicherlich mehr als eine Handvoll Scheine gekostet hatten, lagen verstreut auf dem Fußboden. Darüber hinaus erblickten Vorbeck und Fredersen ein paar Stilettos, die achtlos in der Zimmerecke lagen sowie etliche Utensilien, die offensichtlich aus einer Damenhandtasche gekippt worden waren.

„Frau Mitfeld“, rief Fredersen, „sind Sie da?“, doch das Einzige, was er hörte, war die Stimme von Agatha Hocke, die hinter der geschlossenen Wohnungstür von draußen zu ihnen „die ist nicht da! Das habe ich Ihnen doch schon gesa…h…agt“, hineinkrakelte.

Genervt verdrehte Fredersen die Augen und auch Vorbeck fand das Verhalten der alten Hocke einfach nur anmaßend. Schon überlegten sie, wie sie es bewerkstelligen konnten, diese penetrante Greisin zurück in ihre Wohnung zu bugsieren. Als ihnen klar wurde, dass sich eine Agatha Hocke, nicht so leichtfertig zurück in ihre Wohnung verfrachten lassen würde, verwarfen sie dieses Ansinnen. So drang aus dem Treppenhaus weiterhin zeitweiliges Geschwafel zu ihnen herein. Lediglich durch einige kurze Pausen unterbrochen, in denen Agatha Hocke ihr Ohr mit allergrößter Wahrscheinlichkeit an die Wohnungstür quetschte.

Augenscheinlich war Frau Mitfeld tatsächlich nicht in ihrer Wohnung. Noch mit der Überlegung beschäftigt, was zu tun war, hörten Fredersen und Vorbeck ein kurzes dumpfes Klopfen. Sofort rief Vorbeck in Richtung Wohnungstür „Frau Hocke, lassen Sie das bitte", woraufhin sie hereinquakte „also ich stehe hier ganz still und mache nichts, Herr Wachtmeister. Aber wenn Sie mich jetzt endlich hineinlassen würden, dann könnte ich Ihnen sicherlich behilflich sein. Ich kenne mich in der Wohnung meiner Nachbarin bestens aus. Sollten Sie also etwas Bestimmtes suchen, bin ich Ihnen selbstverständlich gerne behilflich."
Wenn die alte Hocke nicht der Verursacher des Klopfens war, konnte es eigentlich nur von draußen kommen. Fredersen schritt ans Fenster, schob die Gardine beiseite, öffnete und schaute hinaus. Doch draußen war alles ruhig. Also musste es aus der Wohnung gekommen sein. Fast lautlos schlichen die beiden Kollegen von Raum zu Raum und horchten.

„Da ist es wieder", flüsterte Vorbeck.

„Ja, ich habe es auch gehört", entgegnete Fredersen. „Mir scheint, es kommt aus dem Schlafzimmer."

„Mensch Fredersen, das Geräusch kommt aus dem Kleiderschrank!" Schon klopfte es wieder.

„Da ist jemand drin!“, rief Vorbeck und Fredersen presste sein Ohr an die Schranktür und fragte „Frau Mitfeld, sind Sie da drinnen?“, woraufhin augenblicklich ein hölzernes Klopfen aus dem Schrankinneren ertönte, gefolgt von einer dumpfen Tonfolge.

Augenblicklich versuchte Fredersen die Türen zu öffnen, aber der Schrank war abgeschlossen.

„Mist“, entfuhr es ihm. Doch Vorbeck wusste, was zu tun war. Schnell eilte er aus dem Raum und kehrte wenig später mit einem stabilen Küchenmesser zurück, mit dem er die Schranktüren aufhebelte.

Die ganze Geschichte war Ulf Stikkert auf den Magen geschlagen und die Überfahrt nach Norddeich hatte er nur mit Mühe und Not ertragen. Ihm war übel, wie lange nicht mehr. Auch mehrere Tassen Tee verschafften ihm keine Linderung und an Schnaps oder gar andere Alkoholitäten, die seinen Magen ganz sicher ausgefegt hätten, wollte er sich auf keinen Fall mehr die Finger verbrennen. Sogar den kurz aufkeimenden Wunsch, sofort in Norddeich die Weinhandlung aufzusuchen, verbannte er. Für solcherlei Gedanken hatte er während der fünfzigminütigen Überfahrt schlichtweg keine Zeit gehabt. Stattdessen verbrachte er mehr als die Hälfte der Fahrt auf der Toilette, wonach es ihm nicht viel besser ging. Letztlich war er froh, als die Fähre endlich in Norddeich andockte, er die Fähre verlassen konnte und wieder festen Boden unter den Füßen spürte. Einzig der Gedanke an seine kleine Wohnung und sein Bett hielten ihn aufrecht. Ruhe und eine ordentliche Portion Schlaf, das war es, was er jetzt brauchte.

Als er den Flur des Mietshauses, in dem er wohnte, betrat, prallte er auf Tore Gerdes, seinen Vermieter. Dieser erwartete ihn bereits sehnsüchtig und mit gespielter Freundlichkeit.

„Na, wen haben wir denn da? Den Herrn Stikkert. Da freue ich mich aber“, posaunte er ihm entgegen und Ulf Stikkert nickte gequält, schaute zu Boden und versuchte sich an ihm vorbeizuschleichen.

„Ihnen geht es wohl nicht gut!“, zischte Gerdes ihn von der Seite an. Schließlich stellte er sich ihm mit zorniger Miene in den Weg und blaffte: „Die Miete! Wo bleibt meine Miete?“

Wieder nickte Stikkert nur und sagte monoton: „Kommt, Herr Gerdes. Sie kriegen Ihr Geld. Ich verspreche es.“

„Ihre Versprechungen kenne ich. Die sind genau so wenig nütze, wie Ihre schrecklichen Schnulzen, die Sie da schreiben. Das ist alles Menschenverdummung, was Sie betreiben“, woraufhin er sich angewidert schüttelte und weitermeckerte.

„Ich gebe Ihnen noch eine Woche, dann hetze ich Ihnen den Gerichtsvollzieher auf den Hals. Und ich mache damit keine Späße. Dass Sie es nur wissen!“

Doch Ulf Stikkert war mit seinen Gedanken ganz woanders. Immer wieder trieben sie ihn zu Eva Kaiser. Immer wieder musste er an die Fotos denken, die er sich hatte ansehen müssen. Vor seinem geistigen Auge sah er ihren wunderbaren Körper, ihre weichen lange Haare und ihre rehbraunen Augen. Dann tauchten auch schon wieder die schrecklichen Bilder vor ihm auf und er sah das, was von ihr übrig geblieben war. Er bekam ihr schlaffes fahles Gesicht einfach nicht mehr aus dem Kopf. Beim Gedanken an die blutunterlaufenen Striemen an ihren Händen und Füßen wurde ihm augenblicklich wieder speiübel. Doch nicht nur die Tatsache, dass Eva tot war, ließ ihn panisch werden.

Unaufhörlich überlegte er, ob er nicht doch etwas mit ihrem Tod zu tun hatte, gleichzeitig spürte er die Angst, die in ihm brütete. Schon fragte er sich, ob er wirklich so sturzbetrunken gewesen war, dass er am Strand wirklich nichts von alledem mitbekommen hatte oder ob sein Körper hier einen instinktiven Verdrängungsmechanismus einsetzte.

Wehmut ergriff ihn. Ein Schauer ließ ihn frösteln. Nochmals versuchte er eine durch Alkohol verschüttete Erinnerung zurückzuholen, doch da war nichts. Nichts als der Widerhall eines Abends mit alten Freuden und dann auch schon die Gesichter der Polizeibeamten, die ihn am Strand fanden.

Ohne weiter auf den immer noch meckernden Tore Gerdes zu reagieren schloss er seine Wohnungstür auf und betrat sein Heim. My home is my Castle, schoss es ihm durch den Kopf und er fragte sich, ob sein Heim wohl auch seine Festung war, konnte diese Frage bedauerlicherweise vorerst für sich nicht eindeutig mit „ja" beantworten.

Ganz in der Überlegung versunken, ob er sich in seiner Wohnung oder gar in Norddeich überhaupt noch wohl fühlte oder ob es nicht vielleicht eher an der Zeit war, an einen anderen Ort zu ziehen, an dem ihn niemand kannte, um dort noch einmal ganz von Neuem anzufangen, traf ihn beim Eintreten in seine Wohnung beinahe der Schlag.

Sein Laptop, den er vor seiner Abreise zugeklappt auf dem Schreibtisch zurückgelassen hatte, war fort. Die quadratischen Umrisse hoben sich von der dicken Staubschicht, die den Schreibtisch überzog, genauestens ab.

Ulf begann die Wohnung zu durchsuchen, was nicht allzu lange dauerte, da sie wirklich sehr klein war. Er drehte alles von rechts auf links, kippte sogar den Abfalleimer auf den Boden, schaute im Küchen- und auch im Kleiderschrank nach sowie unterm Bett und im Schuhschrank. Doch nirgends war er. Er zweifelte an sich. War er tatsächlich schon so ein alter alkoholabhängiger Narr, dass er nicht mehr wusste, was er tat? Allerdings konnte er sich wirklich nicht daran erinnern, den Laptop irgendwo versteckt zu haben. Warum auch? Wer sollte dieses alte Teil schon haben wollen? Er war sich immer sicher gewesen, wer bei ihm versuchte einzubrechen, würde zuallererst über den ganzen Krimskrams und die Flaschen auf dem Fußboden stolpern und schon beim ersten Blick in den Wohnraum den Rückzug antreten. Nein, er war sogar davon überzeugt, dass ein Einbrecher vielleicht eher etwas bringen würde, als etwas aus der Wohnung zu entwenden. Er füllte sich ein Glas mit Leitungswasser und sank erschöpft auf einen Stuhl. Sein Gehirn arbeitete auf Hochtouren und spielte mehrere Möglichkeiten durch.

Entweder hatte er den Laptop am Tag der Abreise irgendjemanden in Verwahrung gegeben, woran er sich beim besten Willen nicht erinnern konnte. Oder aber er hatte ihn mit auf die Fähre genommen und ihn dort liegen lassen, was ihm noch unwahrscheinlicher erschien. Schließlich hatte er gar keine Tasche dabei gehabt, sondern nur sich und sein Portemonnaie. Und unter dem Arm wird er ihn ja nicht getragen haben. Außerdem war er sich zu hundert Prozent sicher, am Abreisetag keinen Alkohol getrunken zu haben, da er dafür überhaupt kein Geld übriggehabt hatte.

Des Weiteren machte es nicht den Anschein, dass Einbrecher in der Wohnung gewesen waren, denn das Türschloss war einwandfrei funktionstüchtig und der Fenstergriff, der kürzlich aus dem Gewinde gesprungen war, lag immer noch auf der verstaubten Fensterbank. So gesehen hat eine dicke Staubschicht auch ihre Vorteile. Außerdem wäre ein Einbruch in seine Wohnung wohl das Erste gewesen, was sein verhasster Vermieter Tore Gerdes ihm brühwarm erzählt hätte. Diese Möglichkeit schied also aus. Blieb nur erstere. Er musste den Laptop jemandem gegeben haben. Doch warum erinnerte er sich nicht mehr daran. Und wem hätte er ihn geben sollen?

Da er nicht der Meinung war, am heutigen Tag noch die Antwort auf diese Frage zu finden, verließ er die Wohnung, besorgte sich etwas Essbares, aß, trank und ließ die vergangenen Tage nochmals Revue passieren. Immer in der Hoffnung, doch noch die Erleuchtung zu bekommen, wo der einzig wertvolle Gegenstand, den er besaß, abgeblieben war, sowie sich daran zu entsinnen, warum er seitdem er auf der Norderneyer Polizeiwache zu sich gekommen war, Besitzer von mehreren hundert Euro war. Schließlich schlief er aufgrund der Fülle der Vorkommnisse in den helllichten Tag hinein.

11. Kapitel

Vorbeck und Fredersen öffneten die Türen des Kleiderschranks und sahen eine bildhübsche, augenscheinlich nicht mehr ganz junge Frau, in einer verkrümmten Stellung im Schrank hocken. Ihre Augen waren mit Klebeband verklebt worden, ebenso ihr Mund. An Händen und Füßen schnitten Kabelbinder in ihre Haut ein. Sie stöhnte schmerzgeplagt auf, als sie ihnen entgegenfiel. Sie trugen sie aufs Bett, entfernten die Fesseln und zogen ihr, so vorsichtig sie konnten, das Klebeband von Augen und Mund. Sie schrie kurz auf, dann japste sie nach Luft und begann zu wimmern. Schließlich flossen ihre Tränen in Strömen, sie krümmte sich schmerzverzerrt und hielt sich den Oberkörper. Erst als sie sich auf dem Bett zur Seite drehte, bemerkten die beiden Beamten die Wunde an ihrem Hinterkopf, deren festgetrocknetes Blut in ihren Haaren klebte. Unverzüglich rief Fredersen auf der Wache an und erstattete Bericht, wo und in welchem Zustand sie Rieke Mitfeld gefunden hatten.

Wenig später war das Team vollzählig vor Ort. Ebenso der Notarzt, der feststellte, dass Rieke Mitfeld den Überfall bis auf einige Hämatome am Oberkörper leidlich gut überstanden hatte. Auch die Wunde an ihrem Hinterkopf war nicht so dramatisch, wie sie aussah. Aufgrund der Tatsache, dass sie zur Überwachung nicht ins Krankenhaus, sondern lieber in ihrem eigenen Bett bleiben wollte, versorgte der Arzt lediglich ihre Platzwunde, ließ ihr Tabletten gegen die Schmerzen da und legte ihr ans Herz, sofort vorstellig zu werden, sollte es ihr schlechter gehen.

Währenddessen hatte Agatha Hocke sich einen Stuhl ins Treppenhaus gestellt. Dort hatte sie es sich bequem gemacht und rätselte in einem Kreuzworträtselheft. Mit Argusaugen beäugte sie die benachbarte Wohnungstür. Bei jedem Öffnen sprang sie vom Stuhl auf, hetzte zur Tür und versuchte einen Blick in das

Wohnungsinnere zu erhaschen. Schließlich nahm Holle sie zur Seite und bat sie inständig, nicht weiter im Weg zu stehen, ihren Wachposten im Treppenhaus aufzugeben und in ihre Wohnung zurückzukehren.

Ihre Antwort fiel anders aus, als er es erwartet hatte.

„Gewaltverbrechen mit vier Buchstaben? Na, fällt Ihnen dazu etwas ein?", fragte sie. Natürlich wartete sie gar nicht erst seine Antwort ab, kritzelte im Heft umher und setzte erneut an. „Herbstblume mit fünf Buchstaben? Wissen Sie nicht. Habe ich mir gedacht. Aster, mein lieber Herr Hauptkommissar. Aber machen Sie sich nichts draus. Ich weiß auch nicht immer alles."

Diese alte Schachtel ging Holle richtig auf den Geist. Natürlich hatte er nicht sofort mit ihrem Verständnis gerechnet ihren Aufsichtsposten zu verlassen, aber so ging es natürlich auch nicht. Diese Frau war einfach nicht tragbar und störte immens die Ermittlungen. Tatsächlich war sie aber nicht die erste neugierige Oma, die ihm im Zuge seiner langjährigen Ermittlungstätigkeit begegnete. Hier war ganz klar ein rhetorisches Mittel von Nöten. Daher versuchte er sie auf eine andere Weise einzufangen.

„Seien Sie doch so gut und kochen eine große Kanne Kaffee für unseren Kollegen Fredersen. Den kennen Sie ja schon. Ich glaube, er wird sehr erschöpft sein, wenn er gleich zu Ihnen kommt, um Sie erneut zu befragen."

Agatha Hocke zog ihre Stirn in Falten, fummelte an den Knöpfen ihrer Kittelschürze herum, schließlich krächzte sie verschmitzt: „Und? Wie heißt das kleine Zauberwort?"

Holle schaute sie verdutzt an, lächelte amüsiert und schob: „Bitte liebe Frau Hocke", hinterher, was sie ihrerseits mit einem knappen, „na, es geht doch", kommentierte.

Gerade als er meinte, sich die Hocke vom Hals geschafft zu haben, rief sie ihm aus ihrer geöffneten Wohnungstür zu: „Ich weiß genau, warum ich jetzt Kaffee kochen soll, Herr Hauptkommissar. Glauben Sie nur nicht, dass ich alt und dösig bin. Ich weiß schon, dass Sie mich hier nur aus dem Weg haben wollen. Aber ich will mal nicht so sein. Ihr Kollege soll schon seinen Kaffee kriegen." Dann erst verschwand sie in ihrer Wohnung, ließ die Tür jedoch weiterhin einen Spalt breit geöffnet.

Nachdem Holle diesen alten Brocken fürs erste bezwungen hatte, machte er sich daran die weitere Vorgehensweise mit seinem Team zu besprechen und jedem seine Aufgabe zuzuweisen.

So saß Vorbeck schon nach kurzer Zeit auf einem Stuhl im Schlafzimmer der Rieke Mitfeld und wartete darauf, dass sie aufwachte und er sie befragen konnte. Fredersen bekam die Aufgabe, sich Agatha Hocke noch einmal vorzunehmen, worüber er nicht die allerkleinste Begeisterung verspürte. Doch Holle duldete keinen Widerspruch.

Er selbst und Kollegin Lose machten sich daran die Nachbarschaft abzuklappern und nachzufragen, ob irgendjemanden in der vergangenen Nacht etwas aufgefallen war.

„Und was ist mit mir Erwin?", fragte Nordmeier verwundert.

„Du fährst jetzt mal ganz schnell zu dem Hotel, in dem Hobrecht, Feldhof und Steffens sich einquartiert haben und schaust, ob die noch da sind. Ist ja erst kurz vor zehn. Müssten jetzt wahrscheinlich gerade auschecken. Wenn du die drei dort noch erwischst, ab auf die Wache mit ihnen. An die müssen wir jetzt schnellstmöglichst nochmal dran. Schließlich waren die gestern den ganzen Tag mit der Mitfeld zusammen", erklärte Holle.

„Und wenn sie schon weg sind", überlegte Nordmeier laut, „versuche ich die nächste auslaufende Fähre zu stoppen."

„Goldrichtig. Nur keine Scheu. Du bist im Dienst. Du tust nur, was du tun musst. Alles im Rahmen der Ermittlungen und natürlich alles für die Gerechtigkeit. Das muss dir immer bewusst sein."

Ein zarter Duft nach frisch aufgebrühtem Kaffee kroch mühsam ins Treppenhaus. Leider hatte Agatha Hocke ihn eher schwach gekocht, sodass sein Aroma es nicht gänzlich schaffte den penetranten Mottenkugelgeruch zu übertünchen. Fredersen versuchte sich auf den Kaffeeduft zu konzentrieren, was ihm nur schwerlich gelang. Sofort beim Eintreten fragte er, ob es möglich wäre, das eine oder andere Fenster zu öffnen. Als Begründung gab er an, dass ihm nach den Geschehnissen in der Nachbarwohnung nicht ganz wohl war und er unbedingt frische Luft brauchte. Insgeheim überlegte er, ob er schon einmal davon gehört oder gelesen hatte, dass irgendjemand aufgrund von Mottenkugelgeruch erstickt sei. Noch bevor er dieses Szenario weiterspinnen konnte, holte ihn die krächzende Stimme von Agatha Hocke in die Realität zurück.

„Aber selbstverständlich, Herr Wachtmeister. Natürlich! Das verstehe ich sehr gut. Es muss Ihnen ja wirklich etwas auf den Magen geschlagen sein. Sie sehen auch gar nicht gut aus. Sind ja ganz blass um die Nase. Soll ich Ihnen vielleicht lieber eine Tasse Brühe aufwärmen. So eine schöne heiße Hühnerbrühe. Ich habe noch welche da. Die gibt Ihnen Kraft. Das ist besser als Kaffee. Der geht ja so auf den Magen und von dem trinken Sie bestimmt eh viel zu viel."

Plaudernderweise lief sie von einem Raum in den anderen und öffnete jedes erdenkliche Fenster. Schließlich kehrte sie abgehetzt und fröhlich in die Küche zurück.

„Und was ist nun? Brühe oder Kaffee?", fragte sie gutgelaunt.

„Machen Sie sich nur keine Umstände. Ich bleibe beim Kaffee. Ist ja eigentlich auch nicht die richtige Temperatur für eine heiße Brühe", versuchte er sein Glück, was jedoch nicht fruchtete. An Agatha Hocke schien eine Übermutter verloren gegangen zu sein, denn seinen Wunsch nach Kaffee ignorierend öffnete sie den Kühlschrank, bugsierte umständlich einen Kochtopf heraus und stellte diesen auf den Herd.

„Nein, nein mein Junge. Nicht, dass es nachher noch heißt Sie haben sich den Magen an meinem Kaffee verdorben. Sie bekommen jetzt eine schöne Tasse heiße Brühe und da gibt es keine Widerrede!", bestimmte sie und rührte akribisch im Topf umher.

Wut schwoll in Fredersen. Solch ein Muttergehabe war ihm nicht unbekannt. Selbiges ereignete sich fast täglich bei ihm zuhause. Auch seine Mutter klemmte ihn heute noch in einen unsichtbaren Schraubstock, dem er mühsam versuchte zu entfliehen, was ihm bisher leider nicht geglückt war.

„Nun sagen Sie schon, was ist denn jetzt mit meiner Nachbarin passiert? Haben Sie sie gefunden? Ist sie nun doch in der Wohnung gewesen? Kann ich mir gar nicht vorstellen. Ich war doch drüben und habe sie nirgends gesehen. Und warum kam denn der Notarztwagen? Der war ja nicht zu überhören. Aber diesen jungen Arzt, den kannte ich nicht. Der muss wohl neu sein. Ich habe ihn ja nur aus dem Fenster von weitem gesehen. Ich kann mich natürlich auch irren. Ich will damit auch nur sagen, dass ich so einige Ärzte hier auf der Insel kenne. Aber den, den habe ich hier noch nie gesehen. Oder war das einer vom Festland? Also ein Insulaner war das bestimmt nicht. Da kenne ich mich aus."

Gerade als Fredersen eine passende Antwort parat hatte, hörte er ein Räuspern, das weder von ihm selbst noch von Agatha Hocke ausging. Fragend schaute er sie an, doch sie hatte es entweder ignoriert oder gar nicht wahrgenommen, denn sie quasselte ungebremst weiter.

„Nun erzählen Sie doch endlich. Was ist denn nun mit der Frau Mitfeld geschehen."

Fredersen legte einen Zeigefinger auf seine Lippen und gebot ihr sich still zu verhalten, was diese selbstredend nicht verstand und dem daher auch nicht Folge leistete. Lauter als erforderlich setzte sie stattdessen ihren Fragenkatalog fort.

„Wieso soll ich jetzt still sein? Was haben Sie denn? Ist hier wer in der Wohnung oder was? Ein Einbrecher womöglich?", und schaute sich erschrocken um. Doch Fredersen lauschte nur und blickte sie scharf an.

Langsame schlurfende Schritte näherten sich, dann schaute ein alter Mann in die Küche und nickte Fredersen zu, schlurfte an ihm vorbei und setzte sich auf den am Fenster stehenden Stuhl und sah schweigend hinaus.

Agatha Hocke lachte. Laut und schallend.

„Sie haben doch jetzt nicht etwa gedacht, mein Herbert ist ein Einbrecher!", krähte sie belustigt. Dann stellte sie eine Tasse dampfende Brühe vor ihn auf den Tisch. Fredersen schaute auf die Tasse herab und die Fettaugen schauten zu ihm herauf. Nur kurz überkam ihn ein minimales Unwohlsein, dann fing er sich wieder.

„Sie haben mir nicht gesagt, dass Sie nicht allein in der Wohnung sind Frau Hocke", erwiderte Fredersen ärgerlich.

„Haben Sie mich denn danach gefragt, Herr Wachtmeister?"

Währenddessen Fredersen noch nach der passenden Wortwahl für eine unmissverständliche Antwort suchte, die Agatha Hocke gnadenlos ihre Grenzen aufzeigen sollte, beantwortete sie ihre Frage schon selbst.

„Nein. Sie haben mich heute noch gar nichts gefragt. Und gesagt haben Sie bisher auch nichts mein Lieber."

Da Fredersen annahm, es mit Herrn Hocke leichter zu haben als mit dessen Frau, wollte er diesen zuerst befragen. Er nahm den Faden wieder auf, noch bevor Agatha Hocke wieder in Schwung kam.

„Herr Hocke, waren Sie gestern Abend zuhause?", doch weder antwortete der alte Mann ihm, noch erwiderte er seinen Blick. Fredersen versuchte es ein zweites Mal.

„Herr Hocke, wenn Sie mir vielleicht einige Fragen beantworten könnten!" Aber er schien ihn zu ignorieren und schaute reglos weiter aus dem Fenster.

„Das können Sie sich sparen. Das ist vergebene Liebesmüh, wenn Sie wissen, was ich damit meine. Der Herbert hört schon lange nichts mehr und wenn er seine Brille nicht aufhat, ist er blind wie ein Maulwurf. Das hat keinen Zweck. Der wird Ihnen nicht weiterhelfen“, woraufhin Fredersen nur ein klägliches, „zu schade aber auch“, zustande brachte.

Nachdem er der alten Hocke erzählt hatte, dass es ihrer Nachbarin für den Moment gut ging, sie zwar eine Platzwunde am Kopf, aber sonst keine nennenswerten Verletzungen davongetragen hatte, war die alte Dame nicht etwa beruhigt, sondern vollständig außer sich.

„Dann hat ihr also jemand auf den Kopf geschlagen?“, fragte sie, wobei sie die Antwort gar nicht erst abwartete, sondern sogleich weiterquatschte. „Wo ist das denn nur geschehen? Doch wohl nicht in der Wohnung. Das kann ja gar nicht sein. Da hätte ich sie doch gefunden, als ich drüben war. Meine liebe Güte, das macht mich vollkommen fertig. Ich bin ja nun nicht mehr die Jüngste. Da traue ich mich ja gar nicht mehr aus dem Haus. Herrje, die Welt wird wirklich immer schlechter.“

Fredersen überlegte, was er der Hocke sagen konnte und was besser nicht, schließlich entschied er sich ihr einfach zu erzählen was geschehen war, da er annahm, dass dieser Fall in den nächsten Tagen so und so Inselgespräch werden würde.

„So wie es scheint ist sie zuerst bewusstlos geschlagen worden, bevor sie gefesselt und geknebelt wurde“, sagte er daher.

„Oh Gott! Wo leben wir denn nur? Und ich dachte, hier auf der Insel könne niemandem etwas zustoßen“, stöhnte sie. „Und dann noch hier bei uns im Haus“, und schlug sich die Hände vors Gesicht.

„Und wo haben Sie die Ärmste dann gefunden?“, krähte sie fragend.

„Im Kleiderschrank im Schlafzimmer“, antwortete Fredersen.

Mit weit aufgerissenen Augen starrte sie Fredersen an und schwieg für eine klitzekleine Zeitspanne, dann nahm sie wieder Fahrt auf.

„In diesem ollen Ding? Also ich habe der jungen Frau ja schon immer gesagt, sie soll sich nicht solchen antiken Kram ans Bein binden. Der muss doch schon mindestens fünfzig oder sechzig Jahre alt sein", mutmaßte sie. „Hat sie von irgendeiner verstorbenen Verwandten geerbt. Lene hieß die Tante, glaube ich. Aber das interessiert Sie sicherlich gar nicht. Was ich damit sagen will, ist …, also ich hätte den ja gar nicht erst aufgestellt. Wer will denn heute noch solch einen ollen Schapp. Ich weiß noch genau, wie der angeliefert wurde. Wenn ich noch an die armen Männer denke, die ihn die Treppe hochwuchten mussten. Angefasst haben sie ihn, als wäre er ein rohes Ei."

Fredersen setzte zum Sprechen an, doch er kam nicht durch. Agatha Hocke beachtete ihn gar nicht, sondern lief in der Küche hin und her, nahm das Spültuch und wischte und wienerte alle Küchenarbeitsflächen ab, dann begann sie sich am Backofen zu schaffen zu machen. Währenddessen sabbelte sie in einer Tour. Fredersen hatte genug davon. Er stand auf und gerade als im Begriff war zu gehen, war sie augenblicklich an seiner Seite. Mit einer Armeskraft, die er ihr niemals zugetraut hätte, drückte sie ihn wieder auf seinen angestammten Platz.

„Und? Was hat sie nun davon?", fragte sie ihn, blickte ihn scharf an und gab sich die Antwort selbst. „Wenn Sie mich fragen, gar nichts. Hätte ihn einfach gleich verhökern sollen. Der hätte sicherlich noch richtig was eingebracht. Aber auf mich hört ja hier jemand."

Fredersen schaffte es beschwichtigend auf sie einzureden. Für einen kurzen Moment beruhigte sie sich tatsächlich, bevor sie in einem schrägen Ton wimmerte: „Wenn ich nun nicht angerufen hätte. Stellen Sie sich das mal vor. Dann würde die Ärmste jetzt noch in ihrem Schrank hocken und wäre…, um Gottes Willen, wenn ich mir das vorstelle… Sie wäre verhungert oder erstickt."

Schlagartig wurde sie blass und rührte sich nicht mehr. Sofort nahm Fredersen an, sie habe einen Schock erlitten und schalt sich, ihr so unverblümt die Vorkommnisse geschildert zu haben. Gerade überlegte er den Notarzt ein zweites Mal an diesem Tag zu bemühen, schließlich war Agatha Hocke nicht mehr die Jüngste, dann kam wieder Leben in sie. Der Schrecken schien ihr nur einen Streifschuss verpasst zu haben, denn ihre Sprache hatte sie nicht verloren.

„Ich lasse Sie jetzt mal kurz allein. Muss mich mal etwas frisch machen. Ich muss ja schrecklich aussehen. Eine Frau spürt das. Glauben Sie mir. Das hat mir doch alles mehr zugesetzt, als Sie sich vorstellen können." Mit diesen Worten verließ sie sichtbar wackelig die Küche.

Sekunden nachdem die Badezimmertür ins Schloss gefallen war, drehte Herbert Hocke seinen Kopf in Richtung Fredersen und flüsterte: „Kommen Sie mal ein wenig näher ran, Herr Fredersen. Ich habe eine Aussage zu machen." Nun war es Fredersen, der geschockt dreinschaute. Seine Verwunderung darüber, dass der alte Hocke scheinbar doch sehr gut hören und auch sehen konnte, hätte nicht größer sein können. Augenblicklich postierte er sich neben ihm am Fenster und blickte ihn fragend an.

„Ich habe ihn gesehen, Herr Fredersen. Ich habe den Ganoven gesehen, der ihr das angetan hat."

Nebenan ertönte die Toilettenspülung und kurz darauf der Wasserhahn. Blitzartig setzte Herbert Hocke wieder seine ausdruckslose Miene auf und nahm eine schlaffe Körperhaltung an. Doch vorher wisperte er noch: „Sehen Sie zu, dass Sie meine Frau mal ein paar Minuten beschäftigt kriegen, damit wir uns in Ruhe unterhalten können." Schon stand seine Holde wieder im Raum.

„Sie haben ja noch gar keinen Schluck genommen junger Mann. Schmeckt Ihnen meine Brühe etwa nicht?", fragte sie ihn mürrisch und zog seine Tasse quer über den Tisch. „Wir wollen doch so eine schöne heiße Hühnerbrühe nicht verkommen lassen. Die muss man doch heiß trinken, sonst nützt sie nichts."

Dann trank sie mehrere Schlucke und Fredersen sah, wie sich etliche Fettaugen in ihren Mundwinkeln sammelten.

„Na, dann sind Sie selber schuld, wenn Sie so eine Kostbarkeit ausschlagen. Dann kann ich Ihnen auch nicht helfen", begann sie enttäuscht auf ihn einzumeckern und schenkte ihm widerwillig eine große Tasse Kaffee ein.

Zwischen Schlürfen und Schlucken erzählte sie ihm nochmals ihre Beobachtungen, wobei keinerlei Neuigkeiten zu Tage kamen. Immer noch wusste Fredersen nur, dass Frau Mitfeld gegen zwei Uhr nachts nachhause gekommen war, denn zu der Zeit war die Hocke gerade wach gewesen oder war noch gar nicht zu Bett gegangen. Darüber verlor sie kein Wort, weil ihrer Meinung nach, es niemanden etwas anging, was sie in der Nacht so tat.

Auf jeden Fall hatte sie die Tür der Nachbarwohnung ins Schloss fallen hören und im Folgenden die Stimme von Rieke Mitfeld sowie irgendein Poltern vernommen, wobei sie annahm, dass in der Nachbarwohnung etwas umgefallen war. Danach hörte sie nochmal die Hauseingangstür klappern und vom Küchenfenster aus sah sie eine Person mit Kapuzenjacke auf der Straße davoneilen.

„Und Sie meinen diese Person kam aus der Wohnung von Frau Mitfeld? Woran machen Sie das fest?", fragte Fredersen.

„Mein lieber Herr Wachtmeister, wo sollte der denn sonst hergekommen sein?"

„Vielleicht aus einer der anderen Wohnungen oder bekommen die anderen Hausbewohner etwa nie Besuch?", fragte Fredersen.

„Das kann ich nicht gerade sagen, aber die Frau Mitfeld", wobei sie mehrere Male abfällig mit der Zunge schnalzte, „wie soll ich Ihnen das jetzt am besten erklären? Ich will ja auch nicht schlecht über sie reden."

„Sprechen Sie sich nur aus, Frau Hocke", forderte Fredersen sie auf.

„Na, gut. Wenn Sie meinen. Also, meine Nachbarin ist soweit ich weiß die Einzige hier im Haus, die auch des Nachts Besuch erhält, wenn Sie verstehen, was ich meine", wobei sie theatralisch die Augen verdrehte und mit dem Kopf wackelte.

Aus dem Augenwinkel beobachtete Fredersen den immer noch am Fenster sitzenden Herbert Hocke und sah, wie er sich ein Grinsen verkniff. Wer weiß, dachte Fredersen, vielleicht war der angeblich taubblinde Ehemann selbst einmal Gast bei seiner Nachbarin. Doch diese Beobachtung war nur ein Sekundeneindruck. Schon wandte Fredersen sich wieder seinem Gegenüber zu.

„Und Sie sind ganz sicher, dass die Person mit der Kapuzenjacke ein Mann war? Könnte es nicht auch eine Frau gewesen sein?"

„Also ich kann ja wohl den Gang eines Mannes von dem einer Frau unterscheiden. Das sieht man doch. Also, das war ganz klar ein Mann."

Zu guter Letzt bedankte sich Fredersen für das Gespräch und den Kaffee und Frau Hocke bot an auch weiterhin hilfreich zur Verfügung zu stehen. Dann verabschiedete er sich zuerst von ihr, anschließend von Herbert Hocke, der jedoch keinerlei Reaktion zeigte und weiter starr aus dem Fenster blickte. Noch im Hinausgehen kam Fredersen eine Idee, die er sofort in die Tat umsetzte.

„Da wäre noch etwas, Frau Hocke."

Interessiert schaute sie ihn an.

„Meinen Sie nicht, Ihr Mann müsste mal ein bisschen an die frische Luft? Er sieht ja ziemlich blass um die Nase aus. Was meinen Sie, soll ich ihn ein wenig mit raus nehmen. Ich warte jetzt so und so noch auf meine Kollegen. Da könnte ich ihn wohl mal für ein Viertelstündchen entführen. Natürlich nur, wenn Sie es erlauben, versteht sich."

Agatha Hocke wusste gar nicht, wie ihr geschah. In überschwänglicher Glückseligkeit eilte sie zurück in ihre Wohnung und Fredersen hörte, wie sie in höllischer Lautstärke auf ihren Mann einredete.

„Hast du das gehört Herbert. Der nette junge Wachtmeister will dich ein wenig mit an die frische Luft nehmen. Ist das nicht wunderbar? Also gibt es denn so etwas heute noch? Schau! Hier bring ich dir auch schon deine Schuhe und deinen Anorak. Du frierst doch so leicht. Nicht, dass du dich noch verkühlst."

Wenig später standen Herbert Hocke und Mirko Fredersen vor der Eingangstür des Wohnblocks und der angeblich taube Herbert Hocke flüsterte Fredersen zu: „Verkühlen, dass ich nicht lache. Es ist mindestens dreißig Grad. Lassen Sie uns bloß erstmal ein Stückchen die Straße runtergehen. Nicht, dass sie uns noch hört oder sieht."

Zwei Wohnblocks weiter blieben sie stehen und Herbert Hocke entledigte sich unverzüglich seines Anoraks, wischte sich die Schweißperlen von der Stirn und prüfte, ob er von dieser Warte aus, von seiner Frau auch wirklich nicht mehr gesehen werden konnte.

„Sie wissen ja gar nicht, wie das ist mit dieser Frau zusammen zu leben, Herr Fredersen."

„Nein, das weiß ich nicht, aber ich denke, ich kann es mir vorstellen", entgegnete Fredersen.

„Nein. Ausgeschlossen. Das kann sich niemand vorstellen. Sie macht mich wahnsinnig. Aber was sage ich Ihnen, Sie haben sie ja erlebt. Agatha ist laut, sie weiß alles besser, sie hört alles, sie sieht alles, sie mischt sich permanent ein und sie bevormundet mich. Das ist eigentlich das Schlimmste, wenn ich es mir so recht überlege. Ich weiß eigentlich gar nicht, warum ich noch mit ihr zusammenlebe. Wahrscheinlich aus Gewohnheit. Aber was soll es. Ich bin jetzt vierundachtzig. Soll ich mich da etwa noch scheiden lassen?", fragte er entschuldigend.

„Und deswegen stellen Sie sich taub und tun so, als könnten Sie nichts mehr sehen", brachte Fredersen es auf den Punkt.

„Ja. Ich habe mir das lange überlegt. Aber letztendlich bin ich zufrieden damit. Es war die einfachste Möglichkeit ihr zu entgehen und trotzdem weiter mit ihr zusammen zu leben. Ich tue einfach so, als höre ich nichts, dann muss ich mich auch nicht mit ihr unterhalten und mir auch nicht ihre Geschichten über Irma,

Hedda und Gunhild von nebenan anhören. Die interessieren mich nämlich nicht die Bohne, Herr Fredersen. Es ist ja nicht so, dass ich mich in meinem Alter für nichts mehr erwärmen kann, aber es ist mir einfach egal, wer von den Damen wann beim Friseur oder bei der Fußpflege oder sonst wo war."

„Da bin ich ganz bei Ihnen, Herr Hocke."

„Na, da bin ich ja erleichtert. Ich möchte ja nicht, dass Sie einen falschen Eindruck von mir bekommen.

„Nein, ich verstehe Sie voll und ganz. Aber lassen Sie uns jetzt mal zur Sache kommen. Sie sagten, Sie haben etwas gesehen", hakte Fredersen nach.

„Ja. Letzte Nacht. Das muss so zwischen ein und zwei Uhr gewesen sein. Bin nochmal aufgestanden, weil ich aufs Klo musste. Sie wissen ja, alte Leute müssen öfter mal, aber lassen wir das jetzt. Auf jeden Fall bin ich danach noch in die Küche und habe aus dem Fenster geschaut und da sah ich einen Mann auf der gegenüberliegenden Straßenseite neben einem der hohen Bäume stehen und zu mir herüberstarren."

„Der Mann stand da mitten in der Nacht einfach so rum und guckte zu Ihnen herauf?", fragte Fredersen.

„Er hatte einen Hund dabei. Einen sehr kleinen", und Herbert Hocke zeigte mit den Händen die ungefähre Größe des Hundes.

„Ist Ihnen an dem Mann außer, dass er einen Hund dabeihatte noch irgendwas aufgefallen? Wie groß war er? Wie alt könnte er gewesen sein? Was hatte er an?"

„Nein, da ist mir nichts weiter aufgefallen. Dazu war er wohl doch zu weit weg. Aber klein war er nicht gerade. Übermäßig groß…, ich weiß nicht so recht. Eher normal, würde ich sagen. Er trug eine dunkle Jacke, kann aber auch ein Pullover gewesen sein. Mit Kapuze. Kapuzenshirt nennt man es, glaube ich."

„Und, dass es ein Mann war, da sind Sie sich ganz sicher?"

„Ja."

„Und was hat der dann da drüben gemacht?", fragte Fredersen.

„Das weiß ich nicht. Bin ja wieder ins Bett und wohl auch gleich eingeschlafen. Ich konnte ja nicht wissen, dass meine Beobachtung vielleicht einmal von Wichtigkeit sein würde."

Da Herbert Hocke nichts weiteres Fallbeitragendes mehr zu berichten wusste, gingen sie langsam zum Wohnblock zurück, vor dem Agatha Hocke die beiden schon sehnsüchtig erwartete.

12. Kapitel

Ben Hobrecht, Tjark Steffens und Boris Feldhof hatten bereits ausgecheckt und befanden sich auf dem Weg zum Hafen. Laut Rezeption wollten sie den Bus zum Hafen nehmen. Ob sie dies jedoch tatsächlich taten oder zu Fuß an der Promenade bis zum Hafen entlang wanderten, entzog sich der Kenntnis der Hotelangestellten.

Wie ein Pfeil schoss Nordmeier in seinem Dienstfahrzeug die Norderneyer Straßen entlang und hoffte, dass er die drei noch vor Ablegen der Fähre erreichte. Er parkte direkt vor dem Terminal, sprang aus dem Wagen und hetzte in die Eingangshalle. Just in diesem Moment scannten die drei ihre Fahrscheine ein und gingen durch die Absperrung.

„Halt! Warten Sie", rief er von weitem, womit er die Aufmerksamkeit aller abreisenden und ankommenden Urlauber auf sich lenkte, was ihm jedoch schnurz war.

Hobrecht, Feldhof und Steffens wussten, dass er nur sie gemeint haben konnte, und blieben abrupt stehen.

„Gut, dass ich Sie noch erwische. Was für ein Glück!", sagte er hitzig, woraufhin Boris Feldhof nur trocken erwiderte: „Ein Glück für wen?"

Doch Nordmeier reagierte nicht darauf, sondern teilte ihnen ohne Umschweife mit, dass sie noch nicht übersetzen durften, da sie noch für eine weitere Befragung gebraucht wurden. Diese Mitteilung stieß weder auf Begeisterung noch auf Verständnis. Erst als er erklärte, dass Rieke Mitfeld in der vergangenen Nacht Opfer eines Überfalls geworden war, waren sie bereit ihre Abreise zu verschieben.

Mittlerweile waren auch Hauptkommissar Holle und Mira Lose von der Befragung der Nachbarschaft zum Polizeirevier zurückgekehrt. Beide hatten so gut wie nichts über die besagte Nacht herausgefunden. Niemand aus dem Wohnblock, in dem Frau Mitfeld wohnte und auch niemand aus den umliegenden Häusern, hatte etwas gesehen oder gehört.

Einzig eine junge Frau erklärte, dass ihr Mann nachts immer mit dem Hund rausging und er dies sehr wahrscheinlich auch in der betreffenden Nacht getan habe. Mit Sicherheit wusste sie es aber nicht, da sie selbst als Nachtwache in einem Seniorenwohnheim arbeitete und erst gegen Morgen nachhause gekommen war. Doch sie versprach, ihn sofort nach Rückkehr von seiner Arbeit darauf anzusprechen und ihn auf die Polizeiwache zu schicken.

Ben Hobrecht, Boris Feldhof und Tjark Steffens wiederholten nochmals all das, was sie bereits zu Protokoll gegeben hatten. Nichts, aber auch gar nichts an ihren bisherigen Aussagen hatte eine andere Farbe erhalten. Erneut sagten sie aus, den Samstag gemeinsam mit Rieke Mitfeld verbracht und sich erst nach Mitternacht getrennt zu haben. Lediglich sein Bauchgefühl veranlasste Hauptkommissar Holle dazu, jeden nochmals einzeln zu deren Verhältnis zu Rieke Mitfeld und Eva Kaiser zu befragen. Letztlich konnte zu Protokoll genommen werden, dass alle drei Männer schon seit langem ein Auge auf die beiden Frauen geworfen hatten, jedoch mit Ausdauer kläglich gescheitert waren.

„Herr Hobrecht, Sie wollen uns also Glauben machen", begann Holle, „dass Sie, Herr Feldhof und Herr Steffens vierzig Jahre lang den beiden Frauen Avancen gemacht haben und keiner von Ihnen bei einer der beiden hatte landen können", resümierte er.

„So ist es", bestätigte Ben Hobrecht überaus zerknirscht.

„Und was ist mit Ulf Stikkert?", fragte Holle weiter.

„Der gehört doch auch zu Ihrer Truppe."

„Das war ja klar", antwortete Hobrecht genervt.

„Das der nun auch wieder zur Sprache kommt."

„Was wollen Sie damit sagen, Herr Hobrecht?", fragte Holle weiter.

„Gar nichts will ich damit sagen", stöhnte dieser.

Aber so schnell wollte er ihn nicht von der Angel lassen, daher trug er Mira Lose auf, noch einmal die Fotos von Eva Kaiser zu holen und sie vor Hobrecht auf dem Tisch zu drapieren. Allerdings fruchtete der Versuch, ihm auf diese Weise noch etwas zu entlocken nicht. Stattdessen verwies Hobrecht lautstark darauf, dass er doch schon lang und breit alles preisgegeben habe, was er in den letzten Tagen getan hatte und mit wem er unterwegs gewesen war. Außerdem beschwerte er sich über die Unverschämtheit, vor allen Menschen am Terminal aus der Menge heraus zitiert worden zu sein, obwohl er sich nichts hatte zu Schulden kommen lassen. Dem hatte Hauptkommissar Holle nichts entgegenzusetzen und so gestatte er ihm die Wache zu verlassen.

Das aufbrausende Verhalten von Ben Hobrecht erschien dem Team allerdings mehr als suspekt. Daher wurde Fredersen damit betraut, den zuvor Befragten nicht aus den Augen zu lassen.

„Fredersen, schauen Sie einfach, was der jetzt macht. Ob er noch auf Feldhof und Steffens wartet, ob er gleich zum Hafen geht, was auch immer. Lassen Sie ihn einfach nicht aus den Augen und geben Sie sofort Bescheid, wenn Ihnen irgendetwas verdächtig vorkommt."

Mit diesen Worten entließ er Fredersen und hoffte, dass er sich deutlich genug ausgedrückt hatte.

Tjark Steffens und Boris Feldhof bestätigten voll und ganz, was Ben Hobrecht zu Protokoll gegeben hatte. Dass sie, genau wie er, leider nie eine nähere Beziehung zu Eva Kaiser und Rieke Mitfeld hatten aufbauen können und dass ihr Verhältnis zu den beiden Frauen über Jahre hinweg rein freundschaftlicher Natur gewesen sei. Wobei auch ihnen anzusehen war, dass sie gerne etwas anderes gesagt hätten.

Wieder fragte Holle nach dem Verhältnis von Ulf Stikkert zu den beiden Frauen, was sowohl Feldhof als auch Steffens in Rage brachte.

„Der Ulf, der konnte doch seine Finger nie bei sich behalten", entfuhr es Tjark Steffens.

„Soll das heißen, er war mit einer von beiden liiert? Wollen Sie mir das damit sagen?", fragte Holle.

„Das ich nicht lache", prustete er darauf los.

„Liiert! Sie meinen damit eine Verbindung zweier Menschen, die länger als ein paar Tage dauert, nehme ich an."

„Ja, genau das", bestätigte Holle.

„Nein. Ganz sicher nicht. Der hat es nie Ernst mit den beiden gemeint."

„Wie darf ich mir das vorstellen, Herr Steffens? Können Sie mir vielleicht etwas genauer erklären, wie der Herr Stikkert so tickt?"

„Das ist ganz einfach, Herr Hauptkommissar. Der hat genommen, was er kriegen konnte. Weiß Gott, was die beiden an dem fanden. Also meiner Meinung nach war er von jeher ein Trottel. Weiß gar nicht, warum ich mit dem früher so dicke gewesen bin. Ist mir heute unbegreiflich. Aber das spielt ja hier nun keine Rolle. Auf jeden Fall wollte der Ulf, was Frauen anbelangt, immer nur das eine. Zu mehr war der gar nicht fähig."

„Heißt also, Herr Stikkert hatte mit beiden Frauen ein…", noch bevor er den Satz zu Ende bringen konnte, warf Boris Feldhof ein, „un amusement, mon cher", wie die Franzosen sagen würden. Mal die eine, mal die andere. Je nachdem nach welcher von beiden ihm der Sinn stand."

„Und am Samstagabend? Wie war das da?", fragte Holle.

„Na wie soll das schon gewesen sein? Der Ulf kam ja mal wieder zu spät. Wenn es nach mir gegangen wäre, hätte er auch gar nicht mehr kommen brauchen. Es war alles gut, bis er kam. Eva und Rieke, Boris, Ben und ich hatten es richtig schön lauschig zusammen. Nein. Nicht woran Sie jetzt vielleicht denken. Es war einfach nur schön", berichtete Tjark Steffens.

„Und dann kam Ulf Stikkert", lockte Holle.

„Ja. Auf einmal war er da und die beiden hatten nur noch Augen für ihn."

„Und Sie beide waren abgeschrieben", sagte Holle und schaute die beiden Männer eindringlich an.

„Ja. Genau. Und Ben natürlich auch. Da war nichts zu machen. Der Ulf hat dann abwechselnd mit der einen und wieder mit der anderen rumgemacht. Küsschen hier, Küsschen da. Man wusste gar nicht mehr, wo man hinsehen sollte. Ich bin zwar nicht prüde, falls Sie das jetzt denken sollten, aber das war schon ekelig, wie er die abwechselnd abgeschleckt hat."

„Und was haben Sie dagegen unternommen?"

„Was sollen wir dagegen unternommen haben?", schaltete sich Boris Feldhof ein. „Wir haben dagesessen und uns die Birne zugekippt."

„Und dann?", fragte Holle.

„Irgendwann hatte Eva wohl auf dieses Dreierspielchen keine Lust mehr und ist gegangen. Kurz danach ist Ulf auch weg und nach ihnen Rieke", berichtete Tjark Steffens.

„Ach!", stutzte Holle.

„Die Frau Mitfeld ist nach Herrn Stikkert gegangen und gar nicht mehr auf der Feier geblieben?"

„Nein, die ist dann auch weg. Hat gesagt, dass sie müde war. Aber, wer weiß das schon so genau? Wir sind jedenfalls noch geblieben und… keine Ahnung…, ich glaube, wir waren noch in einer Bar am Kurplatz. Ja, ich denke, so war es. Aber ganz ehrlich, Herr Hauptkommissar, ich hatte ziemlich einen im Tee. Also fragen Sie mich nicht nach genauen Uhrzeiten. Das können Sie sich sparen."

„Nun gut. Lassen Sie uns nochmal zum gestrigen Abend zurückkommen", holte Holle erneut aus.

„Es ist also Fakt, dass Sie beide den ganzen Abend mit Herrn Hobrecht und Frau Mitfeld zusammen gewesen sind?", fragte er.

„Ja. Das stimmt. Wir haben den Nachmittag und auch den Abend miteinander verbracht. Irgendwann nach Mitternacht, die genaue Uhrzeit weiß ich nicht mehr, ist Rieke dann in ihre Wohnung und wir ins Hotel."

„Und Sie drei sind alle gleichzeitig ins Hotel?"

„Ja klar. Was denn sonst? Obwohl..., das heißt..., ich bin gleichzeitig mit Boris rein. Ben wollte noch ein bisschen frische Luft schnappen. Der hatte ganz schön geladen."

„Sie haben also nicht gesehen, wie Herr Hobrecht zurück ins Hotel ging. Verstehe ich das richtig?"

„Nein. Habe ich nicht. Aber er wird schon kurz nach uns reingegangen sein. Da bin ich mir ziemlich sicher."

Dann stutzte Tjark Steffens für einen Moment und fragte entrüstet: „Sie wollen dem Ben doch wohl jetzt nicht den Überfall auf die Rieke unterschieben Herr Hauptkommissar. Das ist wirklich lächerlich!", woraufhin dieser nur abwinkte.

„Herr Steffens, machen Sie sich keine Sorgen, es wird alles seinen geregelten Gang nehmen. Sie können jetzt jedenfalls erstmal gehen. Doch halten Sie sich auch am Festland bitte weiter zu unserer Verfügung."

Gerade als Tjark Steffens und Boris Feldhof im Begriff waren die Wache zu verlassen, fiel Mira Lose noch etwas ein und schon flitzte sie hinter den beiden her.

„Noch eine Frage bitte."

Ihre Erwiderung nicht abwartend fragte sie: „Können Sie mir einen Grund nennen, warum die beiden Frauen den Herrn Stikkert über Jahre hinweg so attraktiv fanden und sich immer wieder auf ihn einließen? Das hat sich mir bisher noch nicht erschlossen."

Tjark Steffens lachte. „Das glaube ich Ihnen gerne, dass sich Ihnen das nicht erschlossen hat. Der Ulf ist ja auch nicht gerade ein Hingucker."

Dann überlegte er kurz. „Es sind wohl diese Geschichten, die er schon ewige Zeiten schreibt. Diese verdammten Liebesschnulzen. Wenn er damit erstmal anfängt, liegen ihm alle Frauen zu Füßen, da kann unsereiner einfach nicht mithalten. Da ist es belanglos, wie er aussieht. Er gewinnt immer."

Das war es also, dachte Mira Lose. Das war es, was dieser Typ an sich hatte und sie schätzte, dass es wert war den Geschichten dieses Ulf Stikkert einmal genauer auf den Leim zu fühlen.

Nordmeier kehrte ohne Neuigkeiten auf die Dienststelle zurück. Wie ihm aufgetragen worden war, hatte er Ben Hobrecht beobachtet, war ihm eine Zeit lang gefolgt und hatte schließlich gesehen, wie er mit Tjark Steffens und Boris Feldhof in einem rustikalen Fischlokal einkehrte. Da er annahm, dass die drei Männer sich nur noch ein letztes Mal vor der anstehenden Überfahrt stärken wollten, brach er seine Überwachungsaktion ab.

Im Besprechungsraum ging es immer noch um Ben Hobrecht, der für die Zeit des Überfalls auf Rieke Mitfeld kein sicheres Alibi hatte. Wobei das ebenso für Steffens und Feldhof angenommen werden konnte, da sie zwar gemeinsam ins Hotel hineingingen, was sie getrennt voneinander befragt auch bestätigten, doch hätten sie es jederzeit natürlich auch wieder verlassen können.

So kam das Team um Hauptkommissar Holle einstimmig zu dem Schluss, dass jeder von den drei Männern sowohl in der Nacht zum Sonntag den Mord an Eva Kaiser als auch in der Nacht zum Montag den Überfall auf Rieke Mitfeld hätte verübt haben können.

„Vielleicht war es ein Eifersuchtsdrama", schob Mira Lose ein.

„Möglich wäre es. Aber selbst wenn es tatsächlich ein Mord oder ein Überfall aus Eifersucht gewesen war und dafür einer dieser drei Männer verantwortlich sein sollte, wäre es dann nicht verständlicher, wenn Ulf Stikkert das Opfer gewesen wäre? Schließlich war er es, der sich über Jahrzehnte immer wieder an diese beiden

Frauen herangeschmissen hat, ohne dass für ihn eine wirklich feste Absicht dahinterstand", versuchte Nordmeier zusammenzufassen.

„Tja, Leute! Wir müssen wohl oder übel auch noch mal mit diesem Autor sprechen", sagte Holle. „Ich weiß zwar nicht, ob es uns weiterbringen wird, da er ja bereits gestern Nachmittag zum Festland zurück ist und somit für den Überfall gar nicht mehr in Frage kommt, aber wer weiß …"

Unzufrieden der Klärung des Falles noch keinen Schritt nähergekommen zu sein, war das Team sich sicher irgendetwas übersehen zu haben.

Stunden waren vergangen, seitdem Rieke Mitfeld in einen unruhigen Schlaf fiel. Stunden, in denen sie sich fieberhaft im Bett hin und her wälzte, Stunden, in denen Vorbeck in ihrem verdunkelten Schlafzimmer auf einem unbequemen Küchenstuhl saß und über sie wachte. Zutiefst verängstigt und kraftlos wachte sie schließlich auf und schilderte mit Mühe, was passiert war. Mit leiser und einfühlsamer Stimme führte Vorbeck die Vernehmung und notierte alles akribisch, um es später auf dem Revier in Protokollform zu bringen.

Als es an der Wohnungstür klingelte, fuhr Rieke Mitfeld zusammen und begann augenblicklich zu zittern. Mit eng an den Körper gezogenen Beinen saß sie auf ihrem Bett und wagte nicht sich zu rühren. Angsterfüllt starrte sie in Richtung Flur und wartete, wem Vorbeck die Wohnungstür öffnete.

Es war ihre Arbeitskollegin und gute Freundin Christin.

„Als ich davon hörte, habe ich alles stehen und liegen gelassen Rieke. Das kannst du mir glauben."

Doch Rieke Mitfeld nickte nur gequält und legte sich erschöpft wieder auf die Seite.

„Und Sie bleiben jetzt erstmal bei Ihrer Freundin?", fragte Vorbeck.

„Selbstverständlich! Ich habe mir frei genommen. Ich werde solange hierbleiben, bis es ihr besser geht. Sie brauchen sich keine Sorgen machen. Ich werde ihr nicht von der Seite weichen."

„Das ist gut", sagte Vorbeck sichtlich beruhigt und „wenn es Frau Mitfeld wieder etwas besser geht, könnten Sie dann vielleicht dafür sorgen, dass sie auf die Polizeiwache kommt, um das Protokoll bezüglich ihrer Aussage zu unterschreiben?", fragte er.

„Das ist kein Problem. Ich kümmere mich darum. Muss das denn noch heute sein?"

„Nein, ich denke, morgen früh genügt auch. Wichtig ist, dass Frau Mitfeld sich jetzt erstmal ordentlich ausschläft", dann wandte er sich zum Gehen, hielt nochmal kurz inne und kehrte ins Schlafzimmer zurück.

„Was ich noch sagen wollte, schließen Sie die Tür ab und lassen Sie die Fenster geschlossen. Zumindest heute. Und wenn was ist, ein Anruf genügt!", und drückte der hilfsbereiten Freundin seine Visitenkarte mit der Telefonnummer der Norderneyer Polizeiwache in die Hand. „Hier können Sie immer jemanden erreichen." Schließlich verließ er die Wohnung und marschierte zügig Richtung Dienststelle.

Selbstverständlich hätte er auch seinen Kollegen Fredersen anrufen können, damit er ihn in der Siedlung abholte. Aber wer weiß, was auf dem Revier gerade los war. Und da er niemanden bei der Arbeit stören wollte, entschied er sich zu Fuß zu gehen. Außerdem tat ihm Bewegung und frische Luft nach diesem nervenaufreibenden Tag richtig gut.

Ein allerletztes Mal überflog Vorbeck die Aussage von Rieke Mitfeld, die er zu Papier gebracht hatte. Anschließend brachte er diese zu Gehör.

„Frau Mitfeld ist am vergangenen Samstag pünktlich zur Klassenfeier in der Giftbude erschienen. Dort traf sie neben etlichen Mitschülern und Mitschülerinnen auch auf ihre guten Freunde von früher. Zu denen zählten Eva Kaiser, Ben Hobrecht, Boris Feldhof, Tjark Steffens und Ulf Stikkert. Wobei sie anmerkte, dass Ulf Stikkert sich verspätete und erst einige Stunden später dazustieß. Aber da er wohl schon früher nie der Pünktlichste war, wunderte sie das nicht weiter. Auch meinte sie gehört zu haben, dass er sich noch die Insel angeschaut habe und deswegen zu spät kam.

Ben Hobrecht hat, wie man es wohl von ihm als ehemaligen Klassensprecher erwartete, mehrere Reden geschwungen. Laut Frau Mitfeld war es ein schöner Nachmittag und ein harmonischer, feuchtfröhlicher Abend.

Später, die genaue Uhrzeit wusste sie nicht mehr, hat Eva Kaiser die Feier als Erste von ihnen verlassen, nach ihr ist Ulf Stikkert gegangen und dann hatte auch sie selbst keine Lust mehr gehabt. Die anderen sind noch geblieben. Sie sagt, sie habe sich ein Taxi genommen und sei sofort nach Hause, da sie ziemlich müde war und etwas zu viel getrunken hatte.

Am Sonntag traf sie sich dann wieder mit ihrer „Truppe". Seltsamerweise kamen Eva Kaiser und Ulf Stikkert nicht zu diesem Treffen. Auch war Eva Kaiser auf ihrem Handy nicht zu erreichen. Nach ein Uhr nachts kehrte Frau Mitfeld in ihre Wohnung zurück. Dann wusste sie nur noch, dass sie ihre Wohnungstür aufschloss, sie jemand von hinten hineindrängte, ihr den Mund zuhielt und ins Wohnzimmer stieß. Sie fiel gegen den Tisch und bevor sie sich aufrichten konnte, erhielt sie einen Schlag auf den Hinterkopf und wurde bewusstlos. Als sie wieder zu sich kam, waren sowohl ihre Augen als auch ihr Mund verklebt. Eine Person schliff sie an den Füßen durch die Wohnung. Sie versuchte sich zu wehren, doch es gelang ihr nicht, da sie an Händen und Füßen gefesselt war. Die Person hat sie dann in ihren Kleiderschrank bugsiert und diesen abgeschlossen.

Anfangs versuchte sie noch sich durch Klopfen bemerkbar zu machen, aber in der gekrümmten Stellung kam sie schnell an ihre Grenzen. Ein einziges Klopfgeräusch zu erzeugen, verursachte ihr immense Schmerzen. Außerdem wusste sie, dass sie niemand hören würde. Erst als Kollege Fredersen und meine Wenigkeit in die Wohnung kamen, unternahm sie einen erneuten Versuch. Dass Frau Hocke ebenfalls schon Stunden früher durch ihre Wohnung geschlichen war, hatte sie nicht bemerkt. Was den Täter betrifft, sagt sie diesen nicht gesehen zu haben. Auch gesprochen hat er kein einziges Wort mit ihr."

„Das haben Sie perfekt zusammengefasst Vorbeck. Nur immer weiter so", sagte Holle und lächelte ihm wertschätzend zu.

Schließlich entließ er seine Kollegen in den wohlverdienten Feierabend, gab ihnen mit auf den Weg die ganze Geschichte noch einmal im Kopf durchzuspielen und am nächsten Morgen mit einem ausgeruhten Geist zur Arbeit zu erscheinen. Auch er selbst brauchte mal ein paar Stunden Ruhe oder besser noch eine ordentliche Laufeinheit, und erst dann hieß es für ihn ab aufs Sofa.

13. Kapitel

In seiner Vorstellung sah sich Holle schon im Laufdress mit geschnürten Schuhen. Auch hatte er die Strecke, die er zu laufen beabsichtigte exakt vor Augen. Eine lange Etappe entlang des nördlichen Dünengürtels sollte es werden. Schließlich musste er noch bei der in den Dünen sitzenden Buddha-Figur vorbeischauen, um ein Foto von ihr zu schießen. Auch wollte er sich die Schlafstrandkörbe, die am Ostbadestrand standen aus der Nähe ansehen. Bisher hatte er sie nur online angeschaut. Auf jeden Fall wäre das etwas, mit dem er seine Feodora nach fünfundzwanzig gemeinsamen Ehejahren überraschen konnte. So eine Nacht unter freien Himmel gemeinsam zu verbringen, stellte er sich einfach wundervoll vor. Vielleicht wäre es auch möglich vorher das Eheversprechen zu erneuern. Entweder im historischen Badekarren am Weststrand oder in der Norderneyer Hochzeitsstube, der „Hochtiedsstuv" im Fischerhaus-Museum. Auch darüber hatte er noch eingehender nachzudenken. All dies beschäftigte ihn zunehmend. Feodora war eine nicht gerade anspruchslose Ehefrau und Holle meinte zu wissen, dass sie zur „Silbernen" sicherlich etwas Besonderes erwartete. Doch war bis dahin noch ein knappes Jahr Zeit und er konnte den einen oder anderen Gedanken weiterspinnen.
Wobei er jedoch gehört hatte, dass die Schlafstrandkörbe heiß begehrt waren und er sich diesbezüglich wohl schnell entscheiden musste.

Jetzt allerdings wollte er erstmal laufen. Und nicht nur im festen Sand am Wasser, sondern auch durch den Pulversand in Dünennähe. Erst das würde ihn richtig fordern. Vorher durfte er allerdings nicht vergessen noch ein Tütchen aufgelöstes Magnesiumpulver zu trinken, bevor er wieder diese verdammten Wadenkrämpfe bekam. Das fehlte ihm gerade noch, dass solch ein Dilemma seine ersehnte Laufrunde zerschoss. Er brauchte diese Verausgabung heute zwingend und freute sich darauf ebenso, wie auf das Bier, das er sich bereits am Morgen kaltgestellt hatte.

Vor der Eingangstür der Dienststelle stieß er auf einen jungen Mann mit Hund, der gerade im Begriff war, die Polizeiwache zu betreten. Schon rückte Holles Laufeinheit ins Hintertreffen. Wenn er Glück hatte, würde es, wenn überhaupt, noch ein später Abendlauf werden. Aber auch nur, wenn nicht etwas weiteres Unvorhergesehenes dazwischen kam.

Bengt Onnen hatte in der betreffenden Nacht tatsächlich seinen Hund ausgeführt.

„Ich bin so gegen kurz nach eins raus. Kann aber auch etwas später gewesen sein. Bin dann mit Timmi die Mühlenstraße runter“, berichtete er.

„Mit Timmi meinen Sie Ihren Hund, wie ich annehme“, unterbrach ihn Holle.

„Ach ja, natürlich. Das ist mein Hund. Er ist noch nicht so alt müssen Sie wissen. Da kann er noch nicht die ganze Nacht in der Wohnung durchhalten. Meistens gehe ich zweimal die Nacht mit ihm raus“, erklärte er.

„Nun gut. Sie sind also die Straße entlang und dann?“

„Dann musste der Timmi mal und ich bin stehen geblieben, bis er fertig war.“

„Und als Sie da standen und warteten, ist Ihnen da irgendetwas aufgefallen? Haben Sie vielleicht jemanden gesehen?“, fragte Holle.

„Ja habe ich. Ich sah einen alten Mann am Fenster in einem der Wohnblocks. Der guckte genau zu mir herüber. Das war schon echt gruselig. Ich stand da und auf einmal erschien der wie ein Geist hinter dem Vorhang.“

„Und weiter?“, fragte Holle, „Das war ja jetzt noch nicht so spektakulär.“

„Hm“, machte Bengt Onnen und dachte nach.

„Bin dann mit Timmi einmal ums Kap rum. War gar nicht mal so dunkel gestern Nacht. Sah richtig schön aus mit dem Mond und dem beleuchteten Kap."

Stirnrunzelnd sah Holle sein Gegenüber an. Kurz fixierte er die Straßenkarte von Norderney, die er sich mit Pinnnägeln an die Wand geheftet hatte. Schließlich stand er auf, und umkreiste den Standpunkt des Kaps rot. Mühsam kramte er für Sekunden in seinem Wissen. Das Kap. Das Wahrzeichen der Insel unweit der Nordhelmsiedlung. Wieder einmal schweiften seine Gedanken ab. Schon fragte er sich nach der Bedeutung des Wortes „Nordhelm".

„Strandhafer", sagte er in die Ruhe des Raumes hinein.

„Was?", fragte Onnen.

„Ach nichts. Das tut nichts zur Sache. Ich habe nur laut gedacht. Entschuldigung. Sie haben also das Kap umrundet. Und danach?", fragte er fordernd.

„Sind wir den gleichen Weg zurückgegangen. Ich habe natürlich erstmal zu dem Fenster geschaut, wollte ja wissen, ob der Opa noch guckt. Aber er war weg."

Gerade als er dachte, Bengt Onnen nochmals antreiben zu müssen, sprach dieser weiter.

„Also, ich stand in einiger Entfernung zum Haus. Der Timmi musste noch bisschen rumschnüffeln und da habe ich mir eine Zigarette angesteckt. Dann kam ein Mann die Straße entlanggewankt. Das sah wirklich komisch aus, wie der dort auf der mondbeschienen Straße von der einen Seite zur anderen torkelte. Mir schien, als war er ziemlich betrunken. Jedenfalls verschwand er genau in dem Haus, in dem zuvor der Opa aus dem Fenster schaute. Nach ein paar Minuten kam er wieder raus und wackelte zurück in Richtung Stadt."

„Können Sie den Mann vielleicht beschreiben Herr Onnen?"

„Ja, klar. Er war klein. Hatte ein kariertes Jackett an und eine dunkle Hose. Ach so, und er hatte weißes schütteres Haar. Das weiß ich noch genau, weil ich mir dabei gleich dachte, dass es die gleiche Farbe hatte wie der Mond."

„Hat er Sie gesehen, Herr Onnen?"

„Nein. Ich denke nicht. Außerdem, so betrunken wie der war, hat er wahrscheinlich nicht mehr viel gemerkt."

„Und dann?", fragte Holle.

„Dann bin ich nachhause gegangen. Wurde ja auch Zeit, dass ich ins Bett kam. Und der Timmi war auch schon ganz müde."

„Sagen Sie, Herr Onnen..., jetzt nur mal so interessehalber..., das tut nichts zur Sache, aber was ist der Timmi denn für eine Hunderasse?"

„Sie interessieren sich für Hunde?", fragte Onnen freudig.

„Ja. Ich denke schon seit längerem darüber nach mir einen anzuschaffen", entgegnete Holle.

„Das freut mich aber, Herr Hauptkommissar. Also der Timmi ist ein Tibet Terrier. Ein richtiger Familienhund. Da machen Sie nichts falsch, wenn Sie sich so einen zulegen."

„Wie gesagt, ich bin noch zu keiner Entscheidung gekommen", versuchte Holle sich zu erklären.

„Woran hapert es denn noch?", wollte Onnen wissen, beantwortete seine Frage jedoch augenblicklich selbst.

„Sagen Sie nichts. Ich glaube, ich weiß, wo der Haken ist. Sie haben noch nicht mit Ihrer Frau gesprochen. Richtig?"

„Woher wissen Sie das?", fragte Holle verdutzt.

„Das hört man doch oft. Erst wollen sie keinen Hund, weil der angeblich nur Dreck macht und man immer mit ihm raus muss und so weiter. Und dann, wenn er erstmal da ist, wollen sie davon nichts mehr wissen. Kenn ich alles. Alles schon dagewesen."

„Ich werde mal sehen, wie sich die Sache entwickelt", sagte Holle.

„Also wenn Sie wollen, schreibe ich Ihnen gerne die Adresse des Züchters auf. Nur für den Fall dass..."

„Vielen Dank für das Angebot. Aber ich denke, das ist noch nicht nötig. Vielleicht komme ich später auf Ihr Angebot zurück.

Ich weiß ja, wo ich Sie finde", entgegnete Holle, bedankte sich bei ihm für sein Kommen und kündigte an, ihn möglichenfalls ein weiteres Mal bezüglich der vergangenen Nacht zu befragen, wogegen Bengt Onnen nichts einzuwenden hatte.

Wie ein feines Tuch spannte sich das Laufshirt über den muskulösen Oberkörper des Auricher Hauptkommissars. Leicht und locker flatterte es zaghaft im aufkommenden Wind. Warme Luft umspülte seine Haut. Währenddessen setzte er monoton einen Fuß vor den anderen und versuchte an nichts zu denken. Doch es war vergeblich. Immer wieder quetschte sich der Mord an Eva Kaiser und der Überfall auf Rieke Mitfeld ungebeten in seinen Feierabend und er schaffte es nicht diese Gedanken auch nur kurze Zeit abzuschalten. Schließlich gab er nach, reflektierte erneut die Vorkommnisse und versuchte krampfhaft die Lösung des Falls aufzuspüren.

Einerseits gab es den alten Herbert Hocke, der meinte den Mann gesehen zu haben, der Frau Mitfeld überfallen hatte, was sich allerdings als falscher Hinweis entpuppte, da Bengt Onnen lediglich seinen Hund ausführte und wie jede Nacht an den Häusern in der Mühlenstraße vorbeikam. Auch war er gar nicht in das Haus hineingegangen, in dem die Eheleute Hocke und Frau Mitfeld wohnten. Daher war davon auszugehen, dass dieser Hundebesitzer mit alledem nichts zu tun hatte.

Andererseits hatte Bengt Onnen jedoch zweifelsfrei nicht nur Herrn Hocke am Fenster stehen sehen, sondern auch einen Mann in einem karierten Jackett, der in das Haus hineinging und einige Minuten später wieder heraus kam. Was er dort gewollt hatte, entzog sich seiner Kenntnis.

Dieses wiederum deckte sich nicht mit der Aussage von Agatha Hocke, die meinte, einen Mann mit Kapuzenjacke gesehen zu haben. Was davon stimmte nun? Holle wusste es nicht. Was er hingegen genau wusste, war, dass er Ulf Stikkert noch einmal aufsuchen musste, da die Beschreibung, die Bengt Onnen von dem nächtlichen Unbekannten abgegeben hatte, genau auf ihn zutraf. Stikkert war für einen Mann ziemlich klein und er trug, als sie ihn schlafend unter dem Kletterturm fanden, ein kariertes Jackett. Natürlich konnte das auch Zufall sein und er hatte vielleicht gar nichts mit dem Mann, den Onnen gesehen hatte, zu tun. Nichtsdestoweniger musste diese Möglichkeit überprüft werden.

All dieses ging ihm durch den Kopf, als er den Strand entlangjoggte. Gleichfalls versuchte er sich auf seine Füße zu konzentrieren, die bei jedem Aufsetzen einige Zentimeter im feinpulverigen Sand versanken. Aber das war es, was er gewollt hatte. Laufen, sich verausgaben und bestenfalls den Kopf freikriegen. Nichts mehr und nichts weniger.

Die Nacht von Montag auf Dienstag verlief ohne besondere Vorkommnisse. Schon früh am Morgen saß Hauptkommissar Holle im Besprechungsraum und meinte soeben in den Genuss seines allerersten Déjà-vu gekommen zu sein. Er hatte zwar mehrfach von solchen Erlebnissen gehört, aber selbst erlebt hatte er so etwas noch nicht. Außerdem glaubte er an solchen Humbug eigentlich auch nicht. Schmunzelnd dachte er an den Film „Und täglich grüßt das Murmeltier“ und schaute Fredersen an, als dieser den Besprechungsraum mit einem, mit Krabbenbrötchen, Tee, Kaffee und Orangensaft beladenen Tablett betrat. Binnen Sekunden füllte sich der mickerige Vernehmungsraum mit einem unvergleichlichen Aroma, das Holle das Wasser im Mund zusammenlaufen ließ.

„Irgendwie kommt es mir so vor, als habe ich das alles schon einmal erlebt“, begann er zu erklären.

„Ich weiß jetzt nicht, was Sie meinen Chef“, stellte Mirko Fredersen verdutzt fest.

„Na, ich habe es irgendwie gewusst, dass Sie gleich mit diesen ganzen schmackhaften Dingen den Raum betreten. Es fühlte sich so vertraut an.“

„Ach! Das freut mich aber. Dann muss ich Ihnen wohl wirklich sehr sympathisch sein“, stellte Fredersen fest und strahlte dabei übers ganze Gesicht.

„Ja, Herr Kollege. Nehmen Sie es einfach als ein frühmorgendliches Kompliment an.“ Das tat Fredersen und schien einige Zentimeter zu wachsen.

„Vielleicht sollte ich ganz auf Norderney bleiben“, sagte Holle und biss herzhaft in ein mit Salat und Krabben belegtes Brötchen. „Hier ist es ja wirklich wie im Schlaraffenland.“

„Nur zu, nur zu Herr Hauptkommissar. Sie sehen ja, wir können hier jeden schlauen Kopf wärmstens gebrauchen“, entgegnete Vorbeck kauend und im selben Moment klingelte das Telefon. Es war Nordmeier, der mit Neuigkeiten vom Festland aufwartete.

Auf Anordnung seines Chefs hatte er die erste Fähre des Tages nach Norddeich genommen, um Ulf Stikkert aufzusuchen. Zuvor hatte er noch versucht diesem sein Kommen anzukündigen und zu diesem Zweck dessen Vermieter angerufen. Doch konnte Tore Gerdes ihm leider nicht weiterhelfen.

Als Nordmeier selbst einige Zeit später den Klingelknopf drückte, öffnete Stikkert ebenfalls nicht. Stattdessen drang aus dem Inneren der Wohnung ein mürrisches: „Nein! Herrgott nochmal! Ich bin nicht da!“, an sein Ohr.

Doch er ließ sich nicht beirren, klingelte unentwegt weiter und rief: „Jannis Nordmeier hier, Herr Stikkert. Machen Sie die Tür auf! Es ist wichtig.“

Durch das laute Rufen wurde auch Tore Gerdes in seiner Wohnung aufgeschreckt. Voller Neugier begab er sich sogleich in den Flur und beobachtete, was dort vor sich ging.

Nach einigen weiteren Aufforderungen öffnete Stikkert schließlich doch seine Wohnungstür und bat Nordmeier widerwillig herein. Augenblicklich war auch dessen neugieriger Nachbar zur Stelle und spähte hinter Nordmeier in die Wohnung. Doch noch bevor dieser etwas sagen konnte, fiel die Tür bereits ins Schloss.

„Meine Güte! Herr Stikkert!“, entfuhr es Nordmeier.

„Was ist denn hier passiert? Ist Ihre Wohnung Einbrechern zum Opfer gefallen oder warum ist sie so verwüstet?“, fragte er vollends überwältigt.

Ulf Stikkert schaute sich mit unwissender Miene um, als sähe er die Wohnung gerade zum allerersten Mal.

„Ach, wissen Sie, ich nehme das nicht so genau. Bei mir ist es eigentlich nie richtig ordentlich. Ich habe da wohl kein Talent für“, meinte er schließlich grinsend.

„Sie wollen mir weiß machen, dass Sie in diesem Chaos hier wohnen? Verstehe ich Sie richtig?“, fragte Nordmeier entgeistert.

„Ja, also mir macht das nichts. Ich finde es eigentlich ziemlich gemütlich. Ich kann es gar nicht gut leiden, wenn alles an Ort und Stelle steht. Dann finde ich ja nichts wieder. Ich hatte mal eine Putzfrau, wissen Sie? Die kam einmal die Woche und dann, na, was meinen Sie, wie es hier aussah?“, fragte er und rang sich ein Lächeln ab.

„Na, ich schätze, es war alles pikobello in Ordnung“, entgegnete Nordmeier.

„Eben“, bestätigte Stikkert. „Es war zum Verrücktwerden. Eine Zumutung. Und alles roch nach Essigwasser. Ich hasse Essig.“

„Na, wenn das so ist“, entgegnete Nordmeier immer noch perplex.

„Aber Sie sind doch sicherlich nicht nach Norddeich gekommen, um mir Haushaltstipps zu geben, Herr Nordmeier, oder?“, fragte Stikkert belustigt und befreite kurzerhand einen Stuhl von unnötigem Ballast und bot Nordmeier an, Platz zu nehmen. Er selbst lief nervös im Raum umher.

Nordmeier lachte und musste tatsächlich erst einmal überlegen, weshalb er eigentlich gekommen war. Das Durcheinander um ihn herum brachte ihn ganz aus dem Konzept.

„Nein, deswegen bin ich natürlich nicht hier. Eigentlich möchte ich von Ihnen wissen, mit welcher Fähre Sie am Sonntag nach Norddeich übersetzten."

„Ach!", sagte Ulf Stikkert erstaunt. „Und warum ist das jetzt wichtig?"

„Die Sache ist die, Ihre Mitschülerin Rieke Mitfeld wurde in der Nacht von Sonntag auf Montag in ihrer Wohnung überfallen. Und da es einen Zeugen gibt, dessen Beschreibung eventuell auf Sie zutrifft, müssten wir genau wissen, wann Sie am Sonntag abreisten, damit wir Sie als Verdächtigen ausschließen können", erklärte Nordmeier.

„Das ist nun aber mal richtig blöd!", entfuhr es Ulf Stikkert und er wanderte noch hektischer durch den Raum als zuvor.

„Nun bleiben Sie doch mal stehen", zischte Nordmeier ihn an.

„Sie machen mich ja ganz kirre mit ihrem ständigen Auf und Ab."

Abrupt hielt Stikkert inne und setzte sich auf den einzig leeren Fleck seines Schreibtischs.

„Also wenn Sie es unbedingt wissen müssen. Ich bin erst am Montagmorgen zurück."

Nordmeier meinte sich verhört zu haben und fragte nach.

„Was sagen Sie da? Sie waren den ganzen Sonntag und auch die Nacht zum Montag noch auf der Insel? Wieso das denn? Sie wollten doch schon am Sonntag abreisen."

„Ist das nicht meine Sache? Ich kann doch wohl machen, was ich will", meckerte er. Es hat ja eh keinen Zweck. Sie werden es so und so früher oder später herausfinden. Also, ich war noch bei Rieke."

Ungläubig schaute Nordmeier ihn an.

„Ach was. Tatsächlich? Das erklären Sie mir aber!", forderte er ihn auf und Stikkert ließ sich nicht lange bitten und begann mit seiner Erklärung.

„Das war so, als ich bei Ihnen vom Polizeirevier weg bin, bin ich erstmal an den Strand. Das Wetter war ja so super und da habe ich mich noch ein bisschen in die Dünen gehauen. Muss wohl eingeschlafen sein. Als ich aufwachte, hatte ich die letzte Fähre blöderweise verpasst. Bin dann was trinken gegangen. Ist ziemlich spät geworden. Danach bin ich zur Wohnung von Rieke und habe erst am Montagvormittag übergesetzt. Und, dass ich gegen Mittag wieder hier war, das kann der Gerdes bezeugen, den traf ich leider Gottes ja gleich im Treppenhaus."

„Ich halte mal fest. Sie haben den Abend auf Norderney verbracht und sind dann, wenn ich Sie richtig verstanden habe, mitten in der Nacht zur Wohnung von Frau Mitfeld. Und warum, wenn ich fragen darf?", hakte Nordmeier nach.

„Das ist nicht so einfach", erwiderte Ulf Stikkert und strich sich unentwegt durch seine immer noch oder schon wieder fettigen Haare.

„Aber das spielt auch keine Rolle. Sie war ja gar nicht da, als ich kam."

„Was hier eine Rolle spielt und was nicht, das müssen Sie schon mir überlassen. Also, was wollten Sie bei ihr?", fragte Nordmeier erneut.

„Ich wollte ihr ihren Wohnungsschlüssel zurückbringen. Aber sie hat ja nicht aufgemacht. Da habe ich mir selbst aufgeschlossen, habe ihr den Schlüssel auf das Sideboard im Flur gelegt und bin dann wieder gegangen", erklärte er.

„Na das ist ja eine Story, die Sie mir da auftischen, Herr Stikkert", entgegnete Nordmeier ungläubig.

„Hört sich nicht so überzeugend an, stimmt`s?", mutmaßte Stikkert selbst.

„Sie sagen es", bestätigte Nordmeier kopfnickend.

Doch Ulf Stikkert beharrte auf seiner Aussage und beteuerte im Weiteren immer wieder, dass er ihr wirklich nur den Schlüssel zurückbrachte und nichts weiter. Natürlich musste er sich die Frage gefallen lassen, wie er darauf kam, ihr den Wohnungsschlüssel mitten in der Nacht zurückzubringen und warum er diesen überhaupt hatte, aber auch darauf hatte er eine passende Antwort.

„Herr Nordmeier, Sie kennen doch mein Problem…", begann er und blickte betreten auf den Fußboden. Nordmeier folgte seinem Blick, sah die unzähligen leeren Wein- und Schnapsflaschen und wusste augenblicklich, wovon er sprach.

„Sie meinen Ihr Alkoholproblem, Herr Stikkert?"

„Ja, genau. Ich bin wiedermal versumpft. In dieser coolen Whiskeybar in der Stadtmitte. Die kennen Sie vielleicht! Da ist es richtig urig drin. Überall Flaschen, lauschiges Licht, keine Fenster. Da müssen Sie unbedingt mal gewesen sein. Aber beeilen Sie sich, die gibt es dort bald meines Wissens nicht mehr. Wie man hört, kehren die der Insel den Rücken. Schlecht für die Insulaner, gut für mich. Vielleicht eröffnen die ja eine neue Bar am Festland. Das wäre echt der Knaller. Aber ich glaube, die wissen es selber noch nicht wohin es sie ziehen wird. Auf jeden Fall war ich da ungefähr bis um Mitternacht. Das können Sie gerne nachprüfen."

Nordmeier versuchte sich in Stikkert hineinzudenken, was ihm allerdings schwerfiel. Er konnte es sich einfach nicht vorstellen, warum es diesem bemitleidenswerten notorisch blanken Schreiberling erst in der Nacht eingefallen war, dass er noch einen Schlüssel zu der Wohnung von Frau Mitfeld hatte.

„Ich weiß, das hört sich für Sie sicher alles sehr seltsam an. Aber wissen Sie, die Rieke hat mir den Schlüssel am Samstagabend zugesteckt", erklärte er.

„Heißt also, Sie und Frau Mitfeld wollten sich nach der Klassenfeier noch bei ihr in der Wohnung treffen?", fragte Nordmeier.

„Nein eigentlich nicht", entgegnete Stikkert. „Zumindest ich wollte das nicht. Das war nicht mein Plan."

„Könnten Sie vielleicht etwas deutlicher werden? Vielleicht beginnen Sie einfach nochmal bei Samstag", forderte Nordmeier ihn auf und Stikkert erzählte und Nordmeier war ganz Ohr.

„Bis zu dem Zeitpunkt, als ich auf das Klassenfest kam, stimmt alles, was ich zu Protokoll gegeben habe. Dann haben wir gefeiert. Ben, Boris, Tjark, Eva, Rieke und ich. Und…ja…, ich konnte es wieder mal nicht lassen und habe den beiden Mädels einen Schwank aus meinem Liebesgeschichtenrepertoire zum Besten gegeben. Das zieht immer bei den Frauen. Das hat früher schon gut geklappt. Müssen Sie auch mal probieren, Herr Nordmeier. Damit machen Sie eine Punktlandung. Auf jeden Fall hatte ich leichtes Spiel. Wissen Sie, die Eva und die Rieke, die waren mir nie egal. Aber das wissen Sie wahrscheinlich schon. Was ich damit sagen will…, ich habe immer mal was mit der einen und der anderen am Laufen gehabt. Aber die Eva gefiel mir den Abend besser. Außerdem hatte ich mir vorgenommen mein Leben zu ändern und da kamen mehrere Frauen gleichzeitig nicht mehr in Frage.

Auf jeden Fall wollte Eva noch mit mir an den Strand. Und als sie Anstalten machte zu gehen, bin ich hinterher.

„Das ist ja mal was Neues! Das würde bedeuten, dass Sie zu dem Zeitpunkt noch nicht so sehr betrunken waren. Sie können sich also noch daran erinnern, dass Sie die Klassenfeier verlassen haben."

„Ja. Kann ich. Ich bin dann hinter ihr her. Diese Chance konnte ich mir nicht entgehen lassen. Wir saßen noch eine ganze Weile zusammen am Strand und haben uns unterhalten. Sie hatte eine Flasche Branntwein dabei. Den trinkt man ja hier oben im Norden gern. Der muss mir wohl den Rest gegeben haben. Ich weiß aber noch, dass ich ihr erzählt habe, dass es mir zurzeit gar nicht gut geht und ich Geldprobleme habe."

„Und dann hat sie Ihnen die dreihundert Euro gegeben?"

„Nein."

„Sondern? Was hat sie dazu gesagt?"

„Na, Sie stellen vielleicht Fragen. Das weiß ich nicht mehr. Aber gegeben hat sie mir nichts. Da bin ich mir sicher."

„Und Sie beide haben also einfach so am Strand gesessen und sich unterhalten. Sie hatten nicht vielleicht einen Streit miteinander?"

„Nein. Wüsste nicht, worüber wir uns hätten streiten sollen. Ganz im Gegenteil. Lief wirklich bestens mit uns beiden. Sie wissen ja gar nicht, wie die küssen konnte. Also so eine wünsche ich Ihnen auch mal. Oder sind Sie diesbezüglich schon gut versorgt?"

„Herr Stikkert! Ich muss schon sehr bitten!", empörte sich Nordmeier. „Mein Privatleben geht Sie ganz sicher nichts an."

„Oh, Entschuldigung, wenn ich Ihnen da zu nahe getreten bin. Das war nicht meine Absicht. Aber Sie haben doch davon angefangen. Sie wollten doch wissen, was wir gemacht haben. Und nun wissen Sie es."

„Ist ja schon gut. Was ist dann passiert?", fragte Nordmeier weiter.

„Dann habe ich einen Filmriss", entgegnete Stikkert.

„Okay", sagte Nordmeier und überlegte.

„Haben Sie eigentlich bemerkt, dass Rieke Mitfeld die Klassenfeier gleich nach Ihnen verlassen hat?"

„Hat sie?", fragte Stikkert erschrocken. „Nein, davon weiß ich nichts."

„Heißt also, Sie haben sie am Strand nicht zufällig doch noch getroffen und dann einen flotten Dreier…"

„Herr Nordmeier!", entrüstete sich nun Ulf Stikkert. „Ich habe Ihnen doch gesagt, dass ich sowas nicht mehr mache. Das können Sie mir glauben oder es lassen."

Was dann kam, kannte Nordmeier. Eva Kaiser war tot. Ulf Stikkert wurde am Strand gefunden und mit auf die Wache genommen, vernommen, schließlich entlassen. So wie er berichtete, war er nicht nach Norddeich zurück, sondern hatte sich noch einen weiteren Tag auf der Insel gegönnt, war letztlich in einer Bar abgestürzt und des Nachts in ziemlich angesäuseltem Zustand zur Mitfeld Wohnung gegangen, und hatte den Schlüssel zurückgeben.

„Okay. Lassen wir das alles einmal so dahingestellt. Nun sagen Sie mir nur noch, warum Sie den Schlüssel nicht einfach in den Briefkasten geworfen haben, sondern in die Wohnung gegangen sind. Das wäre doch eigentlich gar nicht erforderlich gewesen."

Stikkert hüllte sich in Schweigen, tat so, als habe er die Frage nicht gehört, stattdessen nahm er zwei Tassen aus dem Küchenschrank und begann im Weiteren damit Kaffee zu kochen.

„Wollen Sie auch einen, Herr Nordmeier", fragte er ablenkend. Nordmeier nickte und platzierte seine Frage erneut.

„Ich wollte sehen, ob es ihr gut ging", gab Stikkert gequält zu.

„Verstehe ich nicht", wandte Nordmeier ein. „Wieso sollte es ihr nicht gutgegangen sein?"

„Ich dachte, es wäre ihr vielleicht etwas zugestoßen", flüsterte er, als würden sie belauscht, wobei sich außer ihnen niemand weiteres in der Wohnung befand.

„Sie sprechen in Rätseln, Herr Stikkert. Was genau meinen Sie damit", fragte Nordmeier, woraufhin Stikkert betont langsam und offensichtlich widerwillig sowie in dem Bewusstsein sich zur Zielscheibe der Ermittlungen zu machen, weitersprach.

14. Kapitel

Nordmeier war baff, als Stikkert mit seinen langwierigen Erklärungen endete. Schließlich wusste er, dass Stikkert sich selbst als bisher unentdecktes Schriftstellergenie ansah. Auch wusste er, dass dessen Krimis nur deshalb noch nicht den Weg in die Bestsellerlisten gefunden hatten, weil er sie noch keinem einzigen Verlag angeboten hatte. Sei es aus Scheu zu versagen oder aber, weil sie noch unfertig waren. Das konnte Nordmeier nicht aus ihm herausbekommen.

Auf Nachfrage, um welche Art von Krimis es sich denn handelte, gab Stikkert bereitwillig Auskunft und erklärte, die ganze Bandbreite der Kriminalliteratur abdecken zu können. Kleinlaut, fast nicht hörbar schob er noch hinterher, genau solch einen Mord geschrieben zu haben, wie ihm Eva Kaiser auf Norderney zum Opfer gefallen war.

„Aber das hätten Sie uns doch sofort sagen müssen!", pfiff Nordmeier ihn an.

„Was Sie nicht sagen", stöhnte dieser.

„Und? Was hätten Sie dann gedacht? Sicherlich, dass ich die Eva umgebracht habe, oder? Da wäre ich ja wohl schön blöd gewesen. Oder hätten Sie mich nicht gleich für einen psychisch gestörten Schreiberling gehalten, der erst mit seinem Opfer in den Dünen schmust, um es anschließend zur Strecke zu bringen."

Darauf erwiderte Nordmeier nichts und gestand sich ein, dass er genau diesem Gedankengang wohl tatsächlich gefolgt wäre.

„Das erklärt aber immer noch nicht, warum Sie in der Nacht nachschauen wollten wie es Rieke Mitfeld ging", sagte Nordmeier, überlegte einen Moment und noch bevor sein Gegenüber antworten konnte, spann er weiter und fragte: „Steht etwa solch ein Überfall auch in Ihrem Manuskript?"

„Das ist es ja. In meiner Story wird erst eine Frau des Nachts am Strand ermordet und danach eine weitere in ihrer Wohnung überfallen", bestätigte er.

„Krass“, entwich es Nordmeier.

„Aber ich hoffe doch stark, dass Ihre Geschichte an dieser Stelle zu Ende ist.“

Ulf Stikkert kaute nervös auf seinen Fingernägeln herum, schließlich verriet er, dass es im Buch noch eine weitere Tote gab.

„Und wen?“, fragte Nordmeier sichtlich besorgt.

„Eine Polizistin“, stotterte Stikkert und Nordmeier sprang vor Schrecken auf, sodass sein Stuhl krachend zu Boden fiel.

„Das ist nicht Ihr Ernst. Sagen Sie, dass das nicht wahr ist.“
Aber er konnte nichts anderes sagen, denn es war so. Alles, was sich auf Norderney bisher abgespielt hatte, war identisch mit dem, was er geschrieben hatte. Einziger Unterschied, Nordmeiers Kollegin Mira Lose war noch am Leben.

„Wo ist Ihr Laptop, Herr Stikkert“, fragte Nordmeier gehetzt.
„Und, und...“, schon begann er wieder zu stottern.

„Und was geschieht mit der Polizistin?“

„Sie wird entführt“, sagte Stikkert bedrückt.

„Was?“, schrie Nordmeier aufgebracht und schleuderte noch ein „von wem? Wohin?“, hinterher.
Stikkert war kreidebleich. Erst jetzt realisierte er, was da um ihn herum geschah und dass die junge Polizistin Mira Lose sich eventuell in allergrößter Gefahr befand.

„Ich weiß es nicht“, würgte er bruchstückhaft hervor. „Sie verschwindet einfach.“

„Stikkert!“, rief Nordmeier aufgebracht. „Sie sagen mir jetzt auf der Stelle, wie der Krimi, den sie geschrieben haben, endet. Sie müssen den Fall in ihrem Manuskript doch zu Ende gedacht haben. Die Polizistin muss doch gefunden worden sein.“

In Zeitlupentempo schüttelte Ulf Stikkert den Kopf und raufte sich seine eh schon zerzausten Haare, dann begann er zu erklären.

„Die Polizistin wird nicht gefunden und damit endet das Buch. Ich hatte vor noch einen zweiten Teil zu schreiben, in dem die vermisste Polizeibeamtin nach zwanzig Jahren zufällig gefunden wird. Aber das schlag ich mir jetzt wohl besser aus dem Kopf."

Nordmeier wusste nicht, wann er jemals sein Herz so laut hatte klopfen hören. Fast übertönte es das Freizeichen seines Handys, mit dem er versuchte seine Kollegin Mira Lose auf Norderney zu erreichen. Doch sie nahm nicht ab.

Erst das Telefonat mit seinem Chef brachte Entwarnung. Dieser versicherte ihm, dass es ihr gut ging. Dass er ihr eine Stunde Freizeit verordnet hatte und sie mit Fredersen in dessen VW Käfer auf der Insel herumkutschierte.

„Wahrscheinlich hat Fredersen das alte Kassettendeck so laut aufgedreht, dass Mira das Handy gar nicht hört", mutmaßte Holle.

„Ho...ho...hoffen wir es mal", stotterte Nordmeier in den Hörer und berichtete die Neuigkeiten, die er gerade von Ulf Stikkert erfahren hatte.

Als Nordmeier sich wieder beruhigt hatte, fragte er Stikkert erneut nach seinem Laptop, woraufhin dieser duckmäuserisch zugab, dass er keine Ahnung hatte, wo er abgeblieben war, was die Situation nicht unbedingt vereinfachte.

„Nun überlegen Sie doch mal. Sie müssen doch wissen, was Sie mit ihrem Laptop angestellt haben, bevor Sie nach Norderney gefahren sind. So ein Gerät verschwindet ja nicht einfach so mir nichts, dir nichts. Haben Sie ihn in der Wohnung gelassen, ihn mitgenommen oder ihn vielleicht irgendeinem Bekannten in Verwahrung gegeben? Daran werden Sie sich ja wohl noch erinnern können!"

„Ich meine, ich habe ihn hier stehen gelassen. Aber, ganz ehrlich, je länger ich darüber nachdenke, desto weniger glaube ich selbst daran, was ich weiß und was ich nicht weiß. Das alles, diese ganzen verrückten Dinge, die hier passieren, machen mich schon wahnsinnig."

Kurz verfielen beide Männer in nachdenkliches Schweigen, dann setzte Nordmeier auch schon seine Befragung fort und versuchte herauszufinden, wer außer Ulf Stikkert selbst, noch einen Schlüssel zu dessen Wohnung besaß. Schlagartig erwachte Stikkert aus seiner Lethargie und war wieder ganz bei der Sache. Er erklärte, dass es noch zwei weitere Wohnungsschlüssel gab. Einen besaß sein Vermieter und einen weiteren hatte er seinem besten Freund, Peer Michel, vor Jahren gegeben.

„Könnte es vielleicht sein, dass einer der beiden in ihrer Wohnung war und den Laptop an sich genommen hat?", fragte Nordmeier.

„Ausgeschlossen", antwortete Stikkert. „Wozu sollten die denn meinen Laptop brauchen. Der ist nun wahrlich kein Vorzeigemodel. Der ist uralt und ich bin froh, dass er überhaupt noch anspringt. Nein, beim besten Willen, das kann ich mir nicht vorstellen. Aber wenn es Sie beruhigt, wir können sie fragen."

Wenig später klingelte Nordmeier bei Tore Gerdes, ließ sich den Wohnungsschlüssel der Stikkert-Wohnung zeigen und fragte, ob er zufälligerweise in Abwesenheit seines Mieters in dessen Wohnung gewesen war. Zornerfüllt verneinte Tore Gerdes die Frage, stellte klar, dass er nicht in den Wohnungen seiner Mieter herumspioniere, sondern sich nur in Absprache mit ihnen dort aufhielt, falls etwas zu reparieren sei oder dergleichen.

Er hielt auch nicht damit hinter den Berg, dass er die Annahme, er könnte in der Wohnung gewesen sein, als frech und beleidigend empfand und dass es unzumutbar für jedermann sei, sich länger als irgend nötig in solch verkrempelten Räumlichkeiten aufzuhalten.

„Aber fragen Sie doch mal seinen Bekannten. Diesen Lulatsch. Den meine ich einmal hier im Treppenhaus gesehen zu haben. Da bin ich mir sicher. Soweit ich mich erinnere, war das am Samstag. Gleich als der Stikkert weg war."

Daraufhin bedankte sich Nordmeier bei Tore Gerdes für dessen Hinweis und ging zurück in die benachbarte Wohnung.

„Also ich sage mal, der Herr Gerdes war nicht in ihrer Wohnung, Herr Stikkert. Davon können wir ganz stark ausgehen.

Aber er meint Ihren Bekannten gesehen zu haben. Er wusste zwar nicht seinen Namen, aber er sprach von einem sehr großen Mann. Könnte das Ihr Freund gewesen sein?“, fragte Nordmeier.

„Ja, der Peer ist ziemlich groß. Muss so an die zwei Meter sein. Aber warum sollte er hier gewesen sein? Er wusste doch, dass ich gar nicht zuhause bin. Am besten, ich rufe ihn gleich mal an.“

„Gute Idee. Machen Sie das“, erwiderte Nordmeier kopfnickend.

„Da gibt es nur ein klitzekleines Problem“, sagte Stikkert. „Sie müssten mir Ihr Handy geben. Sie wissen doch, mein Telefon...“

Das Telefonat mit Peer Michel gestaltete sich kurz, da dieser gerade unabkömmlich war. Stikkert erklärte auf Nordmeiers Nachfrage, dass sein Freund eine Imbissbude in Norddeich besaß und gerade eine Fleischlieferung erhielt und erst wegkonnte, wenn seine Aushilfe kam.

„Aber er hat versprochen sich zu beeilen, Herr Nordmeier. Und wenn der Peer das sagt, dann hält er das auch.“

Tatsächlich war er schon eine halbe Stunde später vor Ort und noch bevor Stikkert seinem Freund irgendeine Erklärung für die Zusammenkunft mit der Polizei in seiner Wohnung geben konnte, begann Nordmeier ihn zu befragen.

„Herr Michel, ich möchte Sie gar nicht lange von der Arbeit abhalten. Es geht mir nur um eine einzige Frage. Waren Sie in den letzten drei Tagen hier in der Wohnung von ihrem Freund?“

Und Peer Michel gab zu dort gewesen zu sein. Beteuerte dabei aber, den Laptop zwar gesehen, jedoch weder angerührt noch mitgenommen zu haben.

„Was soll ich denn auch mit diesem alten Ding? Ich habe einen mindestens genauso alten Apparat bei mir Zuhause. Eine alte Kiste reicht mir vollauf. Außerdem bestehle ich doch nicht meinen besten Freund!“, erklärte er.

„Und was wollten Sie hier?“, fragte Nordmeier nach.

„Ich habe dem Ulf ein bisschen was in den Kühlschrank gelegt. Ich kenne ihn doch. Der isst ja sonst nichts. Und da er mir vor seiner Abreise hoch und heilig versprochen hat, dass er mit der Sauferei aufhören will, habe ich ihm was Anständiges zum Essen gekauft“, erklärte Peer Michel.

„Ach! Das habe ich ja noch gar nicht gesehen. Und ich Dämlack bin gestern noch mal los und habe mir was vom Laden um die Ecke geholt“, sagte Stikkert verwundert.

Sofort überprüfte Nordmeier den Inhalt des Kühlschranks und stellte fest, dass Michel die Wahrheit sagte. Und Ulf Stikkert schaute seinen Freund voller Dankbarkeit an und freute sich über mehrere Packungen Bratwurst, einige Flaschen Saft und andere Leckereien.

Kameradschaftlich klopfte er seinem Freund auf die Schulter.

„Danke Peer. Das wäre aber doch nicht nötig gewesen.“

„Ist schon gut. Sieh du nur zu, dass du wieder was auf die Rippen kriegst. Du bist ja nur noch Haut und Knochen. Das guck ich mir nicht länger mit an. Und wenn du wieder fit genug bist, fängst du bei mir in der Imbissbude an. Das sage ich dir! So geht das mit dir nicht weiter. Von wegen Flaschensammeln und in Mülleimern herumwühlen. Dabei habe ich dich letzte Woche aber zum allerletzten Mal gesehen, mein Lieber. Und von dieser Weinhandlung, da hältst du dich auch erstmal fern. Das will ich dir auch geraten haben.“

Peer Michel schied also ebenfalls aus. Auch er hatte den Laptop nicht genommen. Wieder rief Nordmeier auf Norderney an, unterrichtete Holle vom Stand der Dinge und fragte, was zu tun sei. Dieser trug ihm auf, weiterhin in Norddeich zu bleiben und Stikkert, Gerdes und Michel nicht aus den Augen zu lassen, da ihm irgendwas an der ganzen Sache schwammig vorkam.

Mit den Worten: „Der Laptop muss dort sein. Ich spüre das", beendete Holle das Gespräch.

Der Anruf von Fredersen hatte Holle in Alarmbereitschaft versetzt. Fredersen gab an, mit seiner jungen Kollegin in östlicher Richtung auf der Insel unterwegs gewesen zu sein. An der Oase, einem bekannten Ausflugslokal hatten sie einen Zwischenstopp eingelegt und waren zum Strand gewandert. Danach hatten sie sich in einen Strandkorb am Lokal gesetzt und etwas getrunken. Anschließend war Fredersen zur Toilette und Mira Lose zum Wagen gegangen. Als Fredersen zurückkam, war seine Kollegin jedoch nicht am Auto. Erst nahm er an, sie sei auch auf die Toilette gegangen. Daher wartete er eine Zeit lang. Als sie aber auch nach einer weiteren Viertelstunde nicht auftauchte, suchte er nach ihr. Erst im Lokal, dann hielt er am Strand nach ihr Ausschau, fand sie aber nirgends. Mira Lose war wie vom Erdboden verschluckt.

Weder Holle noch Fredersen hatten eine Idee, wo sie sein könnte. Auch die anfängliche Annahme, sie würde auf eigene Faust etwas recherchieren, schied aus. Das passte einfach nicht zu ihr. Nie hätte sie, ohne sich mitzuteilen, einen Alleingang gewagt. Dazu war sie noch zu unerfahren und auch noch zu frisch im Team. Da war Holle sich sicher. Sofort machten sich Fredersen und Vorbeck auf die Suche nach ihr und Holle kontaktierte Nordmeier am Festland. So feinfühlig er konnte, informierte er ihn und meinte dessen Erschütterung sogar auf die Entfernung durchs Telefon zu spüren.

„Jannis! Du befragst den Stikkert nochmal. Er muss mehr wissen. Und sieh zu, dass dieser Laptop an Land kommt. Wer weiß, was da noch alles drauf ist", beschwor er ihn.

Doch Nordmeier hatte diese negative Botschaft den Sand unter den Füßen weggerissen und er konnte vor lauter Stotterei nicht mehr antworten. Lautstark fauchte Holle daher in den Hörer: „Jannis! Nun reiß dich gefälligst zusammen. Daran wollen wir jetzt erstmal keinen Gedanken verschwenden. Es wird alles eine logische Erklärung finden. Außerdem kann ich ein Weichei jetzt an Festland nicht gebrauchen. Mach deine Arbeit, und zwar dalli!"

Er kannte seinen jungen Kollegen und wusste, dass dieser seine Arbeit gut machte, immer ordnungsgemäß, immer geradlinig. Auch wusste er, dass Nordmeier bei Stress gerne in seine Stotterei verfiel und sehr angreifbar war. Folglich brauchte er dann und wann einmal eine deutliche Ansprache, wie gerade jetzt in dieser Situation. Und damit sollte er Recht behalten. Seine Worte verfehlten ihre Wirkung nicht. Nordmeier riss sich zusammen und nahm sich Ulf Stikkert, Tore Gerdes und Peer Michel erneut zur Brust.

Hauptkommissar Holle bereute es inständig, wie leichtfertig er Ben Hobrecht, Tjark Steffens und Boris Feldhof hatte gehen lassen. Seiner Annahme nach, mussten sie sich nun bereits auf dem Heimweg befinden, was die Ermittlungsarbeit nur noch weiter erschwerte. Doch vielleicht waren sie auch noch nicht abgereist, vielleicht hatten sie die Insel ja doch noch nicht verlassen. Vielleicht bestand ein winzig kleines Fünkchen Hoffnung. Unverzüglich kramte er die Handynummern der drei Männer hervor und rief einen nach dem anderen an, doch keinen von ihnen erreichte er.

„Was ist das nur für ein verdammter Mist!", schimpfte er darauf los, wohlwissentlich, dass außer ihm sich niemand auf dem Revier befand und niemand ihn hörte. Gerade als er zum wiederholten Mal seine Runden im Besprechungsraum drehte und sich den Kopf darüber zermarterte, wie er nun weiter verfahren sollte und wo sie nach Mira Lose suchen konnten, kam Vorbeck keuchend ins Zimmer gestolpert.

„Chef!", krähte er. „Das glauben Sie jetzt nicht. Ich habe sie gesehen."

„Wen haben Sie gesehen Vorbeck?", fragte Holle freudig in der Annahme, Vorbeck habe Mira Lose gefunden.

„Die Männer. Hobrecht, Feldhof und Steffens. Die sind immer noch auf der Insel. Baden da in aller Seelenruhe am Nordstrand."

„Das gibt's ja nicht. Sind Sie sich auch ganz sicher?"

„Wenn ich es nicht wäre, dann hätte ich nichts gesagt. Oder meinen Sie ich will nochmal in einen Fettnapf treten. Der eine hat mir gereicht", erwiderte er.

„Und worauf warten Sie dann noch Vorbeck? Sehen Sie zu, dass Sie die hier herschleppen. Dass die noch hier sind, geht nicht mit rechten Dingen zu. Die wollten doch eigentlich abreisen. Da ist ganz klar etwas faul."

Holle war sich sicher, dass dies die richtige Spur war. Einer von den Kameraden wird ein Spielchen mit ihnen treiben. Sein Bauchgefühl hatte ihn bisher nur sehr selten getäuscht. Obwohl es natürlich immer noch die Möglichkeit gab, dass er und sein Team vollkommen in die falsche Richtung ermittelten und sie schlechtestenfalls noch einmal ganz von vorne anfangen mussten. Ein Restrisiko blieb immer. Nochmals nahm er sich den Obduktionsbericht sowie sämtliche bisher vorliegenden Protokolle der Verdächtigen vor, studierte sie eingehend, resümierte erneut die vergangenen Tage, was ihn jedoch zu keinen neuen Erkenntnissen führte.

Vorbeck wusste nicht, wann er zum letzten Mal so schnell gelaufen war. Eigentlich wusste er gar nicht, dass er sich überhaupt noch so gut bewegen konnte. Er holte alles aus seinem ins Rentenalter abdriftenden Körper heraus, was in ihm steckte. Die drei wollte er sich nicht durch die Lappen gehen lassen. Zu fest saß ihm noch immer die Peinlichkeit im Nacken, die ihm durch sein nächtliches Einschlafen in der Hotellobby widerfahren war. Nun konnte er es wieder gut machen. Jetzt konnte er endlich zeigen, dass er auch etwas drauf hatte und nicht nur der alte Inselschupo war.

Er hatte Glück. Sie waren noch genau dort, wo er sie zuvor gesehen hatte. Hobrecht und Feldhof kämpften mit den Wellen und Steffens aalte sich im Strandkorb in der Sonne.

Die werden Augen machen, wenn ich sie jetzt wieder auf die Wache zitiere, dachte sich Vorbeck, womit er richtig lag. Beschimpfungen, wie, „dicker Dummvogel“ und „Polizeirentner“ ließ er tapfer an sich abprallen, obwohl ihm diese Beleidigungen schon extrem zusetzten. Erinnerungen an frühere Zeiten kämpften sich in den Vordergrund und ließen sein Selbstwertgefühl wanken. Im Fokus vieler Sonnenanbeter ermahnte er die drei Männer ihre Schimpftiraden nicht weiter fortzusetzen, da dies nur unangenehme Folgen für sie habe. Tatsächlich gelang es ihm damit, ihnen den Mund zu stopfen, was er selbst gar nicht für möglich gehalten hätte. Entgegen der Vorstellung der Männer bugsierte Vorbeck sie in Badehosen und Strandlatschen aufs Revier. Ein vorheriges Umziehen im Hotelzimmer untersagte er ihnen genüsslich.

So mussten sich Hobrecht, Steffens und Feldhof zum wiederholten Mal den Fragen des Auricher Hauptkommissars stellen. Ihm erneut Rede und Antwort stehen und erklären, was sie noch auf der Insel hielt. Wobei die Erklärung, die sie hierzu abgaben, fadenscheiniger erschien als alles, was sie bisher zu Protokoll gebracht hatten.

So konnten sich weder Holle noch Vorbeck vorstellen, dass die drei einfach aus Spaß an der Freud noch ein paar Tage an ihren Kurztrip drangehängt hatten. Auch schien unerklärlich, wie sie es geschafft hatten, ihre Hotelzimmer für weitere Tage zu belegen. Eigentlich waren die Norderneyer Hotels schon seit Monaten ausgebucht und die Gäste in den Hotels gaben sich förmlich die noch warme Bettdecke in die Hand. Aber vielleicht war dabei auch einfach eine Handvoll Geld mit im Spiel gewesen.

Einleuchtend war hingegen, dass Ben Hobrecht noch nicht einmal dafür hatte Urlaub nehmen müssen, da er schon Rentner war. Wie es Tjark Steffens mit sich vereinbaren konnte, sein kleines Restaurant am Festland noch weitere Tage in den Händen seiner Angestellten zu belassen, erschloss sich Holle erst, als dieser ihm erklärte, dass er sowieso in absehbarer Zeit beabsichtigte den ganzen Laden zu verkaufen und ihn das so und so bald nichts mehr anginge. „Da können die Angestellten schon mal gucken wie sie alleine klarkommen", geiferte er.

Boris Feldhof gab zu Protokoll, nach dem Wochenende auf Norderney, eigentlich noch einen Abstecher zu einem Freund in Belgien hatte machen wollen, diesen Umweg aber kurzerhand verschoben hatte.

Im Zuge der weiteren Vernehmung stellte sich heraus, dass alle drei wiederum auch diesen Tag gemeinsam verlebt und begossen hatten. Einzig unterbrochen durch zwei Stunden in der Mittagszeit, die jeder allein verbrachte.

So gab Feldhof an, im Hotelzimmer tief und fest geschlafen zu haben. Hobrecht meinte, sich mit Stand-up Paddling am Hafen versucht zu haben, was mehr als unglaublich erschien, da Hobrecht alles andere als sportlich wirkte. Tjark Steffens berichtete im Thalasso im Badehaus gewesen zu sein und auch im Wellenbad seine Bahnen geschwommen zu haben. All dies bedurfte zügig einer Überprüfung, womit Holle einen hochmotivierten Bernd Vorbeck betraute.

15. Kapitel

Zunehmend erschien der Fall ausweglos. Keine der Richtungen, in die das Team bisher ermittelt hatte, roch auch nur im Ansatz erfolgversprechend. Immer noch war unklar, wer Eva Kaiser tötete und wer für den Überfall auf Rieke Mitfeld verantwortlich war. Des Weiteren hatten sie keine einzige Spur, die auf das Verschwinden von Kollegin Lose hinwies. Noch nicht einmal eine Handy-Ortung hatte etwas gebracht. Ebenso wie Mira Lose blieb auch der Laptop des Ulf Stikkert weiterhin unauffindbar. Jegliche Bemühungen den Fall der Klärung näher zu bringen, waren bisher wortwörtlich im Norderneyer Sand versickert.

Erst ein weiteres Telefonat zwischen Holle und Nordmeier, der sich nach wie vor auf dem Festland befand, brachte die Ermittlungen wieder in Schwung und ließen den Fall in neuem Licht erscheinen.

„Nein. Ich habe Stikkert, Gerdes und Michel noch nicht wieder vernommen. Habe mir erlaubt erstmal etwas essen zu gehen. Aber gleich mache ich mich auf den Weg und nehme sie mir nochmal vor“, sagte Nordmeier.

„Gut. Mach das“, erwiderte Holle. „Hat ja keinen Sinn, wenn du mir dort vor Hunger aus den Latschen kippst.“ Zwischen den Zeilen meinte Nordmeier eine minimale Unsicherheit in der Stimme seines Chefs wahrgenommen zu haben, woraufhin er ihn fragte, ob es auf der Insel irgendwelche Fortschritte gab.

„Nein. Das ist es ja. Es sieht so aus, als hätten wir uns hier festgefahren. Mira und du, ihr fehlt hier an allen Ecken und Enden.“ Jetzt war es raus. Er hatte gesagt, was er nicht hatte sagen wollen. Aber es war gut so. Schließlich musste Nordmeier wissen, wie es stand.

„Ich weiß ja nicht, ob es etwas zur Sache tut, aber ich habe mir natürlich auch meine Gedanken gemacht. Und du sagst ja immer, mit ein wenig Abstand und den habe ich hier, ist ja ziemlich viel Wasser zwischen uns …“

„Nun rede schon. Komm auf den Punkt, Jannis."

„Was ich sagen will…, aber das ist jetzt wirklich nur so ein Gedanke. Ach nein, vergiss es. Das ist wirklich zu weit hergeholt."

„In so einem verzwickten Fall gibt es nichts, was zu abgehoben sein könnte. Also, was denkst du?"

„Na gut. Du hast es so gewollt. Also, der Kollege Fredersen, kommt der dir nicht auch irgendwie seltsam vor? Ich weiß, das ist nicht rechtens und wir stellen Kollegen nie in Frage, aber ich habe so ein unbestimmtes Gefühl, dass mit dem etwas nicht stimmt."

„Jannis!", rief Holle erschrocken. „Ich glaube, ich kann dir nicht folgen. Das musst du mir genauer erklären. Und wenn es geht langsam und ohne Gestotter!"

Und Nordmeier erklärte bedächtig langsam und ließ seinen Chef an seinen Gedanken teilhaben.

„Fangen wir nochmal bei Samstag an. Wo war Kollege Fredersen in der Nacht von Samstag auf Sonntag?", und ohne eine Antwort abzuwarten sprach er sogleich weiter. „Er hatte keinen Dienst. Kollege Vorbeck war auf der Wache. Fredersen war wahrscheinlich zuhause im Bett. Er lebt allein, nicht wahr? Besser gesagt bei seiner Mutter, wie er sagte. Stimmt das? Weiß das irgendjemand? Und wo war Fredersen in der Nacht zu Montag? Wo Vorbeck war, wissen wir. Der hat in der Hotellobby geschlafen. Mira und ich waren im Hotel, das weiß ich genau, da wir in einem Zimmer schliefen." Hiernach räusperte Nordmeier sich kurz, ließ keinen Einwand zu, da sein Verhältnis mit seiner Kollegin ein anderes Thema war und zu einem späteren Zeitpunkt wohl auf den Tisch kommen würde.

„Du, Erwin, weist sicher selbst am besten, wo du warst. Ich nehme an, du hast am Schreibtisch auf dem Norderneyer Revier gesessen und dir den Kopf zermartert, wie du es immer tust, wenn wir einen frischen Fall haben."

Nur kurz holte Nordmeier Luft und schon setzte er wieder an.

„Wären wir bei Montag. Da war Fredersen den ganzen Tag im Einsatz. Die Nacht von Montag auf Dienstag war ruhig. Dann kommt der Dienstag. Dann hast du ihm und Mira ein Stündchen freigegeben und genau in dieser einen Stunde verschwand sie. Ist ja schon ein bisschen seltsam, meinst du nicht? Vielleicht sollten wir mal das Alibi vom Kollegen Fredersen für die drei Tage überprüfen."
Mit diesen Worten endete Nordmeier und lauschte in die Stille seines Handys.

„In der Tat Jannis. In der Tat ist das alles ziemlich seltsam. Kann natürlich auch reiner Zufall sein. Nehmen wir mal an, ich beginne jetzt damit, den Kollegen Fredersen auszuspionieren und an der ganzen Sache ist nichts dran. Wie stehen wir dann da? Wie die dämlichsten Kripobeamten ever."

Nordmeier lächelte amüsiert in den Hörer. Wieder einmal verfiel sein Chef in seinen beliebten Sprachgebrauch. Normalerweise hätte Holle ihm an dieser Stelle sofort zum eintausendsten Mal erklärt, warum er genau jetzt das Wort „ever" benutzte und nicht das deutsche Wort „immer". Doch heute blieb er von seinen Belehrungen verschont. Vielleicht auch, weil ihm endlich aufgegangen war, dass er sein gesamtes Wissen über Anglizismen schon allzu oft verschossen hatte. Vielleicht aber auch, weil er einfach zu tief im Fall steckte.

„Aber ja, du hast recht. Wir sollten jeder noch so kleinen Möglichkeit nachgehen. Daher werde ich jetzt den Kollegen Vorbeck mit ins Boot holen. Hoffe nur, dass ihn das nicht vom Hocker haut. Den nimmt das hier so und so alles viel zu sehr mit. Ist vielleicht einfach nicht mehr so belastbar. Aber, das steht jetzt gar nicht zur Debatte. Außerdem hält er große Stücke auf den Kollegen Fredersen, das ist offensichtlich. Trotzdem, wir machen das jetzt so. Es wäre unverzeihlich, wenn wir da etwas übersehen. Und sei versichert, dass ich dir sofort Bescheid gebe, wenn es etwas Neues gibt."

Nordmeier kommentierte seinen Redeschwall lediglich mit einem kurzen „okay“, zu mehr war er nicht fähig.

„Und du bleibst dran an deinen Leuten da in Norddeich. Scheinen mir auch nicht alle ganz sauber zu sein. Hörst du?“, mahnte ihn Holle.

So kam es, dass sich Bernd Vorbeck einem Vieraugengespräch mit Hauptkommissar Holle unterziehen musste und dieser ihn schon zu Beginn des Gesprächs mit gestrengen Worten zu absoluter Verschwiegenheit verpflichtete.

Als Holle dann die Katze aus dem Sack ließ und ihn ausführlich zum Kollegen Fredersen vernahm, wurde Vorbeck stutzig.

„Sie müssen wissen, Herr Kollege, ich gehe da nur einem Gefühl nach. Wahrscheinlich ist an der Sache gar nichts dran. Aber ich muss das einfach überprüfen, wenn Sie verstehen, was ich meine“, erklärte Holle.

„Nein, wenn ich ehrlich bin, verstehe ich gerade gar nichts“, erwiderte Vorbeck entgeistert.

„Also nochmal. Es geht um Ihren Kollegen Fredersen und darum, wo er sich zu den jeweiligen Tatzeiten aufgehalten hat“, führte Holle erneut aus.

Das hatte gesessen. Vorbeck war geschockt. Fassungslos schaute er Holle an, sammelte sich jedoch wider Erwarten verhältnismäßig schnell. Schließlich enthüllte er mit äußerstem Widerwillen ein gut gehütetes Geheimnis um seinen Kollegen.

„Also bevor ich hier irgendetwas sage, möchte ich klarstellen, dass ich große Stücke auf meinen Kollegen halte. Er ist ein feiner Kerl und an ihm gibt es nichts auszusetzen. Das will ich erstmal voranstellen.“

Anschließend erklärte er, dass Fredersen sich schon seit Ewigkeiten für Männer interessierte, dies aber so gut wie niemand in seinem Umkreis wusste.

„Das hat jetzt aber mal gar nichts mit dem Fall zu tun, Herr Vorbeck", entglitt es Holle.

Doch Vorbeck fuhr unbeirrt fort, berichtete, dass Kollege Fredersen zwar noch immer bei seiner Mutter wohnte, aber sich die überwiegende Zeit bei seinem Lebenspartner aufhielt, was ebenfalls niemand wissen sollte und schon gar nicht seine Mutter. Auch nahm er an, dass Fredersen in den betreffenden Nächten sicherlich bei seinem Partner gewesen sei, der dies wahrscheinlich sofort bezeugen würde.

„Und für heute Nachmittag, als er mit Kollegin Lose an der Oase Rast machte, was glauben Sie, war er da wirklich nur auf der Toilette?"

Aber auch dafür hatte Vorbeck eine Erklärung.

„Ich denke nein. Er wird wohl seinem Freund noch einen kleinen Besuch abgestattet haben. Der arbeitet nämlich zeitweise in dem dortigen Ausflugslokal. Wahrscheinlich hat er darüber hinaus die Zeit vergessen und deshalb dauerte es länger, bis er wieder rauskam."

Dann erst begriff Vorbeck in vollem Ausmaß, um was es hier ging. Es ging um die Ehre seines Kollegen Fredersen, die er nun zu retten hatte.

„Ich bin sprachlos, dass Sie einem Kollegen zutrauen eine Kollegin entführt oder sonst was mit ihr angestellt zu haben. Es ist für mich unbegreiflich, wie Sie auf so eine Idee kommen. Kollege Fredersen hat sich, solange ich ihn kenne, immer korrekt verhalten. An ihm gibt es nichts, aber auch gar nichts zu beanstanden", sagte Vorbeck griffig.

„Ja, ich weiß Vorbeck, das sagten Sie ja bereits. Aber Sie wissen doch, wie das ist im Laufe einer Ermittlung, wir müssen…", schon mischte Vorbeck sich wieder ein.

„Wir müssen?", giftete er zurück. „Wir müssen hier gar nichts. Wenn, dann sind das nur Sie, der hier was muss. Ich werde jedenfalls meinen Kollegen nicht mit Dreck beschmutzen lassen."

„Wahrscheinlich haben Sie ja auch recht. Nun beruhigen Sie sich erst mal wieder. Und überhaupt, so kenne ich Sie ja gar nicht. Ich dachte, Sie sind eher von der stillen Sorte."

„Aber nicht, wenn es um Recht und Unrecht geht. Und hier sind Sie absolut im Unrecht, Herr Hauptkommissar Holle, das weiß ich ganz bestimmt", und damit stand Bernd Vorbeck auf und verließ mürrisch das Polizeirevier mit den Worten: „Ich spreche dann mal mit dem Lebensgefährten vom Fredersen."

Am Festland in Norddeich befragte Nordmeier ein weiteres Mal Peer Michel, aber dieser blieb bei seiner bisherigen Aussage, dass er lediglich einige Dinge in den Kühlschrank von Ulf Stikkert gelegt und den Laptop nicht angerührt hatte.

Anschließend nahm er sich erneut dessen Vermieter Tore Gerdes vor, der sich tatsächlich in Widersprüche verstrickte und schließlich zugab, in Abwesenheit seines Mieters doch in dessen Wohnung gewesen zu sein und herumgeschnüffelt zu haben.

„Gucken wollte ich, was der Stikkert so in seiner Wohnung hat. Schließlich warte ich schon seit Monaten auf meine Miete und er kommt damit nicht an Land. Irgendwann ist meine Geduld ja auch mal zu Ende. Oder wie lange würden Sie auf eine Mietzahlung warten?", fragte Tore Gerdes.

„Das steht hier gar nicht zur Diskussion, Herr Gerdes. Auf jeden Fall waren Sie ohne Erlaubnis Ihres Nachbarn in dessen Wohnung."

„Ist richtig. Aber ich habe nur rumgeguckt. Ehrlich! Ich habe da nichts weggenommen. Wäre ja auch gar nicht möglich gewesen, da ist so und so nichts zu holen. Alles nur Müll. Der Stikkert hat nichts. Da würde sich sogar ein Gerichtsvollzieher die Haare raufen."

„Und der Laptop? Haben Sie den Laptop auf dem Tisch stehen sehen?", fragte Nordmeier weiter.

„Ja sicher. Das alte Teil stand da. War ganz schön eingestaubt. Wie der bei so viel Staub überhaupt noch funktionieren konnte, ist mir schleierhaft."

„Das, Herr Gerdes, ist jetzt nicht unser Thema. Sagen Sie mir lieber, ob Sie den Laptop nicht vielleicht doch mitgenommen haben. So rein vorsorglich, als eventuelle Anzahlung auf die Miete."

„Das ich nicht lache. Der hätte ja nicht einen einzigen Cent gebracht, wenn ich ihn verhökert hätte. Nein, den habe ich schön stehen lassen. Außerdem kann der Stikkert ohne Laptop ja auch gar nicht arbeiten. Dann hätte ich mir ja wohl selbst ein Grab geschaufelt, wenn ich ihm seine einzig vernünftige Möglichkeit Geld zu verdienen wegnehme. Also so blöde bin ich nun auch wieder nicht."

„Und können Sie mir vielleicht sagen, an welchem Tag Sie in der Wohnung gewesen sind", fragte Nordmeier.

„Klar. Das war am Samstag, so gegen Abend."

Als Nordmeier ihn dann auch noch fragte, ob er sich in seiner Wohnung einmal etwas umsehen könnte, dachte er, Tore Gerdes würde ihn gleich hochkant rausschmeißen. Augenblicklich schimpfte er drauflos, dass er ein Bürger der Stadt Norddeich sei und sich nie etwas zu Schulden kommen ließ, dass er es gar nicht nötig habe, seinen schmuddeligen Nachbarn zu bestehlen und dass er nicht derjenige sei, der hier die Geldprobleme hatte.

So wurde Nordmeier auf seiner kleinen Tour durch die Wohnung des Tore Gerdes von einem Gemecker sondergleichen begleitet, das schließlich vor dessen Haustür in einem hysterischen Geschrei, das bis auf die Straße zu hören war, endete.

Mit Ulf Stikkert traf sich Nordmeier auf eine Bratwurst an der Imbissbude von Peer Michel. Nordmeier wollte sichergehen, dass Stikkert etwas aß, bevor er wieder in einem etwaigen Suff abrutschte.

Doch auch aus Stikkert war anfangs nichts Nennenswertes herauszubekommen. Erst als Nordmeier ihn nach seinen ehemaligen Klassenkameraden Hobrecht, Steffens und Feldhof befragte und ihn darum bat, nochmal in sich zu gehen und zu überlegen, ob er noch irgendetwas aus deren Vergangenheit wüsste. Erst dann kam ihm der Hauch eines neuen Verdachts, den er sogleich mit seinem Chef teilte.

„Ich bin es. Ich habe was Neues. Bin mir zwar nicht sicher, ob das stimmt, aber…", hetzte Nordmeier ins Handy, wobei sich seine Worte wieder einmal überschlugen.

„Langsam. Ganz langsam. Ich verstehe sonst nur Bahnhof", beschwichtigte ihn Holle und augenblicklich fasste sich Nordmeier wieder.

„Entschuldigung. Habe gerade nochmal den Ulf Stikkert befragt und der hat ausgesagt, dass der Steffens in der Schule mal eine ganze Zeit lang mit den falschen Leuten befreundet gewesen sein soll."

„Was heißt das, mit den falschen Leuten?"

„Er hat sich nicht ganz exakt ausgedrückt. Vielleicht wusste er es auch gar nicht mehr so genau oder wollte sich nicht mehr richtig daran erinnern. Auf jeden Fall ist der wohl eine ganze Zeit mit Springerstiefeln und kahlrasiertem Kopf rumgelaufen. Der ist auf jeden Fall nicht so harmlos, wie er aussieht, meinte der Stikkert."

„Ach du hältst es nicht aus. So ein Mist jetzt auch noch. Hat der Stikkert noch mehr gesagt?", fragte Holle geschockt.

„Ja, er konnte sich erinnern, dass der Steffens, immer wenn Klassentreffen war, die Dünen der Ostfriesischen Inseln nach Bunkern absuchte. Dafür interessierte er sich wohl schon immer."

„Schande", rief Holle ins Telefon.

„Jannis, sieh zu, dass du deinen Allerwertesten hier auf die Insel bewegst. Ich brauche dich jetzt hier."

„Und was ist mit dem Stikkert? Soll ich den in Norddeich so lange an einen Pfosten am Hafen ketten?“, witzelte Nordmeier. Doch Holle war nicht zu Scherzen aufgelegt.

„Lass das jetzt. Für solcherlei Späße haben wir jetzt keine Zeit. Ehrlich gesagt, gehe ich nicht davon aus, dass der uns abhandenkommt. Dazu hat er viel zu viel Schiss, dass wir ihm irgendwas anhängen. Also mach dich jetzt schleunigst auf den Weg.“

Äußerst bedächtig, und ohne Aufsehen zu erregen, hatte Vorbeck das Alibi seines Kollegen Fredersen überprüft und glücklicherweise festgestellt, dass es felsenfest saß. Zur Tatzeit von Samstag auf Sonntagnacht und auch in der Nacht zum Montag war er bei seinem Lebensgefährten gewesen, ebenso während seines kleinen Stopps an der Oase. Guten Gewissens berichtete Vorbeck, was er herausgefunden hatte und beide waren froh darüber.

„Das haben Sie gut gemacht Vorbeck. Damit haben Sie uns eine Menge Ärger erspart. Nicht auszudenken, wenn Fredersen damit dringehangen hätte. Was für eine grauenvolle Vorstellung.“

Damit war das Thema Fredersen ein für alle Mal vom Tisch und keiner von beiden sprach mehr über diesen kleinen Exkurs.

„Und was können Sie mir zu den Alibis von Hobrecht, Steffens und Feldhof berichten, Herr Vorbeck. Haben Sie da auch etwas?“, fragte ihn Holle.

Bernd Vorbeck hatte ganze Arbeit geleistet. Er war fast nicht wieder zu erkennen. Schon fragte sich Holle, ob dies tatsächlich derselbe verschüchterte ältliche Polizeibeamte war, den er am Samstag hier am Strand kennenlernte. Vorbeck hatte eine hundertachtzig Grad Drehung hingelegt und war vollständig auf Spur. Stattdessen lag Kollege Fredersen nunmehr mit einem verdorbenen Magen im Bett und wie Vorbeck zu berichten wusste, wurde er von Mutti gepflegt. Was für eine perfide Vorstellung Fredersen da hinlegte, war einfach unglaublich. Aber dazu wollte Holle ihm später vielleicht seine Meinung sagen. Oder vielleicht auch nicht. Das war jetzt nicht so wichtig.

„Also das einzige Alibi, das wirklich bestätigt werden konnte, ist das von Boris Feldhof. Der war auf seinem Zimmer im Hotel. Daran gibt es keinen Zweifel, da ein Zimmermädchen ihn im Bett liegen sah. Er hatte wohl versehentlich vergessen das Schild mit der Aufschrift „Bitte nicht stören" von außen an die Tür zu hängen und so kam die Reinigungskraft, guten Gewissens ihre Arbeit machen zu können, in den Raum und fand Herrn Feldhof schlafend vor."

„Okay. Den können wir streichen. Das ist schon mal gut. Was ist mit den anderen beiden", fragte Holle.

„Das gestaltet sich tatsächlich schwieriger. Ben Hobrecht hatte sich beim Stand-up Paddling angemeldet, war auch dort, hat aber, nachdem er mehrere Male ins Wasser fiel, aufgegeben und ist gegangen. Tjark Steffens war im Thalasso, hat sich massieren lassen und entweder hat er das Badehaus danach verlassen oder nicht.

Wichtig hierbei ist jedoch, dass innerhalb der Zeit in der Steffens und Hobrecht unterwegs waren, deren Hotelzimmer sauber gemacht wurden. Die Reinigungskraft hat mir ganz klar versichert, dass sich niemand in der fraglichen Zeit in diesen beiden Zimmern aufhielt. Sie zeigte mir sogar ihren Reinigungsplan, in den sie die genauen Uhrzeiten, wann sie in welchem Zimmer sauber machte, eingetragen hat. Daher kommen die beiden für die Entführung von Kollegin Lose also schon in Frage", wobei er sich sehr anstrengen musste das Wort Entführung überhaupt auszusprechen.

„Gute Arbeit Vorbeck", lobte Holle ihn und steckte seinen Kopf wieder in die vor ihm liegende Ermittlungsakte.

Etwas gefiel Bernd Vorbeck schon seit Samstag an der Art dieses Auricher Hauptkommissars nicht. Und er wusste mittlerweile auch genau, was ihn an diesem Vorgesetzten störte. Es war die Tatsache, dass er, Fredersen und Nordmeier scheinbar die einzigen waren, die wirklich in diesem Fall ermittelten. Und Mira Lose natürlich. Aber die war ja nun weg. Für Vorbeck sah es so aus, als sitze sich der feine Herr Hauptkommissar vom Festland hier nur den Hintern auf dem Bürostuhl platt und delegierte sie vergnügt hin und her. Daher fragte er ihn kurzerhand schonungslos: „Und? Was haben Sie die ganze Zeit so gemacht?"

Hauptkommissar Holle blickte auf, musterte Vorbeck amüsiert und sagte: „Lieber Kollege, wissen Sie, ich warte schon die ganze Zeit darauf, dass Sie mich das fragen. Sie überlegen wahrscheinlich die ganze Zeit schon, was ich hier tue, wenn Sie unterwegs sind. Vielleicht denken Sie sogar, dass ich nur hier rumsitze und Sie und die anderen in alle Himmelsrichtungen herumschicke und selbst faul auf den Abschluss des Falls warte, um dann die Lorbeeren einzufahren. Ist es so, Herr Vorbeck? Ist es so?", fragte er fordernd.

Peinlich berührt schaute Vorbeck auf den Boden. Darüber nachzudenken, ob sein jetziger Vorgesetzter ein Faulpelz war, der sich auf fremde Kosten ein laues Arbeitsleben machte, war die eine Sache. Dieses tatsächlich auszusprechen, war eine völlig andere.

„Ach nein. So direkt hätte ich das jetzt nicht gesagt, aber im Grunde genommen haben Sie recht. Ist mir ja auch irgendwie unangenehm, dass ich Ihnen so eine Frage stelle, aber jetzt ist es eh schon raus."

„Lassen Sie mal gut sein Vorbeck. So etwas höre ich nicht zum ersten Mal. Das können Sie mir glauben. Und Sie sind die Zusammenarbeit mit mir ja auch nicht gewohnt. Das verstehe ich. Aber seien Sie sicher, dass ich mich in der Zeit in der Sie unterwegs waren, gut beschäftigen konnte. Und nur um Sie zu beruhigen und damit Sie im Bilde sind, ich stehe in regem Kontakt mit Kollegen Nordmeier, der am Festland so einige Dinge über unsere drei Herren herausgefunden hat. Und ich habe mich mit der Inselverwaltung in Verbindung gesetzt und herausgefunden, wo auf Norderney überall noch Bunker oder Ähnliches aus dem Zweiten Weltkrieg zu finden sind. Ach ja, und ich habe nochmal mit Rieke Mitfeld gesprochen, die mir bestätigen konnte, was Kollege Nordmeier herausgefunden hat.

„Und, was wäre das?", fragte Vorbeck gespannt.

„Nach Aussage von Ulf Stikkert soll Tjark Steffens vor langer Zeit mal in die rechte Szene abgerutscht sein und sich sehr für die alten Zeiten interessiert haben. Außerdem kennt er die Bunker auf den Ostfriesischen Inseln. Und ebendieses bestätigte mir Rieke Mitfeld, wobei sie sich jedoch nicht vorstellen konnte, das Steffens etwas mit dem Verschwinden von Kollegin Lose zu tun hat. Das war für sie undenkbar. Aber Sie wissen ja, wie das ist. Es gibt nichts, was es nicht gibt. Auf jeden Fall bestelle ich mir den Steffens jetzt gleich nochmal ein und den Hobrecht gleich mit. Von dem wissen wir ja auch noch nicht, wo er sich nach seiner abgebrochenen Paddelaktion so herumgetrieben hat."

Vorbeck staunte nicht schlecht. Er musste zugeben, dass er einen völlig falschen Eindruck von diesem Festlandkommissar gehabt hatte und es tat ihm sichtlich leid, ihn so an den Pranger gestellt zu haben.

„Nun machen Sie sich mal keine Gedanken Vorbeck", sagte Holle vollkommen unaufgeregt. „Bei mir können Sie immer alles sagen, was auch immer Sie denken. Ihnen muss nichts unangenehm sein."

„Na dann bin ich aber beruhigt", seufzte Vorbeck.

„Und jetzt machen wir uns frisch ans Werk, Herr Kollege", forderte Holle ihn auf. „Kollege Nordmeier hat sich auch schon auf den Weg gemacht. Der müsste jetzt gleich mit der letzten Fähre kommen. Oder brauchen Sie erstmal eine Verschnaufpause?", doch Vorbeck winkte ab.

„Das ist gut", meinte Holle. „Dann schauen Sie sich jetzt auf der Insel um und fahren alle Straße ab. Vielleicht fällt Ihnen etwas auf. Fangen Sie am östlichsten Inselpunkt an. Fahren Sie die Straßen zwischen den Dünen ab. Vielleicht nehmen Sie auch das Dienstfahrrad mit, dann können Sie auch die Radwege checken. Wenn Nordmeier eintrifft, gebe ich Ihnen sofort Bescheid und Sie holen ihn hier ab. Ist immer besser, Sie sind zu zweit unterwegs.

Flugs breitete er noch eine Karte mit allen Wander-und Radwegen der Insel auf dem Schreibtisch aus, zeigte Bernd Vorbeck die roten Markierungen, die auf alte Bunkeranlagen und dergleichen hinwiesen.

„Die sehen Sie sich bitte genau an und schauen Sie auch nach, ob es noch irgendwelche versteckte Zugänge gibt. Es kann sein, dass wir Kollegin Lose dort finden, obwohl ich mir das eigentlich gar nicht vorstellen will."

„Wenn wir jetzt nur Fredersen dabei hätten. Der kennt die Insel wie seine Westentasche."

„Sie schaffen das auch so. Und Sie haben ja auch bald Nordmeier als Verstärkung dabei."

Zügig nahm Bernd Vorbeck den Inselplan an sich und verließ das Revier.

16. Kapitel

Der Anruf von Hauptkommissar Holle erreichte Tjark Steffens beim gemeinschaftlichen Pizzaessen mit Ben Hobrecht und Boris Feldhof im angesagtesten italienischen Restaurant der Insel. Der Geräuschpegel, den Holle hinter Steffens Stimme zu ihm durchdrang, ließ ihn vermuten, dass das Lokal randvoll mit Gästen war. Für einen klitzekleinen Moment beneidete er die drei ungleichen Freunde. Gerne hätte er, genau wie sie in den Tag hineingelebt. Dazu war er schließlich auf die Insel gekommen. Auch eine Pizza wäre jetzt phantastisch gewesen. Ein Viertel „Roten" dazu, zum Abschluss ein hausgemachtes Tiramisu und er wäre dem Himmel nah gewesen. Immer weiter drifteten seine Sinne ab. Fast meinte er Thymian, Rosmarin und Oregano riechen zu können. Es war, als riebe er sie zwischen seinen Fingern und sie entfalteten ihren betörenden Duft. Zum wiederholten Mal drang die mehr als unfreundliche Stimme von Tjark Steffens an sein Ohr. Doch erst jetzt nahm er sie aktiv wahr.

„Das ist nicht Ihr Ernst, Herr Hauptkommissar, dass Sie uns jetzt hier beim Essen stören", keifte er in sein Handy. Er setzte kaum zum Luftholen ab. Scheinbar fühlte er sich derart gestört durch den Anruf, dass er sich nicht zurückhalten konnte.

„Muss das wirklich noch heute sein? Reicht es nicht, wenn wir morgen nochmal vorstellig werden? Herr Gott! Wir sind hier im Urlaub, falls Sie es noch nicht bemerkt haben sollten."

Schließlich lenkte er ein.

„Na gut, wenn es denn unbedingt notwendig ist, kommen wir nochmal zu Ihnen auf die Wache. Ja, ich habe Sie absolut richtig verstanden. Bin ja schließlich nicht taub. Nur der Ben und ich sind gewünscht."

Eine knappe halbe Stunde später trafen Tjark Steffens und Ben Hobrecht in angeheitertem Zustand ein. Zeitgleich erschien auch

Vorbeck, um seinen Kollegen Nordmeier mit dem Streifenwagen abzuholen.

„Herr Steffens“, begann Hauptkommissar Holle. „Es gibt da in Ihrer Aussage noch einige Ungereimtheiten. Können Sie mir vielleicht noch einmal genau beschreiben, wo Sie heute in der Mittagszeit waren?“

„Und deswegen holen Sie mich von meiner Pizza weg?“, entrüstete er sich. Wissen Sie, wie lange wir angestanden haben, um überhaupt einen Sitzplatz zu bekommen. Können Sie sich das vorstellen, Herr Hauptkommissar?“, blaffte er ihn an.

„Ja, das kann ich mir bestens vorstellen. Aber mal unter uns, warum haben Sie denn keine Plätze reserviert. Sie sehen doch, dass die Insel zum Bersten voll ist“, belehrte ihn Holle.

„Na, Sie machen mir vielleicht Spaß. Sie haben es echt drauf mir die gute Laune zu vermiesen“, frotzelte Steffens.

„So gut kann ihre Laune ja eigentlich nach den Vorkommnissen der letzten Tage gar nicht sein. Oder lassen die Geschehnisse Sie etwa kalt?“

Gerade als Steffens Anstalten machte darauf zu erwidern, fiel ihm Holle ins Wort.

„Also, wo waren Sie heute in der Mittagszeit?“

„Ich war im Thalasso. Bekam da eine Anwendung“, stöhnte Steffens entnervt und verdrehte die Augen.

„Das hat nach unseren Nachforschungen aber nur eine halbe Stunde gedauert“, führte Holle aus. „Was haben Sie denn danach gemacht?“

„Dann bin ich zurück ins Hotel. Wollte mich noch ein bisschen aufs Ohr hauen“, sagte er, wie aus der Pistole geschossen.

„Ach!“, entfuhr es Holle. „Was Sie nicht sagen. Sie haben also erst der Reinigungskraft beim Saubermachen ihres Zimmers geholfen und sich dann ins Bett gelegt?“

„Wie bitte?“, fragte Steffens erstaunt.

„Um die Uhrzeit, von der wir hier gerade sprechen, war eine Reinigungskraft in ihrem Zimmer mit dem Saubermachen beschäftigt", erklärte ihm Holle.

Tjark Steffens überlegte angestrengt, schließlich gestand er, wenn auch nur zögerlich. „Na gut. Sie kriegen es ja so und so raus. Ich war bei Rieke Mitfeld. Ich wollte sehen, wie es ihr geht."

„Tatsächlich! Waren Sie das? Oder sollten wir das auch sicherheitshalber überprüfen?"

„Nein, nein. Das stimmt schon. Aber Sie können sie gerne anrufen. Sie wird Ihnen nichts anderes erzählen. Und ihre Freundin wird auch bestätigen, dass ich dort war", erklärte er.

„Und? Wie ging es ihr?"

Tjark Steffens druckste herum, fummelte unentwegt an der Schließe seiner Armbanduhr, so dass diese ein metallisches Klicken erzeugte.

„Sie wollte mich nicht sehen", sagte er schließlich geknickt.

„Soso!", staunte Holle. „Und warum nicht? Haben Sie dafür irgendeine Erklärung?"

„Eigentlich nicht. Sie ließ mir durch ihre Freundin an der Haustür ausrichten, dass sie mich nicht sehen will und Ben und Boris auch nicht kommen bräuchten."

„Und das fanden Sie normal?", fragte Holle.

„Ich wusste auch nicht so recht, was ich davon halten sollte. Vielleicht bin ich ihr am Samstag auf der Feier doch etwas zu nah auf den Leib gerückt."

„Was meinen Sie damit?"

„Na ja, ich habe einfach nochmal versucht bei ihr zu landen."

„Was genau wollen Sie mir damit sagen?"

„Eigentlich will ich diesbezüglich gar nichts sagen."

„Nun zieren Sie sich doch nicht so, Herr Steffens, sonst dauert das hier noch die ganze Nacht mit Ihnen."

„Na gut. Wir haben zusammen getanzt. Und vielleicht wissen Sie ja, wie das ist. Musik und lauschige Beleuchtung, Alkohol und…"

„Was und?“, fragte Holle.

„Sie hatte ein super enges Kleid, mit einem tiefen Rückenausschnitt an. Von dem Anblick können Sie nur träumen. Und da habe ich eben ein bisschen an ihr rumgespielt.“

„Und das traf nicht auf Erwiderung, nehme ich an.“

„Ja“, entgegnete Steffens knapp.

„Hätte ich mir auch denken können. Sie steht eben immer noch auf Ulf. Da habe ich einfach keine Chance. Hat mich einfach so stehen gelassen auf der Tanzfläche. Wissen Sie eigentlich, wie ich mich gefühlt habe?“, fragte er sichtlich bedröppelt.

„Und diese Ablehnung hat Sie so getroffen, dass Sie ihr in der Nacht von Sonntag auf Montag in die Wohnung hinterher geschlichen sind“, versuchte Holle ihn aus der Reserve zu locken, woraufhin Tjark Steffens wütend aufsprang und in lautem Ton: „Sie ticken ja wohl nicht ganz richtig! Ich habe doch gesagt, dass ich am Sonntagabend gleich ins Hotel bin. Ich habe die Rieke nicht überfallen und in den Schrank gesteckt habe ich sie schon mal gar nicht.“

Da war sie, diese kleine Winzigkeit. Das Aufblitzen einer Lüge und sofort hakte Holle nach.

„Können Sie das bitte nochmal wiederholen?“, forderte er ihn daher auf.

„Was jetzt? Dass ich sie nicht überfallen habe, dass ich sie nicht in den Schrank verfrachtet habe oder was?“

„Schon gut. Danke. Mehr wollte ich gar nicht hören“, entgegnete Holle und Steffens schaute irritiert drein, fragte, ob das nun alles war und ob er endlich gehen konnte, was Holle mit einem klaren „nein“, beantworte. Stattdessen sah Steffens sich der Beantwortung weiterer Fragen ausgesetzt.

„Sagen Sie mir doch bitte, woher Sie wissen, dass Frau Mitfeld im Schrank eingesperrt war. Das haben wir meines Wissens Ihnen gegenüber nie erwähnt.“

„Sie denken allen Ernstes, ich habe die Rieke überfallen. Aber ich sage es Ihnen, ich war das nicht. Und das mit dem Schrank, das habe ich von der alten Nachbarin. Die muckelte die ganze Zeit im Flur herum und kann auch bezeugen, dass ich dort war", stöhnte Steffens.

„Sie meinen Agatha Hocke, nicht wahr?", fragte Hauptkommissar Holle.

„Wenn Sie es sagen. Kann sein, dass die so heißt", erwiderte er.

Im Weiteren berichtete er, dass die Nachbarin sich ihm auf der Treppe in den Weg gestellt und ihn geradeheraus gefragt habe, wie es der Frau Mitfeld ging und ob man schon wisse, wer ihr das angetan hat.

Auch hatte sie eine genaue Beschreibung davon abgegeben, wie sich Rieke Mitfeld ihrer Meinung nach, nach so vielen Stunden in dem finsteren Kleiderschrank gefühlt haben musste. Überdies empörte sie sich darüber, dass sie selbst noch nicht die Gelegenheit bekam mit ihrer Nachbarin zu sprechen, geschweige denn, sie zu Gesicht bekommen zu haben.

„Und dann bin ich zu Fuß zurück zum Hotel", schloss Tjark Steffens seine Aussage.

Als Holle ihn zu allem Überfluss auch noch auf seinen einstigen Exkurs in die rechte Szene und auf sein reges Interesse an alten Bunkeranlagen ansprach, war Tjark Steffens kaum mehr zu bändigen.

„Also das ist jetzt wirklich frech. Das ist elendig lange her. Da war ich achtzehn, Herr Hauptkommissar. Und woher wissen Sie überhaupt davon?"

Holle sagte nichts und ließ Steffens allein in seiner Wut.

„Was wollen Sie mir eigentlich in die Schuhe schieben?", fragte er schließlich schnaubend.

„Es ist so. Unsere Kollegin Mira Lose ist spurlos verschwunden", begann Holle und wurde sofort von Steffens unterbrochen.

„Und jetzt glauben Sie, ich habe sie gekidnappt und verschleppt? Ist das nicht ein bisschen weit hergeholt? Und…“, dann brach er ab, stand auf und warf Holle einen bitterbösen Blick zu. „Ich gehe jetzt, Herr Hauptkommissar und Sie werden mich nicht daran hindern.“ Türenknallend verließ er den Raum und Holle ließ ihn ziehen.

Ben Hobrecht, der die ganze Zeit im Nebenraum gewartet und nur einige Sprachfetzen mitbekommen hatte, schaute verwirrt drein, als sein Freund wutentbrannt an ihm vorbeirauschte und das Gebäude ohne ein einziges Wort verließ.

„Herr Hobrecht! Ich will mich kurzfassen. Sie waren um die Mittagszeit paddeln im Hafen. Ist das richtig?“, fragte Holle und Hobrecht nickte.

„Ist es auch richtig, dass Sie nicht so recht Gefallen daran fanden und eher gegangen sind?“, fragte er weiter.

„Ich weiß zwar nicht worauf Sie hinaus wollen, aber ja, ich habe noch nicht mal die Hälfte der Zeit durchgehalten. Bin immer wieder abgeschmiert von dem ollen Brett. Habe ja nicht geahnt, dass das so schwierig ist. Von weitem sieht das immer ganz einfach aus. Ja, ich bin ja auch nicht mehr der Jüngste. Hätte ich vielleicht mit Zwanzig lernen sollen und nicht mit schlappen Sechzig. Auf jeden Fall hatte ich keine Lust mehr und bin gegangen.“

„Und wohin, wenn ich fragen darf?“

„Dürfen Sie. Dürfen Sie. Habe mir zwei Flaschen Bier gekauft und bin an den Strand.“

„Kann das irgendwer bezeugen?“

„Und ob das jemand bezeugen kann. Wahrscheinlich sogar hunderte von Leuten. Der ganze Strand war voll mit Menschen“, antwortete Hobrecht belustigt.

„Okay. Das war es auch schon. Sie können jetzt gehen, aber halten Sie sich bitte noch zu unserer Verfügung.“

Hobrecht nickte, erklärte, dass das für ihn kein Problem darstelle, da er sich noch die gesamte Woche auf der Insel befände und er helfen würde, wo er könne.

Mehrere Male waren Vorbeck und Nordmeier schon sämtliche Straßenzüge der Insel abgefahren. Auch die alten Bunkeranlagen hatten sie in Augenschein genommen, doch war ihnen nichts Ungewöhnliches aufgefallen.

Auch hatten sie einen Abstecher zum Kollegen Fredersen gemacht, dem es zwar mittlerweile besser ging, der sich aber noch nicht wieder fit genug fühlte, um auf Täterjagd zu gehen, was er überaus bedauerte.

„Das ist wirklich eine verdammte Scheiße", brachte Fredersen seinen Gesundheitszustand auf den Punkt.

„Da haben wir hier endlich mal einen Fall und ich komme vom Klo nicht runter."

„Na, vielleicht geht es dir morgen ja schon wieder besser", versuchte Vorbeck ihn aufzumuntern.

„Bestimmt. Morgen bin ich wieder mit von der Partie. Auch wenn es jetzt nicht danach aussieht. Ihr werdet schon sehen. Ich werde da sein und wenn ich ein Dixi-Klo hinter mir herschleifen muss."

Spät am Abend machten sich Nordmeier und Vorbeck auf den Weg zur Dienststelle in der Hoffnung, dass Mira Lose wieder aufgetaucht war und Holle für ihr Verschwinden eine simple Erklärung gefunden hatte. Auch wünschten sie sich nichts sehnlicher, als dass sie sich endlich in den wohlverdienten Feierabend verabschieden konnten. Aber dies sollte ein unerfüllter Wunschtraum bleiben.

Noch auf dem Weg zum Revier erreichte Nordmeier ein Anruf von Tore Gerdes. Dummerweise brach schon zu Beginn des Gesprächs die Verbindung ab, weil er vergessen hatte sein Handy aufzuladen. Hieß also, er würde diesen Hausmeister vom Stikkert vom Festnetztelefon der Wache zurückrufen müssen, womit der ersehnte Feierabend zusehends weiter in die Ferne rückte.

Als Mira Lose aus ihrem Dämmerschlaf erwachte und die Augen öffnete, war es dunkel um sie. Blitzartig schnellte ihr Puls in die Höhe. Hektisch versuchte sie sich zu bewegen. Doch ihre Hände und Füße schienen gefesselt. Jegliches Bemühen sich aus der eigentümlich gekrümmten Haltung zu befreien verlief erfolglos. Sie war eingepfercht auf engstem Raum und man hatte ihr einen Stoffbeutel über den Kopf gezogen. Es roch nach Jute und nach Erde. Vielleicht war es ein Sack, in den früher einmal Kartoffeln verpackt worden waren. Oder…? Kalter Schweiß brach ihr aus. Vielleicht kam der Erdgeruch gar nicht aus dem Stoff, sondern … Konnte es möglich sein, dass sie sich unter der Erde befand? Irgendwo auf der Insel, metertief in einem Erdloch? Sie versuchte zu schreien, doch ihr Mund war verklebt. Außer ein paar dumpfen Tönen brachte sie nichts zustande. Jetzt nur nicht heulen. Ruhig bleiben. So wie sie es auf der Polizeischule gelernt hatte.

Sie atmete bedächtig. Zwang ihren Blutdruck in ein langsameres Tempo. Spürte, wie kleinste Erdteilchen bei jedem Atemzug in ihre Nase drangen. Hörte Sand bei jeder Bewegung an sich herunterrieseln. Versuchte trotz alledem Ruhe zu bewahren. Schließlich fragte sie sich, wie lange sie schon in dieser Enge lag. Auch überlegte sie, wie spät es wohl war. Aber sie kam zu keiner Antwort. Konzentriert lauschte sie, aber da war nichts. Nur Stille und ihr eigener Herzschlag.

„Gerdes!“, posaunte Tore Gerdes genervt ins Telefon.

„Nordmeier hier. Sie haben mich angerufen.“

„Ja. Stimmt. Ich muss da noch etwas loswerden, Herr Nordmeier. Und ich bin mir auch im Klaren darüber, dass es nicht richtig war, das nicht schon eher gesagt zu haben, aber…“

„Kommen Sie auf den Punkt, Herr Gerdes. Was haben Sie denn auf dem Herzen?“, fragte Nordmeier, nichts Böses ahnend.

„Da war noch jemand anderes in der Wohnung vom Stikkert. So ein Typ, der mir seinen Namen nicht gesagt hat.“

„Ist das Ihr Ernst? Und das erzählen Sie mir erst jetzt? Wieso haben Sie das denn nicht gesagt, als ich bei Ihnen war?“

Gerdes setzte zum Sprechen an, doch Nordmeier ließ ihn gar nicht zu Wort kommen. Hitzig preschte er in den Hörer, „Was war das für einer und wie muss ich mir das vorstellen? Erzählen Sie!“

Da sein Gesprächspartner trotz der massiven Aufforderung nicht richtig in Gang kam, schob Nordmeier noch ein „Nun machen Sie schon, Herr Gerdes. Wird's bald?“, hinterher.
Dann erst bequemte er sich eine Erklärung abzugeben.

„Also das war am Sonntagmorgen, so um neun. Da klingelte es bei mir an der Haustür.“

„Und? Nun sagen Sie schon? Wer hat bei Ihnen geläutet?“

„Ja, das weiß ich eben nicht. Ich habe keine Ahnung, wie der Mann hieß. Er sagte, er wäre ein Bekannter vom Stikkert und solle dessen Laptop abholen, den er versehentlich zuhause vergessen hat.“

„Und da haben Sie den wildfremden Menschen einfach so in die Wohnung Ihres Mieters gelassen?“

„Ja, das war vielleicht nicht so ganz richtig.“

„Nicht ganz richtig“, ereiferte sich Nordmeier. „Das ist ja wohl etwas untertrieben, Herr Gerdes.“

„Aber der hat doch gesagt, dass der Stikkert den Laptop dringend braucht und ihn darum gebeten hat, ihn mit nach Norderney zu nehmen. Und da ich weiß, dass ich an die rückständige Mietzahlung nur komme, wenn der Stikkert seine Geschichten spinnt, habe ich dem Typen den Apparat mitgegeben. Und …“

„Was und?“

„Für 'nen Hunni!“

„Er hat Ihnen Geld gegeben? „

„Ja. Hundert Euro. So ein Angebot konnte ich echt nicht ablehnen."

Nordmeier stellte das Telefon auf „laut", damit das Team mithören konnte und alle gleichzeitig im Bilde waren.

„Wie sah der Mann aus?", rief Holle von seinem Schreibtisch aus in Richtung Telefon.

„Er war mittelgroß. Ich schätze ihn Ende fünfzig. Er sah nicht gerade sportlich aus. Er trug eine auffällig große Brille und ein Cappy."

„Welche Haarfarbe er hatte, können Sie nicht sagen?", fragte Nordmeier.

„Doch, doch. Seine Haare waren schwarz."

„Und da irren Sie sich nicht? Könnten die vielleicht auch braun gewesen sein?"

„Nein. Das weiß ich ganz genau. Die waren schwarz wie die Nacht, Herr Hauptkommissar."

Den Telefonhörer in der Hand haltend schaute Nordmeier achselzuckend seinen Chef an, der ihm augenblicklich zuraunte: „Der soll herkommen, so schnell wie möglich", wovon sich Tore Gerdes nicht im Geringsten begeistert zeigte. Stattdessen nölte er in den Hörer: „Na gut, dann komm ich eben auf die Insel. Aber nur, wenn Sie mir die Überfahrt bezahlen. Das sage ich Ihnen."

17. Kapitel

Angespannt saßen Holle, Nordmeier und Vorbeck im Besprechungsraum. Diesmal ohne Brötchen und ohne den von Fredersen gebrauten wohlschmeckenden Kaffee nach seinem Geheimrezept. Stattdessen hatte Vorbeck der altersschwachen Kaffeemaschine eine Plörre entlockt, die unvergleichlich schlecht schmeckte. Zuviel Wasser, zu wenig Schrot oder vielleicht hatte er auch den Kaffeefilter vom letzten Durchlauf ein zweites Mal verwendet. Holle und Nordmeier wollten es gar nicht wissen. Jedenfalls trug diese Mischung nicht zur Bereicherung des Abends und noch weniger zur Bündelung ihrer polizeilichen Gehirnstränge bei.

„Ich fasse nochmal zusammen…“, begann Holle.

„Wir haben den Mord an Eva Kaiser in der Nacht von Samstag auf Sonntag, den Überfall auf Rieke Mitfeld in der Nacht von Sonntag auf Montag und unsere verschwundene Kollegin, Dienstag in der Mittagszeit.“

Nordmeier und Vorbeck nickten.

„Schauen wir uns als Erstes nochmal den Ulf Stikkert an. Ein alleinlebender unbekannter Autor, der vergeblich versucht Land zu gewinnen. Ein Mann im besten Alter, der sich den lieben langen Tag abstrampelt, Herz-Schmerz-Geschichten erfindet und seine Miete trotzdem nicht bezahlen kann. Der über Jahre hinweg immer wieder mal ein Verhältnis oder wie auch immer wir das nennen wollen, mit Eva Kaiser und Rieke Mitfeld hatte. Doch nur mit Eva Kaiser war er in der Nacht von Samstag auf Sonntag am Strand. Von Rieke Mitfeld wollte er in besagter Nacht nichts wissen. Aus diesem Grund brachte er ihr in der darauf folgenden Nacht auch den Wohnungsschlüssel zurück, den sie ihm auf der Klassenfeier in die Tasche gesteckt hatte. Und nicht nur deswegen war er in der Nacht in ihrer Wohnung. Als weiteren Grund gab er an, nachgesehen zu haben, ob es ihr gut ging.

Darüber hinaus reiste Ulf Stikkert nicht, wie er sagte, am Sonntag ab, sondern erst am Montag. Außerdem besitzt oder sollte ich besser sagen besaß, er einen Laptop, auf dem sich diverse bisher unveröffentlichte Kriminalgeschichten befanden. Eben dieser Laptop wurde ihm nun allem Anschein nach gestohlen. Überdies meinte er, einen seiner Krimis in den Vorkommnissen der letzten Tage hier auf Norderney wiedererkannt zu haben."

Anschließend schaute Holle seine beiden Kollegen prüfend an.

„Soweit klar?", und beide nickten.

„Nehmen wir uns als Nächstes Tjark Steffens vor. Einstmals der beste Freund von Ulf Stikkert. Inhaber eines Restaurants am ostfriesischen Festland, verheiratet, drei erwachsene Kinder. Auch er war den beiden Frauen nie abgeneigt. Konnte bei ihnen allerdings nie landen, da beide nur an Ulf Stikkert interessiert waren. Muss ihm ganz schön zugesetzt haben diese Tatsache. Schließlich hat er über Jahre hinweg, wie er zugab, immer mal versucht sich ihnen zu nähern. Allerdings vergebens. Er ist in beiden betreffenden Nächten im Hotel gewesen. Zur Zeit des Verschwindens von Kollegin Lose war er bei Rieke Mitfeld, wie mir deren Freundin bestätigte. Es entspricht der Wahrheit, dass er sich nach ihrem Befinden erkundigte, doch Frau Mitfeld wollte ihn nicht sehen, warum auch immer. Bisher konnte ich ihr diesbezüglich noch nichts entlocken. Da werden wir nochmal nachfühlen müssen."

Wieder schaute er seine Kollegen an, erntete Bestätigung, in dem, was er sagte, und führte weiter aus.

„Ben Hobrecht. Ein verwitweter Frührentner aus Norddeich. Auch er ist in beiden Nächten im Hotel gewesen. In der Nacht von Sonntag auf Montag wohlgemerkt, ist er nicht mit Tjark Steffens und Boris Feldhof zusammen reingegangen.

Während der Zeitspanne, die für das Verschwinden von Kollegin Lose in Frage kommt, war er beim Stand-up Paddling und anschließend scheinbar alleine am Strand."

Kurz nur stärkte er sich mit einem Schluck von Vorbecks Gebräu, verzog angewidert die Mundwinkel, dann sprach er weiter.

„Bleibt noch Boris Feldhof. Er wohnt und arbeitet in Paris bei einer Spedition, ist ledig, hat aber wohl eine französische Lebensgefährtin. Er erscheint mir meines Erachtens bisher am unauffälligsten. Auch er war in beiden Nächten im Hotel. Ebenso am Montag in der Mittagszeit.

Alles in allem sind wir zwar einige Schritte vorangekommen, tappen aber immer noch im Dunklen. Für die Nacht von Samstag auf Sonntag, in der alle drei Männer angeblich im Hotel waren und schliefen, gibt es keinerlei Zeugen, außer sie selbst. Ob diese Aussagen also stimmen, steht in den Sternen.

Von Sonntag auf Montag gilt gleiches, wobei hier Ben Hobrecht eher in den Fokus rückt, da er angeblich etwas später ins Hotel zurückkehrte. Das kann, muss aber auch nicht der Wahrheit entsprechen. Außerdem gilt für beide Nächte, dass jeder von ihnen natürlich zu jeder Nachtzeit das Hotel auch wieder hätte verlassen können. Diese Scheinalibis sind also keinen Pfifferling wert. Ebenso das Alibi von Ben Hobrecht, Dienstagmittag mit Bier am Strand gesessen zu haben."

Es bedurfte nur einen kurzen Blick von Holle zu Nordmeier und schon übernahm dieser das Wort.

„So. Wen haben wir noch am Start? Da wäre dieser Hausmeister Tore Gerdes. Auch ein etwas windiger Typ. Der hat seit längerem schon eine Mordswut auf den Ulf Stikkert wegen der unbezahlten Miete. Wobei ich mir allerdings nicht vorstellen kann, dass der in dem alten Laptop vom Stikkert drin rumgelesen hat, um anschließend nach Norderney überzusetzen und dann einer Person nach der anderen, Schaden zuzufügen. Dazu ist er wohl nicht fähig, geschweige denn, dass er weiß, wie er einen Laptop zu bedienen hat. Aber ich kann mich natürlich auch täuschen", erklärte Nordmeier.

„Den nehmen wir morgen nochmal in die Mangel, wenn er hier auf der Insel ist. So viel ist schon mal klar", wand Holle ein.

„Was sagen Sie dazu Vorbeck?", fragte er seinen Inselkollegen, der die ganze Zeit aufmerksam zugehört, aber nichts von sich gegeben hatte.

„Schwierig", entgegnete dieser. „Echt schwierige Sache. Im Grunde genommen haben alle ein Motiv, bis vielleicht auf Boris Feldhof. Da sehe ich keinen nennenswerten Zusammenhang zu den Vorkommnissen. Aber was ist mit dem Mann, der den Laptop aus der Wohnung vom Stikkert geholt hat? Ich kann mir nicht vorstellen, dass einer von den dreien am frühen Sonntagmorgen nach Norddeich übergesetzt ist, um den Laptop aus dessen Wohnung zu holen und anschließend explizit nach dessen Krimis zu schalten und zu walten. Außerdem war zu diesem Zeitpunkt Eva Kaiser ja schon tot. Heißt, dass der Täter schon bevor er den Laptop hatte, von den Krimis hätte wissen müssen. Selbst wenn einer von ihnen den Laptop in Besitz nahm, kommt es mir mehr als gestört vor, dass der Betreffende erst den Tag zusammen mit Rieke Mitfeld verbrachte, um sie anschließend des Nachts zu überfallen und in ihren Kleiderschrank zu sperren. Wo ist denn da das Motiv? Und warum ermordet er die eine und die andere nicht? Nur weil es so geschrieben stand? Aber vielleicht ist einer von den dreien auch ein Psychopath. Obwohl ich nicht sagen könnte, wer von ihnen. Ich für meinen Teil, würde es ihnen allen zutrauen. Allen, inklusive Ulf Stikkert selbst, wobei der natürlich für den Zeitpunkt des Verschwindens von Kollegin Lose ein festes Alibi hatte, weil er zur selben Zeit am Festland vernommen wurde. Wenn er es war, der den Mord und den Überfall zu verantworten hat, hätte er für das Verschwinden von Mira Lose einen Komplizen gebraucht. Das allerdings erscheint mir zu weit hergeholt."

Worin Hauptkommissar Holle seinen Kollegen bestätigte und ihm zu verstehen gab, dass es jedoch eine so unglaublich große Menge von gestörten Menschen auf der Welt gab, dass sie beide sich diese Unzahl wohl kaum vorstellen konnten und er daher alles immer erst einmal für wahrscheinlich hielt.

Ruckartig sprang Nordmeier von seinem Stuhl auf und begann nervös auf und ab zu laufen. Es war ihm anzusehen, dass er von maßloser Sorge um seine Freundin Mira getrieben war. Panik hatte ihn ergriffen und er wirkte massiv gestresst.

„Wenn ich jetzt noch weiter hier rumsitze und nichts tue, werde ich verrückt!“, entfuhr es ihm.

„Ich kann nicht glauben, dass ich jetzt einfach nur abwarten soll. Die Mira liegt wahrscheinlich irgendwo auf der Insel und…“

Abrupt brach er ab und schaute Holle und Vorbeck an.

„Wir finden sie. Wo immer sie auch ist. Sie wird durchhalten, sie ist eine gute Polizistin“, versuchte Holle ihn zu beruhigen.

„Morgen werden wir sie finden. Es wird alles gut werden.“

So glaubwürdig er auch versuchte diese Sätze rüberzubringen, so schwang dennoch eine hörbare Unsicherheit zwischen seinen einzelnen Worten mit, was sowohl Nordmeier als auch Vorbeck nicht verborgen blieb und wogegen sie sich alle drei nicht erwehren konnten. Doch machte es keinen Sinn sich noch weitere Nachtstunden um die Ohren zu schlagen. Wo auch immer Mira Lose sich befand, sie würden sie in dieser Nacht nicht finden.

18. Kapitel

Mira Lose fror. Immer wieder war sie in ihrem engen Verlies vor Erschöpfung weggedämmert. Jetzt allerdings war sie hellwach. Um sie herum war es stockdunkel und bei jeder versuchten Bewegung rieselte feiner Sand an ihr herab. Doch lastete der Sand nicht wirklich schwer auf ihrem Körper. Vorsichtig bewegte sie ihren Kopf, versuchte sich eine Mulde freizulegen, atmete weiterhin so flach wie möglich, um den eventuell geringen Sauerstoffgehalt nicht zu schnell zu verbrauchen. Dann vernahm sie Geräusche. Dumpf wie hinter einer Wand hörte sie vereinzeltes Möwengeschrei und Motorengeräusche. Augenblicklich fiel eine zentnerschwere Last von ihr ab und sie realisierte, dass sie wohl doch nicht in einer Kiste in irgendeiner Düne verscharrt worden war. Nichtsdestotrotz konnte sie sich nicht bemerkbar machen. Stattdessen fühlte sie, dass die Temperatur in dem beengten Raum weiter anstieg.

Wie gewünscht hatte Tore Gerdes sich schon am Morgen auf den Weg zur Fähre gemacht, übergesetzt und erschien am frühen Mittwochvormittag auf der Norderneyer Polizeiwache.
Genervt und miesepetrig saß er im Vernehmungsraum und begann damit seinen Unmut darüber zu äußern, nach Norderney zitiert worden zu sein.

„Wissen Sie eigentlich, wie elendig mir das hier alles auf die Nerven geht?", warf er in den Raum, woraufhin Hauptkommissar Holle ihn nur geringschätzend ansah und abwartete, was dieser seltsame Typ in seinem Achtundsechziger Outfit noch loszuwerden gedachte.

„Meinen Sie eigentlich, ich habe nichts Besseres zu tun, als mitten in der Woche auf diese Insel zu schippern?", moserte er weiter.

„Schließlich habe ich einen Job, falls Sie es noch nicht wissen sollten. Ich habe einen Wohnblock in Norddeich zu betreuen. Ich bin Vermieter und Hausmeister in einer Person. Da muss ich immer vor Ort sein und kann nicht einfach mal so schwuppdiwupp, ab durch die Mitte. Eigentlich weiß ich ja auch gar nicht, was ich hier soll. Ich habe dem Herrn Nordmeier doch schon alles gesagt, was ich weiß."

Eine ganze Weile hörte Holle dem zeternden Gerdes zu, dann ergriff er wieder das Wort.

„So, nun muss es auch mal gut sein. Ich habe Sie schließlich nicht zu unser aller Vergnügen hierher bestellt, sondern weil Sie uns hoffentlich bei unserer Ermittlungsarbeit helfen können", erklärte ihm Holle.

„Nein, was Sie nicht sagen, Herr Hauptkommissar. Ist das wahr? Ich soll Ihnen helfen können? Da frage ich mich ja wohl wirklich, wie ich das tun sollte."

„Das ist ganz einfach, Herr Gerdes. Beschreiben Sie mir einfach noch einmal den Mann, der sich aus der Wohnung Ihres Mieters den Laptop geholt hat. Das würde mir fürs Erste schon genügen."

„Sie meinen jetzt aus der Wohnung vom Stikkert, oder?", fragte Gerdes nach.

„Ganz genau. Aus welcher denn sonst?"

Auch seine neuerliche Beschreibung der betreffenden Person brachte nichts Fallbeitragendes zu Tage. Er wiederholte lediglich seine Aussage vom Vortag, dass es sich um einen mittelgroßen Endfünfziger mit schwarzen Haaren, übergroßer Brille und Cappy gehandelt hatte.

„Und mehr ist Ihnen wirklich nicht aufgefallen?", fragte Holle.

„Nein, wenn ich es doch sage. Mehr weiß ich nicht. Da können Sie mich auch noch zehnmal befragen. Ich werde Ihnen nichts anderes erzählen können, als das, was ich schon gesagt habe."

„Na gut. Dann war es das für Sie erstmal", woraufhin Tore Gerdes wie von der Tarantel gestochen zur Höchstform auflief.

„Wie, das war es jetzt erstmal. Sie wollen damit doch nicht etwa sagen, dass ich für diese einzige Frage auf die Insel gekommen bin.

Nein. Das kann es ja wohl nicht sein. Und dafür habe ich mir den halben Tag an die Hacken gebunden. Sie spinnen ja wohl, Herr Hauptkommissar."

„Herr Gerdes!", schalt Nordmeier ihn. „Nun halten Sie sich mal ein bisschen zurück. Der Schuss kann für Sie sonst ganz schnell nach hinten losgehen."

Schon machte Gerdes Anstalten den Raum zu verlassen, wurde jedoch durch das Eintreten von Fredersen und Vorbeck daran gehindert. Verwundert über die Lautstärke, die den beiden Kollegen entgegenschlug, fragte der offensichtlich wieder gesundete Fredersen: „Na, na, na! Was ist hier denn los?" Dann packte den Richtung Tür stapfenden Gerdes am Arm und hielt ihn fest. Dieser begann sofort seiner Empörung Luft zu verschaffen.

„Das ist Freiheitsberaubung, was Sie da mit mir machen. Lassen Sie mich auf der Stelle los Sie, Sie…"

„Nun sagen Sie mal nichts Unbedachtes. Das könnte Sie im Zweifelsfall teuer zu stehen kommen", sagte Holle.

Das hatte gesessen. Augenblicklich hielt er den Mund und starrte Fredersen an. Fredersen starrte Gerdes an und sagte: „Na, wen haben wir denn da? Wenn das nicht unser Gerdes aus Norddeich ist!"

Und an seinen Kollegen Vorbeck gewandt: „Mensch Bernd, warum hast du denn nichts gesagt, dass wir diesen bunten Vogel hier vorgeladen haben. Sag bloß, du kannst dich an den nicht mehr erinnern."

Vorbeck überlegte angestrengt, erst dann fiel ihm ein, warum ihm der Name gleich so bekannt vorgekommen war.

„Sie kennen sich?", fragte Holle interessiert.

„Na, das kann man wohl sagen", entgegnete Fredersen.

„Darf ich vorstellen! Tore Gerdes, inselbekannter Freizeithippie, Glücksspieler, Karaoke Sänger, begnadeter Surfer und ganz zuletzt wohl auch irgendwann Vermieter und Hausmeister in Norddeich."

Prompt schlug sich Vorbeck mit der Hand an die Stirn.

„Dass mir bei dem Namen nicht gleich ein Licht aufgegangen ist. Unglaublich!", und an Fredersen gewandt: „Mit deinem Erinnerungsvermögen kann es aber auch nicht so weit her sein Mirko, schließlich hast du bisher auch nicht gesagt, dass das unser Gerdes ist, der dem Stikkert die Wohnung vermietet hat."

„Hast ja recht", gab Fredersen missmutig zu. „Ich brauche eben immer ein Gesicht zu dem Namen, das ist wohl meine große Schwäche."

„Nun hören Sie schon auf meine Herren Kollegen. Es ist jetzt zweitrangig, warum Sie sich nicht gleich an ihn erinnert haben. Wir können die Zeit eh nicht zurückdrehen." Dann deutete er auf einen freien Stuhl ihm gegenüber und wies Gerdes an, sich wieder zu setzen.

„Herr Gerdes. Wie ich nun weiß, sind Sie hier auf der Insel nicht gerade unbekannt. Könnte es nicht sein, dass Sie sich die Geschichte mit dem Bekannten von Herrn Stikkert nur ausgedacht und den Laptop selbst genommen haben? Überlegen Sie doch noch einmal genau. Ist es nicht so gewesen, dass Sie die Gelegenheit seiner Abwesenheit als überaus günstig empfanden und sie sofort genutzt haben? Machen Sie es sich doch nicht so schwer. Und erzählen Sie mir nicht wieder was von einem Unbekannten mit Cappy. Sagen Sie einfach, an wen Sie das alte Teil verscherbelt haben und wie viel Sie dafür bekommen haben. Und dieses Mal bitte ohne zu flunkern. Mehr wollen wir doch gar nicht."

Tore Gerdes rutschte nervös auf seinem Stuhl hin und her und es war ihm anzusehen, dass er sich unwohl in seiner Haut fühlte.

„Na gut. Dann sage ich das eben nochmal. Auch wenn Sie es nicht hören wollen. Ich habe den Laptop an den Typen mit dem Cappy verkauft. Eigentlich war das gar nicht mein Plan. Tatsächlich wollte ich nur mal ein bisschen in dem Computer vom Stikkert rumstöbern. Wollte mal sehen, was der noch an Geschichten in petto hat."

„Bringen wir es also auf den Punkt. Sie waren neugierig, womit sich Ihr Nachbar den lieben langen Tag die Zeit vertreibt. Oder sagen Sie bloß, Sie haben mit dem Gedanken gespielt seine Geschichten unter ihrem eigenen Namen an einen Verlag zu schicken und das Honorar zu kassieren."

Wieder wandte er sich wie ein Aal.

„Wenn Sie es sagen, Herr Hauptkommissar, wird es wohl so gewesen sein", gab er kleinlaut zu.

„Und warum haben Sie das dann nicht in die Tat umgesetzt?", fragte Holle weiter.

Doch Tore Gerdes schwieg.

„Herr Gerdes! Ich habe Sie etwas gefragt."

„Weil ich das beschissene Ding nicht zum Laufen bekommen habe. Habe doch gar keine Ahnung von solchem technischen Kram. Ich bin Hausmeister. Ich kann Nägel in die Wand schlagen und Regale aufhängen, ich kann Abflüsse reparieren und solcherlei Dinge. War eine bekloppte Idee von mir. Hätte ich mir sparen können die ganze Mühe. Sehe ich ja jetzt, wozu das alles führt."

Fredersen schüttelte belustigt den Kopf.

„Gerdes, Gerdes. Mit Ihnen wird es wirklich nie langweilig."

Mit einem: „Lassen Sie das, Fredersen", wies Holle Fredersen in seine Schranken, woraufhin dieser sich still verhielt.

„Okay, mit dem Computer konnten Sie also nichts anfangen und deswegen haben Sie ihn an den ominösen Unbekannten für einhundert Euro verkauft."

„Stimmt das nun oder nicht?"

„Ja. Nein. Nicht so ganz."

„Was denn jetzt!", fragte Nordmeier entnervt und endlich erklärte Tore Gerdes.

„Also, als der Stikkert am Samstag weg war, bin ich in seine Wohnung und habe da rumgeguckt. Dann habe ich den Laptop mit in meine Wohnung genommen. Da ich ihn aber nicht anbekam, obwohl ich mir alle Mühe gegeben habe, dachte ich, das

Ding sei kaputt. Die Idee, die Geschichten vom Stikkert als meine eigenen an den Mann zu bringen, war damit gestorben. Eigentlich wollte ich das olle Teil auch gleich wieder zurück in seine Wohnung bringen. Wirklich! Ist jetzt nicht gelogen. Aber dann stand dieser Mann vor meiner Wohnungstür und fragte, ob ich wüsste, wo denn der Hausmeister wohnt. Als ich ihm sagte, dass ich der Hausmeister bin, erklärte er mir, dass er ein Freund vom Stikkert sei und von diesem persönlich den Auftrag erhalten habe, den Laptop aus dessen Wohnung zu holen.

Das fand ich natürlich erstmal seltsam, gerade weil ich ihn noch nie hier gesehen hatte. Als ich ihm dann sagte, dass Ulf Stikkert mir seinen Laptop in Verwahrung gegeben hat, bis er zurückkommt, was natürlich gar nicht stimmte, aber das musste ich dem ja nicht auf die Nase binden, habe ich ihm das Ding gegeben und er gab mir…"

„Hundert Euro", beendete Nordmeier den Satz.

„Zweihundert", berichtigte Gerdes triumphierend.

„Habe ihn auf zweihundert hochgehandelt."

„Und das fanden Sie alles normal?"

„Normal? Was ist schon normal. Aber wenn ich es mir genau überlege, haben Sie schon recht, Herr Nordmeier. Das war tatsächlich merkwürdig. Aber wissen Sie, ich kann mir nicht über jede Kleinigkeit so viele Gedanken machen. Und damit kam ich bisher auch ganz gut durchs Leben. Sollten Sie auch mal versuchen. Und außerdem stinkt Geld bekanntlich nicht, oder?"

Nachdem Tore Gerdes seine Aussage noch einige Male wiederholt hatte und jede seiner Schilderungen der vorherigen glich, hakte Holle diesen Teil der Vernehmung als erledigt ab. Tore Gerdes wurde für eine gute Stunde in den Nebenraum verfrachtet und Hauptkommissar Holle bestellte ein weiteres Mal Ben Hobrecht, Boris Feldhof und Tjark Steffens ein. Vorbeck bekam den Auftrag im Hotel den Abreisetag der drei Männer in Erfahrung zu bringen. Fredersen wurde damit betraut fünf schwarze Cappys, fünf große Brillen und Kapuzenpullover aufzutreiben. Auf dem Rückweg hatte er Eheleute Hocke sowie Bengt Onnen abzuholen und zwecks Gegenüberstellung mit auf die Wache zu bringen.

Sofort, als Agatha Hocke in den Polizeiwagen einstieg und sich wie selbstverständlich auf den Beifahrersitz plumpsen ließ, schnatterte sie auch schon los und Fredersen wurde bewusst, was er am Vortrag nicht vermisst hatte. Wie er es von ihr kannte, sprach sie ohne Punkt und Komma, was dazu führte, dass er selbst kaum zu Wort kam. Einzig den Satz „Frau Hocke, wir brauchen Sie und Ihren Mann für eine Gegenüberstellung", mit dem er beide aufforderte ihm zur Dienststelle zu folgen, konnte er platzieren. Im Weiteren versuchte Fredersen auf Durchzug zu schalten, doch Agatha Hocke hatte eine solche Präsenz, dass ihm das kaum gelang. Das Wageninnere vibrierte förmlich in ihrem Redefluss.

„Da haben Sie ihn also jetzt geschnappt, Herr Wachtmeister! Oh, ich bin ja so stolz auf Sie. Wenn ich das dem Irmchen von nebenan erzähle. Und natürlich der Gunhild und der Hedda. Na, die werden staunen."

Fredersen lächelte in sich hinein, überlegte, ob er sie in dem Glauben lassen sollte, dass er der Held des Tages war, entschied sich jedoch dagegen.

„Nein, da muss ich Sie enttäuschen, Frau Hocke. Noch haben wir ihn nicht."

„Was? Sie haben ihn immer noch nicht. Aber warum muss ich dann mitkommen. Ich dachte, ich soll nur noch schauen, wer es ist? Das verstehe ich jetzt nicht. Was soll ich denn nun bei der Polizei? Ich weiß doch eigentlich gar nichts. Und warum muss mein Herbert denn bloß mit. Der weiß doch noch weniger." Und an Bengt Onnen gerichtet, der auf der Rückbank neben Herbert Hocke saß: „Und Sie? Sie kenne ich ja auch. Sie sind der Mann mit diesem kleinen Fiffi, der überall ranpinkelt." An Fredersen gewandt: „Das müssen Sie sich mal vorstellen, Herr Wachtmeister.

Der Hund von dem, der pippiet überall ran. In der ganzen Stadt. Können Sie da nicht etwas gegen unternehmen? Das können Sie doch sicher. Sowas muss doch verboten werden. Da gibt es doch diese Tüten für."
Letztlich stöhnte sie: „Ach je, was ist das nur für eine Welt."

Schon dachte Fredersen, sie würde für einen Moment Ruhe geben, da plapperte sie auch schon weiter.

„Nun sagen Sie mal genauer, was wir da auf der Polizeistation sollen. Wieso antworten Sie mir eigentlich nicht, so kenne ich Sie ja gar nicht, Herr...Herr..., mein Gott können Sie mir denn nicht endlich mal Ihren Namen sagen?", blaffte sie ihn energisch an und schüttelte den Kopf.

„Fredersen, Frau Hocke, aber das sagte ich Ihnen schon mehrfach."

„Ach?", entgegnete sie schnippisch. „Nicht dass ich wüsste. Ist doch auch egal. Hauptsache Sie sagen mir jetzt mal, was ich da soll bei der Polizei."

„Sie sollen schauen, ob Sie den Mann, den Sie in der Nacht sahen, als Sie ihre Nachbarin nachhause kommen hörten, vielleicht wiedererkennen."

„Ach, Sie haben ihn also doch geschnappt! Ich wusste es ja gleich. Sie sind mir ja vielleicht ein Schlingel. Stellen Sie Ihr Licht nur nicht unter den Scheffel, Herr Wachtmeister."

Und da Fredersen keinerlei Lust auf eine weitere Unterhaltung mit Agatha Hocke verspürte, beschloss er alles Weitere dem Auricher Hauptkommissar zu überlassen.

Boris Feldhof, Ben Hobrecht und Tjark Steffens waren alles andere als erfreut schon wieder auf die Polizeiwache abkommandiert zu werden. Doch sie kamen, setzten sich ohne weitere Fragen zu stellen die schwarzen Cappys und die Brillen auf und warteten im Vernehmungsraum. Auch Bengt Onnen und Herbert Hocke wurden gebeten, je ein Cappy und eine Brille aufzusetzen und sich zwischen die drei Männer zu stellen. Anschließend kam Tore Gerdes zum Einsatz und betrachtete aus dem Nebenraum durch die dortige Fensterscheibe die fünf Männer genauestens.

„Und Herr Gerdes? Erkennen Sie ihn wieder?", fragte Holle gespannt.

„Ganz ehrlich, ich weiß nicht so recht. Also der zweite von links könnte von der Statur her passen, aber der hat ja keine schwarzen Haare", womit er Ben Hobrecht meinte. Der ganz Rechte ist, glaube ich, ein wenig zu jung, aber da stimmt die Haarfarbe. Also ich kann es nicht genau sagen, Herr Hauptkommissar."

Im Weiteren wurden die fünf Männer gebeten die Cappys abzusetzen und wiederum schaute Tore Gerdes durch die Glasscheibe.

„Nein. Der ist nicht dabei. Und ich will auch keinen Unschuldigen irgendwo reinreißen."

Auch Agatha Hocke musste sich die fünf Männer vorsichtshalber anschauen. Sofort erkannte sie ihren Herbert unter einem der Cappys und krakelte darauf los.

„Nein, ach je, da steht ja mein Herbert mit in der Reihe", und augenblicklich zischte Holle seine Kollegen an: „Sie sollten den Hocke doch rausholen aus dem Raum. Warum haben Sie denn daran nicht gedacht?" Sofort wurde Herbert Hocke seiner Verkleidung beraubt und wurde mit einer Tasse Kaffee in den Vorraum geschickt.

Als sich seine Frau wieder beruhigt hatte, beäugte sie peinlichst genau die verbliebenen vier Männer.

„Also halten sie mich jetzt für ganz dämlich? Natürlich kenn ich den einen. Das ist der Mann mit dem Fiffi. Da hätten Sie sich schon eine bessere Verkleidung ausdenken müssen. Aber die anderen drei kenne ich nicht. Wer läuft denn heute auch so rum. Mit so einer schwarzen Kappe und so einer schrecklich großen Brille. Und das mitten im Sommer! Da gibt es doch wirklich bessere Brillen, als diese dort. Wie haben Sie diese Männer denn nur ausstaffiert. Also ich hätte Ihnen wirklich mehr Geschmack zugetraut Herr Hauptkommissar?"

Hauptkommissar Holle wirkte mehr als genervt, da es vollkommen überflüssig gewesen war Agatha Hocke die Männer in dieser Aufmachung vorzuführen. Schließlich hatte nur Tore Gerdes den Unbekannten mit dem Cappy gesehen. Doch er sah es sich selbst und auch seinen Kollegen nach, dass ihnen solch ein Ausrutscher geschah. Schließlich waren sie nun schon tagelang im Einsatz und hatten alle so gut wie kaum geschlafen.

Doch noch mehr, als dieser Fauxpas nervte ihn die Hocke. Obgleich er sie gerade einmal eine halbe Stunde um sich hatte. Der Gedanke, mit ihr verheiratet zu sein, wie der arme, sich taub und blind stellende Herbert Hocke, musste eine Strafe fürs Leben sein. Er bemitleidete diesen alten Mann aus ganzem Herzen.

„Und? Wer bringt uns jetzt nachhause?", fragte sie schnippisch. „Oder sind wir hier etwa immer noch nicht fertig."

Hauptkommissar Holle raffte all seine Geduldsfäden zusammen, redete ruhig und sachlich auf das Ehepaar ein, erklärte ihnen, dass es noch eine weitere Gegenüberstellung gab.
Ben Hobrecht, Tjark Steffens, Boris Feldhof und Bengt Onnen wurden ein weiteres Mal neu eingekleidet, diesmal mit den dunklen Kapuzenpullovern. Auch mussten sie sich mit den Rücken zur Fensterscheibe stellen, sodass Agatha Hocke sie nur von hinten sah.

„Und?", fragt sie. „Was soll das jetzt?"

„Jetzt schauen Sie bitte nochmal, ob Ihnen einer dieser Herren bekannt vorkommt", bat Holle die alte Dame.

„Na, Sie machen mir vielleicht Spaß. Ich sehe die alle ja nur von hinten. Wie soll ich denn da einen von ihnen erkennen?", krähte sie ihn an.

„Frau Hocke, Sie haben doch zu Protokoll gegeben, dass

Sie in der betreffenden Nacht die Person auf der Straße auch nur von hinten gesehen haben", versuchte Fredersen ihr zu erklären.

„Habe ich das?", fragte sie. „Na wenn ich das gesagt habe, wird es wohl so gewesen sein."

„Und?", fragte er. „Erkennen Sie die Person aus der Nacht nun wieder?"

„Nein. Die sehen mir alle gleich aus. Aber warum haben sie denen auch die gleichen Pullover gegeben. Wie soll ich da den Richtigen herausfinden."

Holle schüttelte sich vor so viel Dummheit und kam zu dem Schluss, dass es pure Zeitverschwendung war Agatha Hocke weiter zu befragen.

19. Kapitel

„Es ist doch zum Verrücktwerden", schimpfte Holle vor sich hin. „Jetzt ist es schon Mittwochnachmittag und wir stehen immer noch ganz am Anfang."

„Und Mira ist auch noch nicht wieder aufgetaucht", gab Nordmeier zu Bedenken.

„Wir müssen einfach nochmal alles von vorne aufrollen. Haarklein. Wir müssen etwas übersehen haben. Da bin ich mir sicher. Irgendwas an der ganzen Geschichte stinkt doch bis zum Himmel."

Aber so sehr sie sich auch bemühten, jeden einzelnen Tag Revue passieren ließen und alle Protokolle erneut akribisch durcharbeiteten, sie schafften es nicht einen neuen Ansatzpunkt zur Bearbeitung des Falls freizulegen.

Umso mehr wunderten sie sich über den Anruf des Kollegen Fredersen, der sie von dessen Handy erreichte.

„Fredersen! Wo bleiben Sie denn? Sie sollten doch nur die Hockes und den Onnen nach Hause bringen", schmetterte Holle in den Hörer.

„Stehe gerade auf dem Parkplatz am Hafen. Vor dem Terminal", flüsterte er so leise in den Hörer, dass sein Chef ihn kaum verstand.

„Was sagen Sie da? Ich verstehe Sie gar nicht. Sprechen Sie doch bitte etwas lauter."

„Ich sitze im Wagen. Bin am Hafen. Vor dem Terminal."

„Und was machen Sie dort, wenn ich fragen darf. Wir warten hier auf Sie."

„Habe mich nur nochmal rasch von einem guten Bekannten verabschiedet, der auf Festlandurlaub ging. Sorry. Ich wollte eigentlich auch gleich wiederkommen, aber dann sah ich unseren Hippie."

„Den Gerdes?“, fragte Holle verwundert. „Den hat Vorbeck doch schon vor zwei Stunden zur Fähre gebracht. Der müsste ja schon längst wieder weg sein.“

„Ist er aber nicht. Der sitzt hier ganz gemütlich auf einer Bank.“

„Sind Sie sich sicher, dass er es ist?“

„Selbstverständlich.“

„Und? Was macht er?“, fragte Holle.

„Er sitzt und trinkt Dosenbier. Sonst nichts“, schilderte Fredersen seine Beobachtung.

Schließlich verließ Fredersen nach Absprache mit Holle den Wagen, ging schnurstracks auf Tore Gerdes zu und nahm neben ihm Platz.

„Na, noch da?“, fragte er.

„Hm“, brummte Gerdes. „Sieht ganz so aus.“

„Und warum?“, fragte Fredersen weiter, woraufhin Gerdes sichtlich herumdruckste.

„Habe ein Problem.“

„Kein Geld für die Überfahrt?“, fragte Fredersen lapidar.

„Blödsinn“, entgegnete Gerdes.

„Was dann?“

„Habe einen dämlichen Fehler gemacht“, gab Tore Gerdes zu und Fredersen wurde hellhörig.

„Und deswegen können Sie nicht von der Insel runter?“

„Ganz genau“, sagte Gerdes.

„Und weiter?“

„Ich habe den Typen bei der Gegenüberstellung vorhin erkannt.“

Augenblicklich packte Fredersen seinen Sitznachbarn kraftvoll am Oberarm und beförderte ihn ohne Aufsehen zu erregen in seinen Dienstwagen. Nur kurz zückte er sein Handy, rief auf der Dienststelle an und verkündete, in Kürze zusammen mit einer Überraschung zu erscheinen.

Wie ein gescholtener Hund saß Tore Gerdes zum zweiten Mal an diesem Tag auf einem Stuhl im Besprechungsraum des Norderneyer Polizeireviers. Kleinlaut gab er zu, bei der Gegenüberstellung nicht die Wahrheit gesagt zu haben, sondern den Mann, dem er den Laptop gab, erkannt zu haben.

„Sind Sie des Wahnsinns?", wetterte Holle.

„Warum um Himmels willen haben Sie das gemacht Herr Gerdes. Geben Sie mir einen triftigen Grund, warum Sie sich zu einer Falschaussage hinreißen ließen."

Stockend begann Gerdes zu sprechen. Zögerlich schilderte er erneut die Vorkommnisse, die sich am Sonntagvormittag in Norddeich ereigneten. Diesmal sagte er jedoch die Wahrheit, daran zweifelte im Anschluss niemand mehr.

„Am Sonntagmorgen so gegen neun klingelte es an meiner Wohnungstür. Als ich öffnete, stand ein Mann mit Schirmmütze und Brille vor mir und gab an, ein Bekannter von Ulf Stikkert zu sein und den Auftrag zu haben, dessen Laptop aus seiner Wohnung zu holen. Ich wusste, dass der Stikkert für ein, zwei Tage auf Norderney war, das hatte er mir zwischen Tür und Angel vor seiner Abreise erzählt. Ein Klassentreffen war es, glaube ich, zu dem er wollte. Auf jeden Fall kannte ich diesen Bekannten nicht und wollte ihn alles andere als in die Wohnung meines Mieters lassen. So was mache ich nicht. Das gehört sich nicht."

„Und dann?", fragte Vorbeck neugierig.

„Ich dachte mir schon, dass da irgendwas faul ist an der Sache. Und weil ich den Laptop ja bereits bei mir in der Wohnung hatte, ließ ich ihn doch beim Stikkert rumgucken."

Kurz pausierte Tore Gerdes, bevor er sichtlich aufgeregt weiter berichtete.

„Der hat aber schnell gesehen, dass es beim Stikkert in der Wohnung nur Müll gab und keinen Laptop. Dann sind wir unverrichteter Dinge zurück ins Treppenhaus. Ich habe ihn dann

noch eine Etage nach unten begleitet. Wollte sichergehen, dass der auch tatsächlich das Haus verlässt.
Als er schon fast aus der Haustür raus war, bin ich zurück zu meiner Wohnung. Habe gar nicht gemerkt, dass er das Haus gar nicht verlassen hat. Jedenfalls, als ich meine Wohnungstür aufschloss, stand er auf einmal hinter mir, packte mich am Hals und schob mich in meinen Flur. Dort drückte er mich gegen die Wand. Sie können sich nicht vorstellen, wie das war! Wie der mir in die Augen gestiert hat. Schrecklich! Hat mich immer wieder nach diesem blöden Laptop gefragt. Dann zog er ein Messer aus seiner Hosentasche und ließ es aufschnappen. Ich hatte so viel Schiss wie noch nie in meinem Leben, das müssen Sie mir glauben. Ich konnte gar nicht anders. Habe den ollen Laptop aus meinem Wohnzimmerschrank geholt und ihm gegeben."

„Und dann ist er gegangen?", fragte Holle gespannt.

„Ja. Ist er. Aber vorher hat er mir sein scheiß Messer noch in den Oberschenkel gerammt. Oder meinen Sie ich humpele immer so durch die Gegend?"

„Und jetzt sagen Sie schon, welcher von den Männern war es. Welchen haben Sie erkannt?"

„Es war der Glatzkopf. Sein Gesicht sah genau so aus, wie das von dem Typen am Sonntag. Nur dass er keine schwarzen Haare hatte. Aber das könnte durchaus auch eine Perücke gewesen sein."

„Und warum sagen Sie das erst jetzt Herr Gerdes?", fragte Holle.

„Weil er gesagt hat, dass er mich totschlägt, wenn ich ein Wort darüber verliere. Und ich bin mir sicher, dass er Wort hält."

Durch einen Fingerzeig gab Holle seinen Kollegen Fredersen und Vorbeck zu verstehen, kurz in den Nebenraum zu kommen. Dort beauftragte er sie unverzüglich Ben Hobrecht zur Wache zu befördern.

„Und die Sache mit den zweihundert Euro? Was ist damit Herr Gerdes?", fragte Holle.

„Das habe ich mir nur ausgedacht. Irgendetwas musste ich doch sagen. Ja, ich weiß, dass das nicht richtig war. Aber glaubhaft war es allemal, das müssen Sie mir lassen. Meinen Sie, ich habe durch meine Aussage noch einmal die Kurve gekriegt?"

„Vielleicht gerade noch in allerletzter Sekunde Herr Gerdes", sagte Nordmeier.

Sichtlich erleichtert verließ Tore Gerdes das Polizeirevier und machte sich auf den Fußmarsch Richtung Hafen.

Die Luft in der Enge des Raumes wurde knapper. Es war brütend heiß und Mira Lose schwitzte. Krampfhaft versuchte sie sich wach zu halten. Doch immer wieder dämmerte sie kraftlos weg. Sie hatte unsagbaren Durst und wusste nicht, wie lange sie noch durchhalten würde. Inständig hoffte sie, dass bald ein Wunder geschah.

Fredersen und Nordmeier kehrten ohne Ben Hobrecht zur Wache zurück. An der Hotelrezeption hatten sie die Nachricht erhalten, dass Herr Hobrecht bereits abgereist war. Die Herren Steffens und Feldhof aber noch bis zum Ende der Woche eingecheckt waren.

„Das gibt es ja nicht. Das kann doch wohl nicht sein, dass uns dieser Typ jetzt auf den letzten Metern durch die Lappen geht! Wann hat er denn ausgecheckt?", fragte Holle.

„Die Dame an der Rezeption sagte, dass das vor ungefähr einer Stunde war. Heißt also, er kann noch nicht weit gekommen sein."

Schreckensbleich schaltete sich Nordmeier ein.

„Was ist, wenn er nun mit der gleichen Fähre übersetzt, wie unser Gerdes?"

„Das wäre tatsächlich das Schlechteste, was jetzt passieren könnte", entgegnete Holle und wählte unverzüglich die Telefonnummer des Infopoints am Hafen, um herauszufinden, wann die letzte Fähre ablegte und wann die nächste losfährt. Schnell stellte sich heraus, dass sowohl Tore Gerdes als auch Ben Hobrecht, die Fähre, die vor fünfzig Minuten auslief, nicht genommen haben konnten. Umso klarer war, dass sie nun wahrscheinlich gleichzeitig am Hafen standen, um ans Festland überzusetzen.

Unverzüglich preschten Fredersen und Vorbeck in ihrem Dienstwagen zum Hafen. In Folge stand Fredersen am Fußgängergate und Vorbeck an der Autozubringerbrücke. Beide checkten jeden einzelnen Fahrgast, der die Fähre bestieg, inklusive Tore Gerdes, der mehr als verwundert dreinschaute, die beiden Polizisten so schnell wiederzusehen. Doch ein Ben Hobrecht bestieg die Fähre nicht.

Wie ein Leitstrahl tauchte ein Gedanke vor Holles geistigem Auge auf. Wild und hitzig wühlte er in seinen Unterlagen, um diesen einen Satz, der ihm noch im Gehörgang saß, wieder zu finden.

„Hier ist es!", rief er schließlich.

„Ich habe es. Hier! Das ist es, was wir gesucht haben!"

Und da stand es. Im Vernehmungsprotokoll von Tjark Steffens.

„Ich weiß jetzt nicht, was du meinst!", stotterte Nordmeier aufgeregt.

„Da!", sagte Holle und tippte mit seinem Zeigefinger auf die betreffende Stelle. Tjark Steffens hatte zu Protokoll gegeben, dass er bei seinem gescheiterten Besuch bei Rieke Mitfeld, zu Fuß von der Mühlenstraße in den Ortskern zurückgegangen war.

„Ja und? Was ist daran so verwunderlich? Ist doch keine lange Strecke", stellte Nordmeier fest.

„Ist es nicht so, wenn jemand explizit darauf hinweist zu Fuß gegangen zu sein, könnte es sein, dass er damit nur verschweigen will, dass er mit dem Auto gefahren ist. Stimmt es?", stellte Holle fragend in den Raum.

„Stimmt", gab Nordmeier zu. „Wobei mir das eher unwahrscheinlich erscheint. Sollte er aber tatsächlich ein Auto auf der Insel haben, wäre es auch möglich, dass er eine kleine Spritztour gemacht und auf dieser bei der Frau Mitfeld vorbeigeschaut hat.

Oder er wollte einfach nur sagen, dass er nicht mit dem Fahrrad, dem Bus oder dem Taxi unterwegs gewesen ist."

„Richtig!", bestätigte Holle.

„Hast du ihn denn nicht gefragt, ob er mit dem Wagen auf die Insel gekommen ist?", fragte Nordmeier seinen Chef.

„Doch habe ich", entgegnete Holle zerknirscht. „Aber er ist darauf gar nicht wirklich eingegangen, soweit ich mich erinnere und ich habe dummerweise auch nicht weiter nachgefragt", erklärte er.

Wütend über dieses Missgeschick und darüber, wie ihm als gestandenem Hauptkommissar so etwas überhaupt hatte passieren können, ballte er seine Hände zu Fäusten.

„Wir müssen jetzt schnellstens überprüfen, ob der Steffens vielleicht tatsächlich mit seinem Auto auf die Insel übersetzte und wenn ja, wo sein Wagen steht."

„Ich bin gerade vielleicht ein bisschen schwer von Kapee Chef, aber inwiefern sollte uns das weiterbringen?", fragte Nordmeier.

„Das weiß ich auch noch nicht so genau. Ich weiß nur, dass wir dem unbedingt nachgehen müssen", erklärte Holle.

Daraufhin rief Holle Tjark Steffens auf dessen Handy an und fragte ihn schlicht und ergreifend, ob er am vergangenen Samstag mit Auto oder als Fußgänger anreiste.

„Mit dem Wagen, Herr Hauptkommissar. Ich bin nie ohne Auto unterwegs", gab er bereitwillig zu.

„Und wo haben Sie Ihren Wagen abgestellt?", fragte Holle."

„Na, auf einem der Großparkplätze am Hafen. So wie man das hier macht. Wieso?"

„Sie wissen doch, wir müssen alles Erdenkliche in unsere Ermittlungen mit einbeziehen. Und jetzt gerade betrifft das Ihren Wagen. Meinen Sie, wir könnten uns gleich mal am Parkplatz treffen und Sie zeigen uns kurz wo Sie ihr Auto abgestellt haben?

„Natürlich geht das. Ich weiß zwar nicht, wozu das gut sein soll, aber ich habe heute eh nichts Weltbewegendes vor. Mit Boris und Ben treffe ich mich erst wieder zum Abendessen."

„Ach wirklich!"

„Ja. Ist daran irgendetwas verwunderlich?"

„Nein. Natürlich nicht. Entschuldigung. Dann treffen wir uns also gleich am Parkplatz!"

Holle und Nordmeier warteten bereits eine Viertelstunde, als ein abgehetzt und fahrig wirkender Tjark Steffens am Parkplatz eintraf.

„Was ist denn mit Ihnen passiert? Geht es Ihnen nicht gut? Sie sehen schlecht aus", stellte Holle fest.

„Habe die ganze Zeit meinen Autoschlüssel gesucht. Konnte ihn einfach nirgends finden", erklärte Steffens.

„Wo haben Sie ihn denn zuletzt gehabt?"

„Ich hatte ihn Ben gegeben. Gestern. Er hatte sich ein paar neue Sachen gekauft und wollte sie in meinen Wagen legen. Seitdem habe ich den Schlüssel nicht mehr gesehen. Vielleicht habe ich ihn aber auch nur verlegt oder verloren, wobei ich mir das eigentlich gar nicht vorstellen kann."

„Sind Sie sich denn sicher, dass Sie den Schlüssel überhaupt zurückerhalten haben, Herr Steffens?"

„Ich weiß es nicht. Ich weiß gar nichts mehr, Herr Hauptkommissar. Ich dachte eigentlich, Ben hätte ihn mir zurückgegeben. Da muss ich mich dann wohl geirrt haben."

„Am besten, Sie zeigen uns jetzt erstmal Ihren Wagen. Insgeheim meinte Holle einem fürchterlich schrecklichen Gedanken auf die Spur gekommen zu sein, den er jedoch Steffens und dem Kollegen Nordmeier nicht in diesem frühen Stadium mitzuteilen gedachte. Auch hoffte er darauf, dass sich dieser Gedanke in den nächsten Minuten in Luft auflöste, doch das tat er nicht. Stattdessen nahm seine Vorahnung immer konkretere Formen an.

„Das gibt es ja wohl nicht!“, schrie Tjark Steffens. „Er ist weg. Mein Wagen ist weg! Wie kann das denn sein?“

Die Überprüfung, ob für den Pkw eines Tjark Steffens für diesen oder einen der nächsten Tage ein Stellplatz für die Überfahrt nach Norddeich reserviert wurde, kostete Hauptkommissar Holle nur ein Telefonat. Nach nur wenigem Hin und Her und etlichen Belehrungen über Datenschutz und dergleichen stellte sich heraus, dass lediglich für den kommenden Freitag ein Stellplatz reserviert worden war und diese Reservierung von Steffens selbst in Auftrag gegeben wurde.

„Dann muss der Wagen noch auf der Insel sein“, sagte Holle, nachdem er das Gespräch beendet hatte.

„Ich bin ganz durcheinander, Herr Hauptkommissar. Wo ist denn bloß mein Auto?“, fragte Steffens.

„Das wüssten wir auch zu gerne. Kann es sein, dass Ihr Freund Ben Hobrecht damit auf der Insel unterwegs ist?“

„Kann ich mir nicht vorstellen. Dann hätte er mich gefragt, ob er den Wagen nehmen kann. Ungefragt hätte er ihn, glaube ich, nicht genommen. Außerdem habe ich doch die Fahrzeugpapiere in meinem Portemonnaie“, und schon kramte er seine Geldbörse hervor und streckte den beiden Polizeibeamten den Fahrzeugschein entgegen.

„Schauen Sie! Hier!“

„Herr Steffens, ich nehme an, Sie fahren nie ohne Ihre Papiere?“, fragte Nordmeier.

„Natürlich nicht. Das geht doch nicht. Wenn dann mal was passiert und ich habe die nicht dabei, dann kostet das doch gleich. Aber das wissen Sie beide ja am besten“, antwortete Steffens.

„Ich denke, es wird das Vernünftigste sein, wenn Sie jetzt erstmal zurück in Ihr Hotel gehen und sich dort zusammen mit Herrn Feldhof zu unserer Verfügung halten. Sie können versichert sein, dass wir uns in allernächster Zeit wieder bei Ihnen melden.“

„Sie glauben ja wohl nicht, dass ich jetzt untätig im Hotel sitzen und warten werde. Mein Wagen ist gestohlen worden!“

Ein weiteres Mal bat Holle ihn, sich im Hotel aufzuhalten und die Suche nach dem Wagen der Polizei zu überlassen. Doch Tjark Steffens begriff den Ernst der Lage nicht. Erst als Nordmeier sagte: „Herr Steffens, es könnte möglich sein, dass Sie sich unnötig in Gefahr begeben, wenn Sie nach Ihrem Auto suchen“, lenkte er ein, verstand aber immer noch nicht, was an der Suche nach seinem Auto so gefährlich sein sollte.

„Na gut. Wenn Sie meinen“, stöhnte er genervt. „Dann bleib ich eben im Hotel. Aber Sie sagen mir wirklich sofort Bescheid, wenn Sie den Wagen gefunden haben. Darauf kann ich mich verlassen oder?“

„Das ist doch selbstverständlich, Herr Steffens. Sie erfahren es als Erster“, beruhigte ihn Nordmeier.

„Und wenn Sie Herrn Hobrecht sehen, rufen Sie uns sofort an.“

Tjark Steffens willigte auch darin ein, obwohl er keinen blassen Schimmer hatte, was sein Freund Ben mit dem Verschwinden seines Autos zu tun haben sollte.

Wieder zurück auf der Wache rief Hauptkommissar Holle Ben Hobrecht auf seinem Handy an, doch wie er es nicht anders erwartet hatte, schaltete sich augenblicklich die Mailbox ein.

„Genau das habe ich mir gedacht“, sagte er zu seinem Team.

„Wir müssen jetzt schleunigst diesen Wagen und den Hobrecht finden. Ich bin mir ziemlich sicher, wenn wir den haben, finden wir auch Kollegin Lose.“

„Verstehe ich Sie richtig“, fragte Vorbeck „Sie denken, der Hobrecht ist verantwortlich für ihr Verschwinden?“

„Ja. Und nicht nur das. Sehr wahrscheinlich hat er auch Eva Kaiser auf dem Gewissen und ist für den Überfall auf Rieke Mitfeld verantwortlich“, erklärte Erwin Holle.

„Na worauf warten wir dann noch", fragte Fredersen gehetzt, woraufhin Holle seinem Team genaueste Anweisungen gab.

„Sie Vorbeck nehmen das Dienstfahrrad und fahren das Zentrum ab. Fredersen, Sie sind so freundlich und bemühen bitte nochmal ihren Käfer und fahren das Gebiet längs dem Nordstrand und die Siedlungsstraßen ab. Jannis, du nimmst den Dienstwagen, der gerade aus der Werkstatt zurück ist und schaust dich am Hafen und umzu um. Ich selbst nehme den anderen und werde mich am Flugplatz und am Inselende umschauen."

20. Kapitel

Tjark Steffens kehrte zwar zum Hotel zurück, jedoch nur, um sich mit seinem Freund Boris Feldhof zu beraten.

„Und was willst du nun tun?“, fragte Boris, als er vom Verschwinden des Wagens hörte.

„Na, auf jeden Fall nicht untätig hier herumsitzen, wie dieser Hauptkommissar es von mir verlangt. Und du ja wohl auch nicht“, entgegnete Tjark.

„Aber wenn die Polizei es dir doch verboten hat, dich einzumischen, dann solltest du das auch nicht tun“, belehrte er ihn.

„Ist das jetzt mein oder deren Auto? Weißt du überhaupt, wie lange ich für den gespart habe“, empörte er sich.

„Der ist auf Heller und Cent bezahlt. Nichts mit Leasing oder so“, schnaubte Steffens.

„Und wie kommen die überhaupt darauf, dass Ben den Wagen genommen haben soll?“, fragte Boris neugierig.

„Weil ich die Autoschlüssel nicht finden konnte und er sie zuletzt hatte“, erklärte ihm Tjark.

„Aber das können die doch erst gewusst haben, als du ihnen das gesagt hast“, überlegte Boris laut.

„Nein! Das kann es nicht sein. Die haben irgendetwas herausgefunden, von dem wir noch nichts wissen. Und deswegen steht Ben jetzt unter Verdacht den Wagen gestohlen zu haben.“

„Verstehe ich alles nicht. Ist mir aber auch egal. Ich gehe jetzt trotzdem los und suche. Ob die Polizei das nun will oder nicht. Und du kommst mit“, befahl Tjark Steffens seinem Freund.

„Ich weiß nicht“, sagte dieser und überlegte angespannt. „Mir ist nicht ganz wohl bei der Sache. Außerdem haben die doch zu dir gesagt, dass du dich vielleicht in Gefahr bringst, wenn du nicht im Hotel bleibst. Nein, Tjark, beim besten Willen. Ich bleib hier.“

„Du bist mir vielleicht ein schöner Freund. Ich wusste gar nicht, was du für ein Schisser bist. Aber ich kann dich natürlich nicht zwingen."

Enttäuscht zog Steffens ab und verließ das Hotel.

Eine Insel nach einem Auto abzusuchen stellte für Hauptkommissar Holle kein Problem dar. Da hatte er in der Vergangenheit schon viel schwierigere Aufgaben zu bewältigen gehabt. Außerdem sollte ein stahlblauer Audi Cabrio wohl schnell zu finden sein. Auch glaubte er nicht, dass mehr als eines von diesem Exemplar derzeit auf der Insel umherfuhr.

Kurz bevor sich die Straße in Fahrtrichtung links, Richtung Ostbadestrand und Fahrtrichtung rechts, Richtung Leuchtturm gabelte, klingelte sein Handy und Nordmeiers aufgeregtes Stottern tönte durch die Freisprechanlage.

„Da war…, da war…, da war eben ein Anruf. Mit der Ru…Ru… Rufumleitung vom Telefon der Dienststelle."

„Langsam. Ruhig. Wer hat angerufen?", versuchte Holle ihn zu beruhigen.

„Ein Lu…Lu…Ludwig Schramm. Der sagte, dass am Parkplatz Ostheller, das soll irgendwo am Inselende sein, schon seit gestern ein Sportwagen herumsteht und das ihm das irgendwie komisch vorkommt", erklärte Nordmeier.

„Am Ostheller sagst du?", fragte Holle sicherheitshalber nach.

„Ja, er faselte etwas von Inselwildnis im Wilden Osten. Ist ein komischer Typ. Weiß ich nicht, ob wir dem glauben sollten."

„Jannis! Wilder Osten. So nennt man hier den letzten Inselzipfel. Da ist Natur pur. Da kannst du noch sehen, wie das Meer und die Winde die Landschaft geformt haben. Früher wurde dieses Gebiet landwirtschaftlich genutzt, dazu wurden Entwässerungsgräben angelegt. Die gibt es heute noch, obwohl dort keine Felder mehr bestellt werden" erklärte Holle und redete sich dabei richtig in Schwung.

„Na, dann muss ich mir das wohl mal angucken, wenn wir den Fall hier in trockenen Tüchern haben. Mit dem Auto bin ich ja sicher schnell am Inselende", mutmaßte Nordmeier.

„Das kannst du mal ganz schlank vergessen, mein Lieber. Ab „Ostheller" geht es nur noch zu Fuß weiter. Dauert knappe drei Stunden, bis man den letzten Zipfel der Insel erreicht hat. Da sind noch nicht mal mehr Fahrräder erlaubt. Aber das ist auch gut so. Dieses schöne Fleckchen Erde gehört schließlich der Tier- und Pflanzenwelt. Überall müssen wir Menschen ja nun auch nicht herumstapfen. Auf jeden Fall soll es kein anderes Gebiet auf den Ostfriesischen Inseln geben, wo man besser die Natur beobachten könnte, als dort."

Für einen kleinen Moment hielt er in seinem Redefluss inne, dann fiel ihm noch etwas ein.

„Und übrigens, Heller heißt das nicht, weil es dort im Osten besonders hell ist oder weil im Osten die Sonne aufgeht. Das ist schlichtweg ein anderer Name für Salzwiese. Du weißt, die Flächen, die in regelmäßigen Abständen immer mal unter Wasser stehen."

Dann rief Holle sich endlich zur Ordnung, da er merkte, dass er vollkommen ins Schwärmen abdriftete und dazu eigentlich überhaupt keine Zeit war.

„Aber jetzt mal zurück zu dem Schramm. Hast du ihn nach der Automarke gefragt?"

„Es ist ein blauer Audi Cabrio."

„Okay", erwiderte Holle und trat aufs Gaspedal.

„Ich bin gleich dort. Wo ist dieser Ludwig Schramm jetzt? Du hast ihm doch sicher gesagt, dass er vor Ort bleiben soll."

„Natürlich habe ich das."

„Gut, dann können wir nur hoffen, dass er dem auch nachkommt und nicht etwa schon mit seinem Fernrohr durch die Dünen robbt."

Ein weiteres „Okay", tönte in den Hörer und die Aufforderung an Nordmeier, Ruhe zu bewahren und vorerst die ihm zugeteilte Umgebung weiter abzusuchen.

„Sollte es sich tatsächlich bei dem Cabrio um den Wagen vom Steffens handeln, melde ich mich sofort wieder. Bis dahin schaust du dich weiter um, wie wir es abgesprochen haben." Doch Nordmeier reagierte nicht sofort, daher hakte Holle nach.

„Hast du verstanden? Du machst weiter wie besprochen und ziehst keine voreiligen Schlüsse."

Holle beendete das Gespräch und preschte in Richtung Ostheller. Sein Gedankenkarussell kreiste nicht nur um den auffällig gewordenen, verlassenen Wagen, den der Naturfreund ihnen gemeldet hatte. Immer wieder dachte er auch an dieses ominöse Wrack im Inselosten, das als heimliches Wahrzeichen der Insel galt. Zwar hatte er schon darüber gelesen, es selber aber noch nie gesehen. Selbstredend war ihm klar, dass er es sicherlich auch in diesem Urlaub aus Zeitgründen nicht sehen würde. Trotzdem, falls noch irgendwo dieser Tage einige Stunden Luft wären, könnte er es wagen dorthin zu wandern. Vielleicht sogar gemeinsam mit Nordmeier. Oder besser ohne ihn. Denn sonst würde er sich nur gezwungen fühlen, diesem Inselunkundigen alles Mögliche über Norderney zu erklären. Dazu war solch eine Wanderetappe eigentlich viel zu schade. Wenn er sich schon auf den Weg machen würde, wollte er die Stille der Natur auch genießen. Keinesfalls wollte er sich in seine Ruhe hineinquatschen lassen. So viel stand fest.

Bereits mehrere Male hatte Ludwig Schramm den Sportwagen umrundet und sich gefragt, wer solch ein Wahnsinnsauto hier am Inselende einfach so stehen ließ. Schon am Vortag, als er auf dem Weg Richtung Inselosten am Parkplatz vorbeigekommen war, war es ihm aufgefallen. Und bis jetzt, vierundzwanzig Stunden später, hatte es scheinbar niemand vom Fleck bewegt.

Ebenso merkwürdig schien ihm, dass auf dem Beifahrersitz ein aufgeklappter Laptop lag. Schließlich wusste doch schon jedes Kind, dass man Wertsachen besser nicht im Auto offen herumliegen ließ. Schon gar nicht einen Laptop. Obwohl, wenn er sich ihn so ansah, würde dieses in die Jahre gekommene Gerät wohl niemand mehr stehlen wollen. Zwar war er kein Fachmann auf diesem Gebiet, aber dass das verstaubte Teil kein Hingucker mehr war, erkannte sogar er.

Als Hauptkommissar Holle wenig später auf besagtem Parkplatz eintraf, umkreiste Ludwig Schramm gerade zum wiederholten Mal den Wagen und spähte erneut durch die Fensterscheiben.

Schon von weitem erkannte Holle den Wagen als den gesuchten. Das Kennzeichen leuchtete ihm sonnenbeschienen entgegen und jetzt konnte er mit Gewissheit behaupten, dass es sich um den Wagen von Tjark Steffens handelte. In der Hoffnung, dass Nordmeier und Vorbeck ihr Handy am Mann trugen, schrieb er ihnen die Nachricht, sofort am Ostheller zu erscheinen. Fredersen rief er an.

„Und bringen Sie Werkzeug mit, Fredersen. Am besten eine Brechstange, wenn Sie so etwas auf die Schnelle auftreiben können." Dann ging er auf den am Auto wartenden Mann zu.

„Sie müssen Herr Schramm sein", sagte Holle gehetzt, streckte seinem Gegenüber die Hand zum Gruß entgegen und versuchte seine innere Hochspannung, die einem Mix aus Ungeduld und maßloser Besorgnis gleichkam, im Zaum zu halten.

„Ja. Und wer sind Sie, wenn ich fragen darf?"

„Ach, Verzeihung", sagte Holle, zeigte ihm kurz seine Polizeimarke, dann ging er um den Wagen herum und überprüfte, ob er abgeschlossen war. Auch klopfte er auf den Kofferraum, doch aus dem Innenraum war nichts zu hören, was Holle nur wenig erleichterte. Erst dann wandte er sich wieder an Schramm und stellte sich ordnungsgemäß vor.

„Hauptkommissar Erwin Holle, Kripo Aurich. Sie haben diesen Wagen hier entdeckt, Herr Schramm?"

„Ja. Wissen Sie", begann dieser, „ich komme hier jeden Tag vorbei. Ich bin Naturbeobachter und die letzten Tage eigentlich immer hier am Inselende unterwegs. Habe da einige richtig schöne Naturaufnahmen gemacht. Der Lichteinfall ist die Tage ja auch geradezu perfekt. Aber das interessiert Sie wohl jetzt nicht."

„Gewöhnlich schon, heute jedoch eher nicht", merkte Holle an. „Und den Wagen haben Sie schon gestern hier stehen sehen?", fragte er weiter.

„Ja, der steht seit gestern hier. Ist vielleicht übertrieben, dass ich gleich die Polizei gerufen habe, aber so ein tolles Auto hier auf dem letzten Parkplatz der Insel und dann noch mit einem Laptop auf dem Beifahrersitz!", erklärte Schramm kopfschüttelnd.

„Das war goldrichtig, dass Sie uns sofort informiert haben. Vielen Dank", entgegnete er, wischte sich die Schweißperlen von der Stirn und wandte sich wieder dem Auto zu, kontrollierte nochmals jeden Türgriff, doch der Wagen war verschlossen.

Gerade als Holle zum wiederholen Mal auf den Kofferraum klopfte und sein Ohr lauschend an den Kofferraumdeckel hielt, kam Nordmeier, dicht gefolgt von Fredersen, der zwischenzeitlich Vorbeck auf seiner Fahrradrunde eingesammelt hatte, mit quietschenden Reifen auf den Parkplatz geschossen. Fredersen sprang aus seinem Käfer und bugsierte verschiedene Werkutensilien aus dem Wagen.

„Haben Sie so etwas schon mal gemacht Fredersen? Können Sie den Kofferraum damit aufhebeln?", rief ihm Holle entgegen und deutete auf die Brechstange, die Fredersen in der Hand hielt.

„Nun, was glauben Sie denn? Das ist eine meiner leichtesten Übungen", und sofort setzte er das Eisen fachmännisch an.

Unruhig wanderte Boris Feldhof in seinem Hotelzimmer auf und ab. Ein ums andere Mal fragte er sich, ob er seinem Freund nicht doch bei der Suche nach dessen Auto hätte unterstützen müssen. Aber ein unbestimmtes, nicht greifbares Gefühl hatte ihn davon abgehalten. Auch, dass er Ben auf seinem Handy nicht erreichen konnte, empfand er als äußerst mysteriös. Aber auch daran ließ sich nichts ändern. Doch irgendetwas musste er tun. Schließlich tat er, was schon längst überfällig war. Er rief Rieke Mitfeld an, wollte sich nach ihr erkundigen, wissen, wie es ihr ging nach diesem grässlichen Überfall.

Statt Rieke nahm jedoch eine ihm unbekannte Frau den Anruf entgegen, stellte sich ihm als ihre Freundin vor und wimmelte ihn mit den Worten „Frau Mitfeld möchte Sie nicht sprechen. Rufen Sie einfach nicht mehr an" ab und legte auf.

Entgeistert saß Feldhof auf der Kante seines Hotelbetts und fragte sich, was er nur getan hatte, dass sie ihn nicht sprechen wollte. Schließlich entschloss er sich seinen Mitschüler Ulf Stikkert anzurufen und ihn nach seiner Einschätzung der Geschehnisse der letzten Tage zu befragen. Aber auch dieses Vorhaben erstickte im Keim, als ihm einfiel, dass der Festnetzanschluss von seinem ehemaligen Mitschüler tot war und dieser sich auch nicht im Besitz eines Handys befand.

Zerknirscht fragte er sich, was er noch tun konnte, denn weiterhin unnütz im Hotel herumzusitzen machte ihn ebenso wahnsinnig, wie die Tatsache, dass es immer noch nicht geklärt war, wer Eva umgebracht und Rieke überfallen hatte. Auch verstand er nicht, wohin sein Freund Ben Hobrecht verschwunden war und warum der Wagen von Tjark gestohlen wurde. Und was die Polizei überhaupt von Ben wollte, erschloss sich ihm ebenfalls nicht im Geringsten.

Letztlich gestand er sich ein, dass er auf der Insel zu nichts nütze war und wählte die Telefonnummer der Norderneyer Polizei. Mehrere Male knackte es in der Leitung, was ihn den Eindruck gewinnen ließ, dass die Herren Polizeibeamten wohl eine

Rufweiterschaltung aktiviert hatten. Dann dröhnte ihm auch schon die Stimme des Polizeibeamten Vorbeck ins Ohr.

„Herr Feldhof, was ist? Fassen Sie sich kurz. Sie rufen ziemlich ungünstig an."

Zügig stellte er seine Frage.

„Ob Sie die Insel verlassen können möchten Sie wissen? Herrje! Ich kann es Ihnen natürlich nicht verbieten", zischte Vorbeck hitzig in den Hörer.

Irgendetwas gefiel Boris Feldhof an dem Tonfall dieses Polizeibeamten nicht. Er hatte gestresst geklungen. Nein, eher erschüttert. Fast als habe er gerade eine schlimme Entdeckung gemacht. Von Neugier getrieben verbannte Feldhof daher seine Abreisegedanken vorerst, verließ sein Hotelzimmer und begab sich an die hauseigene Bar.

Unzählige Stunden hatte Ulf Stikkert bereits damit verbracht, aus dem Fenster zu spähen, im Treppenhaus zu stehen, auf jedes Geräusch zu horchen, um nur nicht seinen Vermieter bei dessen Rückkehr von der Insel zu verpassen.

Gerade als er sich an seinem schlüssellosen Briefkasten zu schaffen machte, traf Gerdes ein.

„Na endlich!", seufzte ihm Stikkert entgegen. „Das hat ja ewig gedauert."

Doch Gerdes ignorierte ihn und verschwand in seiner Wohnung, noch bevor Stikkert ihn fragen konnte, ob die Norderneyer Polizei die Vorfälle hatte klären können.

Angetrieben von seiner Unwissenheit, begab er sich zu dessen Wohnungstür und klingelte Sturm.

Was ist?", blaffte Gerdes ihn sofort nach Öffnen der Tür an. „Wollen Sie endlich ihre Mietschulden begleichen oder was?"

„Nein, leider noch nicht. Ich wollte nur mal fragen, ob es Neuigkeiten gibt von..., Sie wissen schon. Von den Vorfällen auf

Norderney. Hat die Polizei den Täter geschnappt, der die Eva Kaiser umgebracht hat?“

Mit weit aufgerissenen Augen starrte Tore Gerdes sein Gegenüber an.

„Wovon reden Sie Stikkert? Phantasieren Sie, oder was? Was faseln Sie denn da von einem Mord?“, fragte er verwundert.

„Ach! Das ist ja mehr als seltsam. Sagen Sie bloß, Sie haben davon gar nichts mitbekommen. Wieso sind Sie dann überhaupt rüber auf die Insel? Hat die Polizei Ihnen denn nichts gesagt?“, fragte er.

Tore Gerdes wusste tatsächlich nichts. Weder wusste er von der Ermordung von Eva Kaiser noch von dem Überfall auf Rieke Mitfeld. Und von dem Verschwinden der Polizeibeamtin Mira Lose hatte er auch keine Ahnung.

„Nun mal langsam. Was habe ich denn damit zu tun?“, fragte Gerdes und bat ihn tatsächlich in seine Wohnung.

„Sie haben meinen Laptop weggegeben. Das ist das Problem. Wahrscheinlich genau an die Person, die für diese ganzen furchtbaren Vorkommnisse verantwortlich ist“, erklärte Ulf Stikkert.

„Verstehe ich nicht. Was hat denn Ihr Laptop damit zu schaffen?“

„Da waren Geschichten drauf abgespeichert“, begann Ulf Stikkert zu erklären.

„Das denke ich mir. Schließlich schreiben Sie ja für diese lächerliche Zeitschrift.“

„Nein, um die Geschichten geht es gar nicht. Ich habe da etliche Krimis geschrieben. Um die geht es.“

Verwundert schaute Gerdes ihn an. Schließlich fragte er: „Ja und? Was ist mit denen?“

„Das hört sich jetzt sicherlich ziemlich irre an, aber genau das, was ich in einem dieser Krimis geschrieben habe, ist auf Norderney vorgefallen“, endete er.

„Das gibt es ja nicht. Wie geht das denn? Und ich dachte, Sie schreiben nur diese komischen Liebesgeschichten für das

Klatschblatt. Das würde ja heißen, dass dieser Typ, der mir den Laptop abgenommen hat…", doch er brachte den Satz nicht zu Ende.

„Ja, genau das heißt es", bejahte Ulf Stikkert kopfnickend. „Sehr wahrscheinlich hat dieser Kerl all das auf dem Kerbholz."

Entgeistert beäugten die beiden Männer sich und stellten getrennt voneinander fest, dass Sie sich gar nicht mal so unsympathisch waren, wie Sie lange Zeit dachten.

„Ich habe ihn erkannt", sagte Gerdes schließlich und Ulf Stikkert hatte alle Mühe das Zittern in seiner Stimme zu unterbinden.

„Und? Wie heißt der Kerl?", fragte er.

„Das weiß ich nicht. Auf jeden Fall habe ich ihn bei der Gegenüberstellung erkannt. Er hatte zwar keine schwarzen Haare, sondern eine Glatze, aber, dass er es war, da bin ich mir zu hundert Prozent sicher.

„Eine Glatze?", fragte Stikkert erschrocken.

Im Folgenden erzählte Tore Gerdes ihm in allen Einzelheiten, wie sich dessen Begegnung mit dem Unbekannten zugetragen hatte. Auch beschrieb er ihn, so gut er konnte. In Folge dessen verschwand Ulf Stikkert kurzzeitig in seiner Wohnung und kam mit einem Foto der letzten Klassenfeier vor fünf Jahren zurück.

„Erkennen Sie den Mann irgendwo auf diesem Bild?, fragte er aufgeregt und Gerdes beäugte das Foto intensiv.

Schließlich zeigte er auf die entsprechende Person.

„Hobrecht", schoss es aus Ulf Stikkert heraus.

„Ben Hobrecht."

„Was? Sie kennen den?", fragte Gerdes entsetzt.

„Sie kennen einen, der so etwas macht?"

Doch Ulf Stikkert hörte nicht, was Tore Gerdes sagte, stattdessen fragte er ihn, ob er kurz mal sein Telefon benutzen konnte, zückte die Visitenkarte von Jannis Nordmeier und rief ihn an.

Statt Nordmeier meldete sich auf dessen Handy jedoch Bernd Vorbeck. Aber das war Stikkert im Grunde genommen gleich.

Was er zu sagen hatte, konnte er genauso gut einem anderen Polizeibeamten mitteilen.

Das Telefonat gestaltete sich kürzer als gedacht und letzten Endes war Ulf Stikkert nicht schlauer als zuvor.
Weder hatte er vom Polizeibeamten Vorbeck eine Bestätigung erhalten, dass die Polizei nach Ben Hobrecht suchte, noch wollte dieser ihm Auskunft über den Stand der Ermittlungen geben. Mit einem knappen „wir melden uns bei Ihnen, wenn es so weit ist, Herr Stikkert“, beendete Vorbeck das Telefonat.

21. Kapitel

Das Kofferraumschloss knackte markerschütternd, Hauptkommissar Holle hob den Kofferraumdeckel an und all seine Befürchtungen wurden grausame Realität. Der nicht gerade sehr geräumige Innenraum war gefüllt mit Dünensand. Augenblicklich begannen die Männer den Sand mit den Händen aus dem Kofferraum herauszuschaufeln. Schon nach wenigen Griffen, fühlten sie den Körper einer scheinbar leblosen Person und hoben ihn heraus.

„Mira!", schrie Nordmeier voller Entsetzen, entfernte den Jutesack von ihrem Kopf und beugte sich über sie. Doch sie hörte ihn nicht. Mit zitternden Händen befreite er sie vorsichtig von dem Knebel, der mittlerweile an dem geronnenen Blut ihrer Mundwinkel festklebte. Immer wieder tätschelte er ihr die Wangen, doch sie bliebt ohne Bewusstsein. Indes durchtrennten Holle und Fredersen die Kabelbinder, mit denen sie an Händen und Füßen gefesselt worden war.

„Atmet sie?", fragte Holle gehetzt.

„I…I…ich weiß es nicht", antwortete Nordmeier verwirrt.

„Lassen Sie mich da mal ran", sagte Fredersen und schob seine Kollegen unsanft zur Seite.

Auch Vorbeck hatte sich nützlich gemacht, den Rettungswagen alarmiert und den Verbandskasten aus dem Dienstfahrzeug geholt.

„Sie lebt!", rief Fredersen. „Ich fühle ihren Puls."

„Gott sei Dank!", entfuhr es Nordmeier, der sich kaum mehr auf den Beinen halten konnte.

„Wasser!", zischte Fredersen. „Wir brauchen Wasser!"

Sofort rannte Vorbeck zum Streifenwagen und holte eine Flasche Mineralwasser, die er vorsorglich immer dabeihatte, gab sie Fredersen, der damit eine Mullbinde aus dem Verbandskasten tränkte und Mira Lose die Stirn kühlte.

„Sie ist ganz heiß. Ich glaube, sie fiebert!", sagte er.

„Ist ja kein Wunder. Bei 35 Grad Außentemperatur muss es eine irre Hitze da drin gewesen sein. Ein Wunder, das sie das überlebt hat", entgegnete Holle.

Endlich bog der Krankenwagen auf den Parkplatz, zügig machten die Sanitäter sich ein Bild vom Zustand der Polizeibeamtin, hoben sie auf eine Trage und fuhren mit ihr und Nordmeier als Begleitperson ebenso schnell davon, wie sie gekommen waren.

Wie ein Fremdkörper stand der staubige alte Laptop auf dem Schreibtisch im Vernehmungsraum der Norderneyer Dienststelle.

„Machen Sie mir mal eine Verbindung zu dem Stikkert in Norddeich", forderte Holle Vorbeck auf.

„Aber das geht doch nicht. Der hat doch seine Telefonkosten nicht bezahlt", entgegnete Vorbeck.

„Mann, nun seien Sie doch mal kreativ. Dann rufen Sie eben den Gerdes an. Fragen Sie ihn, ob er ein Handy hat. Wenn ja, sagen Sie ihm, dass ich ihm gleich ein Foto schicke und er damit sofort zum Stikkert rübergehen und es ihm zeigen soll."

„Läuft Chef. Habe die Handynummer vom Gerdes. Sie können das Bild jetzt schicken. Und den Stikkert, den habe ich an der Festnetzstrippe vom Gerdes. Wollen Sie ihn jetzt sprechen?", fragte Vorbeck.

„Ja, los, geben Sie schon her", sagte Holle gestresst.

„Da kommt jetzt gleich ein Foto auf dem Handy vom Gerdes an, Herr Stikkert. Wenn Sie sich das jetzt sofort mal anschauen und mir sagen, ob es sich bei dem Laptop, den wir gefunden haben, um den Ihrigen handelt."

„Das ist er. Kein Zweifel. Zu einhundert Prozent. Sehe ich sofort. Der hat eine Macke oben rechts. Sehen Sie, da ist was abgeplatzt. Ist mir mal runtergefallen", erklärte er.

„Gut“, stöhnte Holle. „Ihr Passwort! Geben Sie mir ihr Passwort!“, und Stikkert zögerte nicht lange und gab bereitwillig sein Passwort heraus.

Nachdem Holle sich eingeloggt hatte, dirigierte er die Maus auf dem Bildschirm. Öffnete jede erdenkliche Datei, fand schließlich den Ordner mit Namen „das Grauen“ und öffnete auch diesen. Unerwarteterweise war der Ordner nicht, wie Ulf Stikkert versichert hatte, randvoll mit Geschichten, sondern lediglich ein Fragezeichen sprang Holle entgegen. Er öffnete es und ein leuchtend gelber Smiley in Übergröße grinste ihm vom Bildschirm entgegen.

„Scheiße!“, zischte er.

„Was ist?“, fragte Ulf Stikkert am anderen Ende hörbar unruhig. „Was haben Sie?“

„Da ist nichts drin. Nur ein riesiger Smiley.“

„Was?“, kreischte Stikkert in den Telefonhörer. „Nichts? Das kann nicht sein. Öffnen Sie den Ordner, Herr Hauptkommissar. Das Fragezeichen. Sie müssen das Fragezeichen öffnen. Da ist der Krimi drin.“

„Habe ich, Herr Stikkert. Nur ein riesiger gelber Smiley. Sonst nichts. Der Ordner ist leer.“

Erschüttert saß Ulf Stikkert am Küchentisch von Tore Gerdes, schüttelte seinen Kopf und stammelte vor sich hin.

„Monatelange Arbeit. Alles umsonst. Alles weg. Nix mehr da. Da kann ich mir ja auch gleich einen Strick nehmen“, und drückte Tore Gerdes den Telefonhörer in die Hand.

„Hallo! Herr Stikkert“, rief Holle in den Hörer. „Sind Sie noch dran?“, und Tore Gerdes meldete sich zu Wort.

„Ich bin es, Herr Hauptkommissar. Gerdes. Der Herr Stikkert ist wohl gerade etwas unpässlich. Ich weiß ja nicht, was Sie ihm erzählt haben, aber eines sage ich Ihnen. Sie haben ihn mit Ihrer Durchsage voll aus den Latschen geschossen.“

„Das denk ich mir. Geben Sie ihn mir trotzdem nochmal“, woraufhin Tore Gerdes den Hörer an Ulf Stikkert zurückgab.

„Herr Stikkert. Ich weiß, dass Sie jetzt geschockt sind. Aber Sie müssen sich jetzt zusammenreißen. Denken Sie nach. Sie sind doch Schriftsteller. Sie sagten, Sie hätten die Geschichte noch nicht zu Ende gedacht. War es nicht so, dass Sie noch einen zweiten Teil schreiben wollten, in dem die Polizistin gefunden wird? Stimmt das?“, fragte er und Ulf Stikkert nickte in den Hörer.

„Herr Stikkert! War das so?“, fragte Holle erneut und erntete ein knappes „Ja.“

„Haben Sie mit irgendjemanden darüber gesprochen? Haben Sie irgendwem von Ihren Plänen erzählt?, fragte Holle.

Doch Ulf Stikkert starrte nur vor sich hin und es dauerte eine ganze Weile, ehe er bereit war zu antworten.

„Ich weiß ja, dass man das als Autor nicht macht. Liest man in jedem Handbuch für angehende Schriftsteller. Aber, um Ihre Frage zu beantworten. Ja, ich habe das getan. Ich habe auf der Klassenfeier meinen Leuten erzählt, was ich vorhabe. Aber auch wirklich nur denen. Niemanden sonst. Das schwöre ich.“

Erwin Holle merkte, wie er puterrot anlief. So ein dummer Autor war ihm überhaupt noch nicht untergekommen. Wenn er darüber nachdachte, hatte er eigentlich noch nie eine Begegnung mit Menschen die Bücher schrieben. Umso schlimmer, einen Schriftsteller genau in solch einer Situation kennen zu lernen.

„Das war nicht klug von Ihnen Herr Stikkert. Das wissen Sie!“, stellte Holle nochmals fest. „Was also haben Sie Ihren Bekannten, Freunde möchte ich sie gar nicht nennen, denn nun erzählt. Doch nicht etwa den ganzen ersten und den noch nicht geschriebenen zweiten Teil des Krimis?“

„Nein. Nicht alles, Herr Holle. Wirklich nicht alles. Nur so ein paar Einzelheiten.“

„Und die wären?“, fragte Holle genervt.

„Soweit ich mich erinnere, habe ich von der toten Frau am Strand erzählt und von dem Plan, dass im zweiten Teil ein gestohlenes Auto aus dem Norderneyer Hafenbecken gefischt werden soll. Ganz vielleicht habe ich auch noch von einer skelettierten Leiche einer Frau erzählt. Aber mehr nicht, Herr Hauptkommissar."

Ein Schauer lief dem gestandenen Hauptkommissar über den Rücken und er schüttelte sich, als würde er frieren. Er war geschockt, dass der mutmaßliche Täter es geschafft hatte, den Krimi, den Ulf Stikkert erdacht hatte, fast bis zum Ende zu bringen. Auch war er unglaublich froh, dass es ihm und seinem Team gelungen war, den Wagen von Tjark Steffens noch vor Einbruch der Dunkelheit zu finden. Nicht auszudenken, wenn sie ihn nicht gefunden hätten.

Schließlich verabschiedete er sich von Stikkert, dankte ihm und Gerdes für die Hilfsbereitschaft, legte auf und wandte sich seinem Team zu.

Mittlerweile war auch Tjark Steffens mit dem Leihfahrrad am Ostheller Parkplatz angekommen. Mit Schrecken sah er seinen geliebten Audi, umringt von mehreren in weißen Anzügen gekleideten Personen, die seinen Schatz einer genauen Untersuchung unterzogen. Beim Näherkommen sah er, wie übel zugerichtet der Kofferraum und die Beifahrertür seines Wagens waren, meinte die Welt nicht mehr zu verstehen und lieferte sich ein Gemetzel mit den Beamten der Spurensicherung, woraufhin diese ihn sofort des Platzes verwiesen.

Zornig trat Steffens in die Pedale und preschte durch die Dünen zurück Richtung Stadt. Wutentbrannt betrat der das Polizeirevier und fauchte darauf los.

„Verdammte Ratten nochmal. Was haben Sie mit meinem Wagen angestellt? Und warum haben Sie mir nicht Bescheid gegeben, dass Sie ihn gefunden haben, Herr Hauptkommissar?"

Doch Holle tangierte das Auftreten des zickigen Tjark Steffens gar nicht. Zu sehr war er mit der Begutachtung eines gerade erhaltenen Briefumschlags ohne Absender beschäftigt. Daher wimmelte er ihn mit den Worten, „Herr Steffens, das tut mir leid mit Ihrem Wagen, aber den müssen Sie jetzt erst noch eine Zeitlang uns überlassen. Das werden Sie sicher verstehen!"

Aber Steffens wollte gar nichts verstehen. Zu wütend war er über diese ganze Situation. Wild gestikulierend und schimpfend verließ er die Wache und Holle und Team wandten sich wieder dem Umschlag zu.

Es war ein brauner großformatiger Umschlag. Abgegeben von einem kleinen Jungen, der für seine Hilfsbereitschaft zwei große Kugeln Schokoladeneis kassiert hatte. Sein beschmierter Mund und auch die Flecken auf dem Umschlag waren ein eindeutiger Beweis dafür. Auf die Frage, wie die Person ausgesehen habe, die ihm den Umschlag gab, antwortete der Junge nur, „wie Papa", und schleckte sich dabei die letzten Schokoladenreste vom Handrücken. Sofort frage Holle nach.

„Aber es war nicht dein Papa, oder?", und der Junge antwortete: „Nein, der ist doch bei der Arbeit", was alle im Raum befindlichen Beamten beruhigte.

Schließlich bekam er aus dem Kleinen heraus, dass der Mann so groß wie Vorbeck war und schwarze Haare hatte. Auch eine Sonnenbrille und ein Cappy soll er aufgehabt haben.

Mit einer Handvoll Bonbons und der Ermahnung nicht mit Fremden mitzugehen verließ der Junge vergnügt das Polizeirevier.

„Wenn mich nicht alles täuscht, ist Hobrecht tatsächlich unser Mann", stellte Holle fest und riss voller Tatendrang den Umschlag auf, dessen Inhalt einer Ohrfeige gleichkam.

Mehrere Polaroid Fotos zierten die Tischfläche. Fotos von Eva Kaiser, im Wasser liegend, im lebenden und toten Zustand. Fotos von Rieke Mitfeld. Auf einem lag sie bewusstlos auf dem Fußboden in ihrer Wohnung, ein anderes zeigte ihren geschlossenen Kleiderschrank. Fotos von Mira Lose im leeren Kofferraum und eines, von einem mit Sand gefüllten Kofferraum. Letztlich ein Polaroid Bild von Hauptkommissar Holle selbst und seinem Team, am Auto auf dem Ostheller Parkplatz stehend.

„Das schlägt dem Fass den Boden aus", rief er dermaßen wütend aus, dass Vorbeck und Fredersen zusammenzuckten.

„Er ist also noch da. Er ist noch auf der Insel. Und er will, dass wir genau das wissen. Was für ein Psychopath ist der denn eigentlich?", fragte Holle in den Raum.

„Wahrscheinlich wollte er noch die Nacht abwarten, um…"

„Behalten Sie es für sich Fredersen. Wir wissen ja, was dieser Irre wollte", und an beide gerichtet „Sie fahren jetzt schleunigst zum Hafen. Nehmen Sie jeden verdammten Fahrgast, der nach Norddeich übersetzen will unter die Lupe. Wenn Ihnen auch nur im Entferntesten irgendetwas schleierhaft vorkommt…, Anruf genügt", und schon waren Vorbeck und Fredersen aus der Tür.

Holle selbst machte sich auf den Weg zum Hotel, in dem Tjark Steffens und Boris Feldhof eingecheckt hatten. Schon beim Eintreten in die Lobby sah er sie einträchtig an der Bar sitzen und Promille scheffeln. Von einer Befragung der beiden sah er daher ab. Mehr als gestresst verließ er das Hotel wieder. Warme salzige Meeresluft schlug ihm entgegen. Obwohl er eigentlich gar keine Zeit hatte, ging er in Richtung Deich. Er musste jetzt zwingend das Meer sehen. Schließlich machte er wegen dieses Strand- und Dünenpanorama hier Urlaub. Doch wie es jetzt aussah, würde er seine Zeit auf der Insel wohl nicht mehr genießen können. Der Fall zog sich. Mit einer Aufklärung innerhalb der nächsten Stunden rechnete er nicht. Er setzte sich auf eine Bank und beobachtete die vielen glücklichen Menschen, die ihre Inselzeit genossen. Urplötzlich, ohne dass Holle sich überhaupt in irgendeiner Weise angestrengt hatte, schnellte sein Puls in die Höhe und er begann zu zittern. Es spürte das Zittern seiner Hände. Das kannte er schon.

Unterzucker. Er brauchte dringend irgendetwas. Cola, Schokolade, Kekse. Mühsam stand er auf und bewegte sich Richtung Nordstrandkiosk. Mit einer Tafel Schokolade, die augenblicklich begann schneller davonzuschmelzen, als er sie verputzen konnte, sah er zwei alten Herren beim Schachspielen zu. Sie bewegten die übergroßen Schachfiguren auf dem, eigens dafür auf den Boden gedruckten Feldern in einer schneckengleichen Geschwindigkeit. Dass sie dabei nicht einschliefen, glich einem Wunder. Aber sie schienen glücklich. Zumindest folgerte Holle das aus Blicken, die sie ihm zuwarfen. Oder, sie amüsierten sich über etwaige Schokoreste an seinem Mund. Zügig suchte er eine öffentliche Toilette auf und wusch sich das Gesicht mit kaltem Wasser. Das erfrischte. Dann machte er sich auf den Weg zur Wohnung von Rieke Mitfeld. Zwar wusste er nicht, was genau er sie fragen wollte, aber irgendwo musste er nochmals ansetzen.

„Haben Sie Ihren Mitschüler Ben Hobrecht in den letzten Tagen zu Gesicht bekommen, Frau Mitfeld?“, fragte Holle.

„Nein. Nicht dass ich wüsste, Herr Hauptkommissar“, entgegnete diese, nicht jedoch ohne dabei unentwegt an ihren Fingernägeln herumzuknibbeln, was Holle natürlich nicht entging.

„Sind Sie sich sicher, Frau Mitfeld? Überlegen Sie noch mal genau.“

Er sah genau, wie sie mit sich rang, und nahm an, auf etwas gestoßen zu sein. Da war etwas. Eine Kleinigkeit, die sie bisher verschwiegen hatte. Er wusste es. Schließlich mischte sich ihre Freundin Jutta, die zwischenzeitlich übergangsweise bei ihr eingezogen war, in das stockende Gespräch ein.

„Nun sag es doch endlich Rieke“, forderte sie ihre Freundin auf. „Du musst das dem Herrn Hauptkommissar jetzt sagen“, und Rieke Mitfeld pulte weiter an ihren Nägeln und überlegte. Schließlich nahm sie sich ein Herz.

„In der Nacht, also in der Nacht, als ich überfallen worden bin, da…“

„Was da?“, fragte Holle gespannt.

„Es kam mir so vor, als würde ich den Mann kennen, der mich überfiel.“

„Und weshalb haben Sie das nicht schon eher gesagt, Frau Mitfeld? Das ist nicht schlau, wenn Sie uns so etwas vorenthalten?

„Sie hatte Angst, Herr Hauptkommissar“, sprang ihre Freundin ihr zur Seite.

„Ich dachte, es war einer von den Jungs“, sagte Rieke Mitfeld.

„Mit Jungs meinen Sie jetzt Ihre Mitschüler, habe ich recht?“, fragte er nach.

„Ja. Wissen Sie, als der mich in die Wohnung schubste, meinte ich für einen kurzen Moment das Aftershave von Ben gerochen zu haben. Aber ich kann mich natürlich auch irren. Vielleicht war es auch das von Tjark oder Boris, die hatten ja schon immer fast denselben Geschmack. Aber nein, es roch eigentlich etwas süßlicher. Ich denke, es war eher das von Ben.“

„Und deswegen wollten Sie die drei auch nicht sprechen, als Herr Steffens anrief?“

„Ja. Genau. So war es. Ich konnte einfach nicht. Stellen Sie sich doch nur mal vor, ich mach hier Wirbel und beschuldige die drei. Und dann war es keiner von ihnen.“

„Ja, wäre denn das nicht das Allerbeste, Frau Mitfeld?“, fragte Holle.

„Eigentlich schon. Natürlich. Ich hoffe das ja auch. Aber stellen Sie sich vor, die würden das mitbekommen, dass ich sie verdächtige, dann…“

„…dann wäre es mit der Freundschaft wohl aus gewesen“, beendete ihre Freundin den Satz.

„Genau. Außerdem hatte ich Angst. Ach! Ich weiß, ich hätte das alles sofort sagen müssen, aber…“, dann brach sie ab und begann zu schluchzen.

„Ist schon gut, Frau Mitfeld. Jetzt ist es ja raus. Erzählen Sie mir lieber noch etwas über Ben Hobrecht. Fällt Ihnen zu dem vielleicht noch irgendetwas ein? War er eventuell außerhalb der Klassentreffen auch manchmal auf Norderney, vielleicht sogar bei Ihnen? Oder wissen Sie, wo er sich hier aufhalten könnte, wenn er nicht im Hotel ist?"

Erschrocken starrte Rieke Mitfeld den Hauptkommissar an.

„Heißt das, Sie suchen nach ihm? Wollen Sie mir das damit sagen?", fragte sie.

„Ja, wir suchen ihn", entgegnete Holle knapp und Rieke Mitfeld überlegte angestrengt.

„Eigentlich weiß ich relativ wenig über ihn. Sah ihn ja auch nur noch zu den Klassentreffen alle fünf Jahre. Und Sie wissen vielleicht, wie das ist, da erzählt man sich immer nur das Sonnigste. Soweit ich mich erinnere, sprach er nie davon, dass er auch außerhalb der Treffen hier Urlaub machte. Wobei er natürlich genügend Zeit dazu gehabt hätte. Schließlich ist er schon seit längerem in Frührente. Zumindest hat er das gesagt. Hat lange Zeit bei einer Werft in Hamburg gearbeitet. Wie die hieß, kann ich Ihnen aber nicht sagen. Das weiß ich nicht. Auf jeden Fall muss er dort wohl ein ziemlich hohes Tier gewesen sein und viel verdient haben.

„Woran machen Sie das fest?", fragte Holle.

„So, wie er erzählte, hatte er sich gerade einen neuen Wagen gekauft und eine schicke Eigentumswohnung besitzt er auch. Ach ja, und von einem Ferienhaus in Süddeutschland hat er auch geprahlt. Ob das allerdings alles stimmt, das weiß ich nicht. Er kam mir schon etwas überdreht vor, als er davon erzählte. Außerdem hatte er ja auch etwas tiefer ins Glas geschaut. Aber warum fragen Sie nicht einfach seine Frau? Die müsste das doch alles genauer wissen", fragte sie.

Wie vom Blitz getroffen starrte Hauptkommissar Holle Rieke Mitfeld an.

„Was sagen Sie da? Ich soll seine Frau fragen? Er ist doch gar nicht verheiratet."

„Das stimmt natürlich. Er war es aber. Ist schon lange geschieden. Das weiß ich genau. Da gab es vor Jahren bei einem Klassentreffen mal ein unfassbares Trara, weil ihm seine Holde wohl hinterherspionierte und dabei aufflog. Das war vielleicht ein Theater, das sage ich Ihnen."

„Das ist ja unglaublich, Frau Mitfeld. Kennen Sie denn seine Ex näher? Oder wissen Sie vielleicht, wo sie wohnt und wie Sie jetzt heißt?", fragte Holle.

„Warten Sie!" Hastig ging sie zu einem Regal, zog einen Ordner heraus und wühlte darin herum. Mit einem vergilbten Blatt Papier kehrte sie zurück.

„Das ist die Einladung zu seiner Verlobung", erklärte sie.

„Und die haben sie abgeheftet über fünfunddreißig Jahre in einem Ordner. Das nenne ich mal Ordnungssinn", sagte Holle.

„Ich hefte immer alles ab, Herr Holle. Das heißt, zumindest wichtige Sachen. Aber schauen Sie selbst. Hier unten steht ihr Name. Hanne Wegmann. Ich könnte mir vorstellen, dass sie ihren Mädchennamen nach der Scheidung wieder angenommen hat. Aber ihre Telefonnummer, die habe ich nicht. Und wo sie wohnt, weiß ich leider auch nicht."

„Aber Sie haben sie gekannt, oder?"

„Nein. Er hat die Hanne erst nach unserer Schulzeit kennengelernt. Gesehen habe ich sie nie. Wie schon gesagt, wir trafen uns immer nur alle fünf Jahre zu den Klassentreffen. Und mitgebrachte Partner waren ein No-Go."

Wie von der Tarantel gestochen sprang Rieke Mitfeld vom Sofa auf, auf dem sie und Holle zwischenzeitlich Platz genommen hatten und machte sich erneut am Regal zu schaffen. In einer der untersten Schubladen wurde sie fündig und beförderte ein klitzekleines Notizbüchlein zu Tage.

„Hier!", rief sie freudig aus. „Ich wusste doch, dass ich das noch irgendwo habe. Mein Notizbuch."

Ungläubig schaute Holle sie an und fragte: „Ein Notizbuch aus dem letzten Jahrhundert haben Sie auch?"

„Nein. So alt ist das noch nicht. Das ist, glaube ich, erst fünf Jahre. Ja. Genau. Vor fünf Jahren habe ich mir ein neues Handy gekauft und dann habe ich alle meine Kontaktdaten sicherheitshalber auch nochmal in ein Buch übertragen."

Doch nicht nur das Notizbuch war unbeschreiblich, sondern auch die Tatsache, dass Rieke Mitfeld in dem übermäßigen Telefonnummernsammelsurium auch die Telefonnummer einer Bekannten von Hanne Wegmann fand.

„Sie haben also eine gemeinsame Bekannte mit Frau Wegmann?", fragte Hauptkommissar Holle.

„Nein. Das würde ich jetzt nicht sagen. Aber ich war mal mit der Tochter der Nachbarn von Ben und Hanne befreundet. Vielleicht weiß die die Telefonnummer von Hanne oder hat zu ihr noch Kontakt. Einen Versuch ist es auf jeden Fall wert."

Und tatsächlich. Nach einem Anruf bei der früheren Bekannten von Rieke Mitfeld befand Holle sich im Besitz der Handynummer von Hanne Wegmann.

Kurzerhand wählte er die Nummer und Hanne Wegman nahm augenblicklich ab. Nachdem er sich vorgestellt hatte, wurde es schweigsam am anderen Ende. Schließlich fand Hanne Wegmann ihre Sprache wieder.

„Ist die Polizei dem Scheißkerl endlich auf die Schliche gekommen? Ist er endlich aufgeflogen mit seinen Spielchen?", und Erwin Holle fragte sich, in welches Wespennest er mit seinem Anruf gestochen hatte.

Als ihm klar wurde, dass das Gespräch längere Zeit in Anspruch nehmen würde, ging er ins Treppenhaus, wo er jedoch auf Agatha Hocke traf, deren lange Lauscher er nun überhaupt nicht gebrauchen konnte. Schließlich fand er sich auf dem Gehweg vor dem Haus wieder, ging die Mühlenstraße auf und ab und hörte die unglaubliche Lebensgeschichte der Hanne Wegmann.

Hanne Wegmann lernte ihren späteren Ehemann, Ben Hobrecht, im Urlaub kennen. Eigentlich war er eine klassische Zufallsbekanntschaft und sie machte sich damals keine allzu großen Hoffnungen, dass diese kleine Liebelei an der ostfriesischen Nordseeküste von langer Dauer sein würde. Dennoch war es Liebe auf den ersten Blick. Zumindest für sie. Wie seine Gefühle ihr gegenüber tatsächlich gewesen waren, darüber konnte sie heute nur noch mutmaßen. Sie nahm an, dass er sie anfangs wohl ganz reizend gefunden haben mochte und vielleicht war seine Zuneigung an wenigen Tagen oder zumindest eine Zeit lang auch aufrichtig.

Sie selbst hatte alles durch eine rosarote Brille gesehen und war geblendet gewesen von seinem selbstsicheren Auftreten, seinem muskulösen Erscheinungsbild und nicht zuletzt von seinem immer gut gefüllten Geldbeutel. Dass sie ihn und nur ihn gewollt hatte, daran ließ Hanne Wegmann keinerlei Zweifel. Auch daran nicht, dass sie ihm für lange Zeit hörig gewesen war. Zehn endlose Jahre. Zehn verschenkte Jahre, verheiratet mit einem gewaltbereiten psychotischen Tyrann. Zehn Jahre, in denen sie seine Launen ertragen und seinem Willen gehorcht hatte. Einzig um sich nicht einzugestehen, dass es falsch gewesen war, ihn geheiratet zu haben. Um sich nicht die Blöße vor der Familie und allen möglichen anderen Leuten zu geben. Aus heutiger Sicht bezeichnete sie ihr damaliges Denken schlichtweg als kleinkariert und dämlich.

„Wie muss ich mir Ihre Ehe vorstellen und was hat Ihrer Partnerschaft denn letzten Endes den Rest gegeben?", fragte Holle.

„Das wollen Sie gar nicht so genau wissen, Herr Hauptkommissar. Glauben Sie mir", entgegnete Hanne Wegmann.

„Doch. Unbedingt. Erzählen Sie es mir bitte."

„Na gut. Wenn Sie darauf bestehen."

Dann räusperte sie sich, holte tief Luft und begann zu berichten.

„Im Grunde genommen begann das ganze Drama schon kurz nach unserer Hochzeit. Aber, dass es ein Drama war, habe ich damals erst nicht begriffen. Ich war wohl einfach zu verliebt. Ich erinnere mich, dass Ben eines Abends von einer seiner angeblichen Dienstreisen einen Koffer mit Frauensachen mit nach Hause brachte. Dass es diese Fortbildungen und Seminare, von denen er mir immer vorschwärmte, gar nicht gab, das bekam ich erst viel später mit. Jedenfalls schenkte er mir diesen, mit superschicken Klamotten gefüllten Koffer und verlangte, dass ich die Sachen, die er als Entschädigung für seine vielen Dienstreisen extra für mich gekauft hatte, anzog, so oft er mich darin sehen wollte.

Zu Anfang war das nur selten der Fall, später immer öfter. Eigentlich immer wenn er es befahl. Erst habe ich mir noch nichts dabei gedacht und fand es sogar ganz schön. Sah ja auch alles richtig gut aus. Hätte ich mir selbst gar nicht leisten können von meinem kleinen Gehalt, das ich als Verkäuferin erhielt. Trotzdem. Diese Schickimicki-Sachen passten einfach nicht zu mir und auf den Stöckelschuhen konnte ich schon mal gar nicht laufen. Aber ich habe mich nie beschwert. Wann bekommt eine Frau auch schon mal einen ganzen Koffer voll teurer Sachen auf einmal geschenkt? Andererseits ging mir das schon irgendwie auf die Nerven. Aber ich dachte damals noch, dass das eben eine seiner Marotten war und dass sich das mit der Zeit legen würde. Aber das tat es nicht. Als ich dann auch noch ein Foto von einem seiner Klassentreffen fand, auf dem eine der Frauen genau das gleiche trug wie ich, wurde mir schon etwas mulmig. Natürlich habe ich erstmal gedacht, er hätte mit der eine Affäre und habe ihm hinterherspioniert.

Bin ihm dann nach Hamburg hinterher gereist und habe gesehen, wie er immer ein und derselben Frau auflauerte. Das war eine aus seiner Abschlussklasse. Eva hieß sie glaube ich. Und wenn er von diesen Ausflügen zurückkam, hatte er immer einen neuen Koffer dabei. Sie denken es sich, was da drin war, oder? Ich sah dann die nächsten Tage aus, wie diese Eva. Wie er es geschafft hat, genau die gleichen Sachen aufzutreiben, die sie anhatte, ist mir bis heute schleierhaft. Aber so war es, Herr Hauptkommissar."

Holle wusste nicht, ob er Hanne Wegmann alles abkaufen sollte, was sie ihm erzählte, so unwahrscheinlich klang ihre Story. Aber auf Nachfrage versicherte sie ihm, dass all das, was sie ihm preisgab, der Wahrheit entsprach, so unglaublich es sich auch für ihn anhörte.

„Und sind Sie ihm zufällig auch nach Norderney hinterher gereist?", fragte Holle.

„Ja, auch das Herr Hauptkommissar. Da hatte er angeblich auch geschäftlich zu tun gehabt. Muss eine große Herausforderung für ihn gewesen sein!"

„Wieso, wenn ich fragen darf?"

„Dürfen Sie, dürfen Sie. Solange ich ihn kannte, fühlte er sich auf Schiffen oder in Flugzeugen unwohl. Was ich damit sagen will, ist, dass er immer viel mit Übelkeit zu tun hatte. Trotzdem fuhr er mehrmals im Jahr mit der Fähre rüber. Für mich war es natürlich schwieriger ihm nach Norderney zu folgen, als nach Hamburg. Das können Sie sich sicherlich vorstellen. Beobachten Sie mal jemanden unbemerkt auf einer Fähre. Ist gar nicht so leicht. Ich hatte immer das Gefühl, er bemerkt mich. Hat er aber nicht.

Zweimal bin ich ihm nach Norderney gefolgt. Und, ich kann Ihnen sagen, es war genau wie in Hamburg. Auch auf Norderney hat er einer Frau aufgelauert, ist ihr aber nie näher gekommen. Ich habe dann natürlich gleich auf dem Klassenfoto nachgesehen, ob die auch auf dem Foto drauf war. Und tatsächlich, auch sie war drauf. Sie hieß Rieke, wie ich auf der Rückseite des Fotos lesen konnte. In den Folgetagen lief ich dann rum wie sie. Es war unfassbar und ich fühlte mich nicht mehr wie ich selbst."

„Und Sie haben ihn nicht darauf angesprochen?", fragte Holle.

„Doch. Das habe ich."

„Und wie hat er reagiert?"

„Kommen Sie her und schauen Sie mich an. Dann wissen Sie, wie er reagiert hat. Meine Nase konnte auch durch eine Operation nicht wieder in ihre alte Form gebracht werden. Und mir fehlt ein Ohrläppchen. So hat er reagiert."

„Und dann haben Sie sich scheiden lassen?", mutmaßte Holle und hoffte auf ein einfaches „Ja", aber es kam anders.

„Nicht gleich. Dummerweise bin ich nochmal zu ihm zurück. Habe ihm ja geglaubt, dass er sich bessert und all solche Sachen. Aber das kennen Sie sicher zu Genüge. Mit solchen Fällen haben Sie es bestimmt auch schon mal zu tun gehabt. Zur Besinnung bin ich erst gekommen, als er mich zwei Tage lang nackt in unsere Besenkammer gesperrt hat. Aber gewagt ihn anzuzeigen habe ich nicht. Dazu hatte ich zu viel Angst vor ihm."

„Und warum in Gottes Namen hat er Sie da reingesperrt? Was hat ihn dazu veranlasst?", fragte Holle voller Neugier.

„Ein Buch, Herr Hauptkommissar. Ich weiß, das muss Ihnen ziemlich verrückt vorkommen. Und das ist es ja auch. Immer wenn er ein spannendes Buch gelesen hatte und das tat er oft, das kann ich Ihnen sagen, dann versuchte er Passagen aus dem Buch nachzustellen. Deswegen war ich im Besenschrank", erklärte Hanne Wegmann.

„Ist nicht Ihr Ernst. So etwas habe ich noch nie gehört.

„Und ich nehme an, das war nicht die einzige Situation, die er nachgestellt hat?"

„Nein", entgegnete sie und schwieg betreten.

Ein kurzes Frösteln ergriff Holle, dann beschloss er Hanne Wegmann nicht noch weiter mit ihrer Vergangenheit zu konfrontieren und auch nicht noch tiefer in dieser alten Wunde zu bohren. Vielleicht würden die Altlasten von Ben Hobrecht so und so über kurz oder lang zur Sprache kommen. Ganz gewiss sogar.

„Aber Sie haben es geschafft sich von ihm zu trennen, Frau Wegmann. Respekt!"

„Danke. War auch ein langer steiniger Weg. Und ich bin jetzt noch in psychologischer Behandlung."

„Wann haben Sie Ihren…", kurz hielt er inne „den Herrn Hobrecht denn zuletzt gesehen?", fragte Holle.

„Schon länger nicht mehr. Muss über ein Jahr her sein. Da war ich mal in Norddeich eine Woche im Urlaub und wir liefen uns zufällig über den Weg."

„Und? Wie war Ihr Wiedersehen?", fragte Holle.

„Wir haben uns ignoriert."

„Er hat also kein Interesse mehr an Ihnen? Verstehe ich das richtig?"

„Ja. Das stimmt. Nachdem er mich damals so übel zugerichtet hat, passe ich nicht mehr in sein Beuteschema. Entspreche wohl nicht mehr seinem Schönheitsideal."

„Dann hatten Sie also seit der Trennung keinen Kontakt mehr zu ihm?"

„Nein. Und ich denke, er weiß auch gar nicht, wo ich derzeit wohne."

„Na, da bin ich aber froh", entgegnete Holle.

Gerade wollte er auflegen, da fiel ihm noch etwas ein.

„Moment noch. Eine Frage bitte noch", und sie hörte aufmerksam zu.

„Ist es richtig, dass Ihr Ex-Mann ganz gut betucht ist? Stimmt das?"

„Ben?", fragte sie erstaunt. „Nein. Ganz bestimmt nicht. Außer, er hat im Lotto gewonnen oder ist anderweitig zu Geld gekommen."

„Heißt, Sie wissen nichts von einem Ferienhaus oder einer Ferienwohnung in Süddeutschland?"

Augenblicklich begann Hanne Wegmann zu lachen. „Nein. Davon weiß ich nichts. Solange ich mit ihm zusammenlebte, wohnten wir zur Miete in einer kleinen Norddeicher Wohnung. Wir hatten unser Auskommen, aber wir konnten auch keine großen Sprünge machen."

„Verdiente Ihr Ex denn in Hamburg in der Werft nicht ganz gutes Geld?“

„Hat er Ihnen das erzählt? Er war da ein ganz kleines Licht. Ein Duckmäuser wie er im Buche steht.“

„Soso. Und deswegen hat er sich bei Ihnen auch immer so aufgespielt“, nahm Holle an.

„Das hat mein Psychologe auch gesagt“, bestätigte sie.

„Würden Sie mir sagen, was ihr Psychologe noch gesagt hat? Nur wenn Sie wollen natürlich.“

„Kein Problem, Herr Hauptkommissar. Er meinte, dass er so seine Minderwertigkeitsgefühle in den Griff bekommt. Er hatte Oberhand, wenn er mich schlecht behandelte. Er war der Chef, wenn er die Szenen aus den Büchern nachstellte. Er braucht das, um sein Selbstwertgefühl aufzupolieren.“

Nach diesem Telefonat war sich Hauptkommissar Holle sicher, dass die ganze Angelegenheit noch verzwickter war, als er anfänglich dachte. Scheinbar hatten sie es hier mit einem langjährigen Psychopathen zu tun, der aktenkundig bisher noch nicht in Erscheinung getreten war.

22. Kapitel

Im Krankenhaus traf Hauptkommissar Holle auf Jannis Nordmeier, der am Bett von Mira Lose saß. Holle erschrak bei ihrem Anblick. Blass wie ein Gespenst lag sie unter der weißen Bettdecke und fast bangte er darum, dass diese dem zierlichen Körper zu schwer würde.

„Ich weiß was du denkst Erwin", sagte Nordmeier.

„Sie sieht schlimm aus. Aber sie hat es überlebt und sie wird wieder gesund werden, haben die Ärzte gesagt. Vielleicht nicht gleich, aber wenn sie sich erstmal erholt hat, wird sie bald wieder ganz die Mira sein, die wir kennen."

„Ich hoffe es. Ich hoffe es für Mira und für dich und für uns alle natürlich." Schon war er im Begriff den Raum zu verlassen, als Jannis ihn am Arm zurückhielt.

„Warte, ich komme mit. Ihr braucht mich jetzt und hier kann ich eh nichts ausrichten. Und Miras Eltern müssten auch bald hier sein. Ich werde später wieder nach ihr sehen. Außerdem will ich dabei sein, wenn wir die…die…diesen Schweinehund kriegen. Das werde ich mir auf keinen Fall entgehen lassen."

Am Hafen war alles ruhig. Vorbeck und Fredersen gingen ihrer Arbeit nach und überwachten die Zubringerrampe zur Fähre sowie den Einlass zum Fußgängerüberweg. Doch bisher hatten sie keinen Erfolg. Ein Ben Hobrecht war nicht aufgetaucht. Natürlich hätte er die Insel auch mit einem Flugzeug, einem gemieteten Sport- oder Segelboot verlassen oder als Tourist einen Ausflug zu einer der Nachbarinseln unternehmen können, um von dort aus zum Festland überzusetzen. All dies waren denkbare Optionen. Jede davon eher unzutreffend, da Hobrecht die Insel niemals über den Luftweg, noch in einem Boot verlassen hätte, dass kleiner war als die Fähre, wie Holle von Hanne Wegmann wusste. Natürlich blieb eine minimale Restwahrscheinlichkeit, dass er die Insel doch auf einem dieser Wege verlassen hatte, dennoch erschien es dem Team denkbarer, dass er sich noch auf der Insel aufhielt und jeden Schritt der Polizei genauestens beobachtete.

Als die letzte Fähre des Tages der Insel den Rücken gekehrt hatte, machten sich Vorbeck und Fredersen zurück auf den Weg zur Dienststelle, wo Holle und Nordmeier sie bereits erwarteten.

„Der kann ja nicht verschwunden sein, dieser Hobrecht", sagte Fredersen. Also entweder hat er die Insel schon verlassen, bevor ich mit Vorbeck am Hafen angefangen habe alles zu kontrollieren und er ist schon längst wieder in Norddeich und lacht sich in seiner Wohnung ins Fäustchen. Oder er ist noch hier", dachte Fredersen laut.

„Versetzen wir uns mal in seine Lage. Wo würden wir uns auf Norderney aufhalten, wenn wir gesucht, aber nicht gefunden werden wollen?"

„Ich glaube nicht, dass ich mich in einen Psychopaten reinversetzen kann. Das schaffe ich nicht", sagte Vorbeck.

„Sie müssen es versuchen, Herr Kollege", zischte Holle ihn scharf an.

„Das kommt ganz darauf an, würde ich meinen", begann Nordmeier. „Entweder ich würde mir eine unscheinbare Wohnung oder ein kleines Hotelzimmer suchen, da drin bleiben, mich still verhalten und darauf hoffen, dass kein Bild von mir in der Zeitung erscheint oder ich würde mich unters Volk mischen. Meiner Einschätzung nach, ist der Hobrecht eher der Typ sich in der Menge zu tummeln. Der will doch, dass wir ihn finden. Warum sonst hat er uns die Polaroid Bilder geschickt. Wenn er es nicht gewollt hätte, dass wir ihn in den Fokus rücken, hätte er das niemals getan."

„Gut kombiniert. Das muss ich dir lassen", lobte ihn Holle.

„Gut. Ziehen wir einmal diese beiden Möglichkeiten in Betracht. Kleine Wohnungen oder kleine Hotelzimmer gibt es hier ja zu

Hauf. Das wird schwierig. Unter die Menge mischen ebenso. Die Insel ist ja zum Bersten voll mit Menschen", stellte Holle fest.

Die Suche nach Ben Hobrecht würde sich schwierig gestalten, so viel war klar. Das Einfachste wäre es sicherlich gewesen, ein Foto von ihm in der Tagespresse und im Norderneyer Morgen, der bekanntlich an unzähligen Stellen schon frühmorgens auslag, zu veröffentlichen. Dann jedoch wären Urlauber und Insulaner gleichermaßen aufgeschreckt und eine etwaige Hysterie galt es zu vermeiden.

„Was ist mit seiner Wohnung in Norddeich?", fragte Nordmeier. „Sollten wir die nicht auch vorsichtshalber unter die Lupe nehmen. Vielleicht ist er ja wirklich schon dort?"

„Das ist doch schnell gemacht", sprudelte Fredersen darauf los. „Da brauchen wir nur den Kollegen in Norddeich Bescheid geben und die fahren da gleich mal vorbei und schauen nach dem rechten."

„Ja, das wäre wohl das Einfachste", sagte Holle. „Das machen wir", und schon telefonierte er mit den Norddeicher Kollegen, die sich unverzüglich auf den Weg machten und schon wenig später berichteten, dass auf mehrfaches Klingeln an der Wohnungstür niemand öffnete, sie das Haus, in dem sich die Wohnung von Ben Hobrecht befand, aber im Auge behielten.

„Nichts gegen die Kollegen am Festland", begann Fredersen, „aber wäre es nicht besser, wenn einer von uns sich da drüben auf die Lauer legt?", frage er.

„Wollte ich gerade sagen. Da sind Sie mir jetzt mal zuvorgekommen, Herr Kollege. Was ist mit dir, Jannis? Bist du flugtauglich? Mit einem Inselflieger bist du am schnellsten drüben." Fragend schaute er seinen jungen Kollegen an.

„Immer. Bin zwar noch nie, mit so einer kleinen Maschine, geflogen. Aber ist ja auch nicht so weit bis nach Norddeich. Das dauert sicher nur eine Viertelstunde. Das werde ich schon überstehen“, gab er an.

„Super, dann schwing dich mal flott ans Telefon und kündige dich für den nächsten Flug an“, forderte Holle ihn auf.

„Das wird wohl nichts“, meldete sich Vorbeck zu Wort.

„Die fliegen abends nicht. Der Flugbetrieb geht erst morgen früh wieder los. Ich meine um acht. Da müssen wir wohl noch bis morgen warten.“

„Das kann ja wohl nicht sein, Herr Vorbeck. Sind Sie sich da ganz sicher?“, und Vorbeck nickte bestätigend.

Doch Nordmeier ließ sich nicht beirren und rief trotzdem am Flugplatz an, hörte jedoch nur eine telefonische Bandansage, dass der Flugbetrieb erst am nächsten Morgen wieder aufgenommen werden würde.

„Ich sage es ja“, sagte Vorbeck, nachdem Nordmeier den Hörer wieder aufgelegt hatte.

„Na gut, ist jetzt eben so. Dann nehme ich morgen gleich den ersten Flieger, der rübergeht“, versprach er.

„Gut. Wobei ich eher glaube, dass Hobrecht sich noch auf der Insel aufhält. Wenn wir Glück haben, erwischen wir ihn noch heute. Und für den Fall, dass wir das nicht tun, fliegst du auf jeden Fall morgen rüber zum Festland“, fasste Holle zusammen.

Den restlichen Abend und die Nacht verbrachte das Team getrennt voneinander in unterschiedlichen Clubs und Bars, auf der ständigen Suche nach dem Gesicht von Ben Hobrecht, der sich jedoch nirgends blicken ließ. An Schlaf war nicht zu denken und schon im Morgengrauen saßen sie wieder im Besprechungsraum. Mirko Fredersen hatte extra starken Kaffee gekocht und Vorbeck hatte, noch vor gängiger Ladenöffnungszeit, ofenwarme Brötchen aufgetrieben.

Schließlich machte sich Nordmeier auf den Weg zum Flughafen und Vorbeck und Fredersen nahmen wieder ihren Platz am Hafen ein, wobei sie feststellten, dass die erste Fähre des Tages gerade abgelegt hatte.

„So ein Mist", wetterte Fredersen. „Und das nur weil du dieses Vieh angefahren hast, Bernd. Hättest du mal besser aufgepasst."

„Nun mach aber mal halblang, Mirko. Konnte ich wissen, dass da gerade ein Reh über dic Straße springt?", versuchte Vorbeck sich zu verteidigen.

„Na, ich sage mal so. Du bist kein Neuling auf der Insel und weißt so gut wie ich, dass wir hier immer mal mit Damwild zu rechnen haben. Darüber hat der „Norderneyer Morgen" ja nun auch schon hoch und runter berichtet."

Betreten schaute Vorbeck zu Boden. Schließlich gab er zu, dass er wohl zu unaufmerksam gefahren sei und hoffte dabei inständig, dass Hobrecht nicht gerade mit der ersten Fähre zum Festland übersetzte, denn die hatte gerade abgelegt.

Währenddessen Nordmeier ins Flugzeug stieg und sich in luftige Höhen begab, telefonierte Holle mit Tjark Steffens und Boris Feldhof und befragte sie, ob Ben Hobrecht sich am Vorabend hat blicken lassen oder ob sie sonst etwas von ihm gehört hatten. Doch beide hatten ihn weder gesehen noch gehört.

„Und was ist mit meinem Wagen, Herr Hauptkommissar", fragte Steffens aufgebracht. „Wann kriege ich den wieder?"

„Wie lange sind Sie denn noch auf der Insel, Herr Steffens?", fragte Holle zurück.

„Ich reise morgen ab. Für morgen habe ich den Stellplatz auf der Fähre gebucht. Aber das wissen Sie doch, Herr Hauptkommissar."

„Das sollte kein Problem darstellen. Die Spurensicherung ist durch und dann können sie ihn auch in Kürze wiederbekommen."

„Und was heißt das genau?"

„Kollege Fredersen hat sich erlaubt Ihr Auto in eine Werkstatt hier auf der Insel zu bringen. Gerade heute Morgen sagte er mir, dass nun alle Schlösser wieder tadellos sind. Und sauber ist er auch."

„Was Sie nicht sagen! Habe auch schon mit meiner Versicherung gesprochen", erklärte Tjark Steffens.

„Na sehen Sie. Es wird sich alles zeigen. Jetzt freuen Sie sich erstmal, dass Sie ihren Schatz bald wiederhaben."

Der Telefonhörer war noch warm, als es erneut klingelte und ein atemloser Tore Gerdes in den Hörer schrie.

„Gerdes hier. Tore Gerdes. Norddeich. Ich muss mal sofort den Herrn Hauptkommissar sprechen."

„Bin am Apparat", entgegnete Holle, woraufhin Gerdes aufgeregt fragte: „Sind Sie das, Herr Holle? Habe ich Sie jetzt persönlich dran?"

„Ja. Ich bin es höchstpersönlich. Was ist denn nur los bei Ihnen da in Norddeich. Warum sind Sie denn so in Rage am frühen Morgen?", wollte Holle wissen.

„Bin gerannt. Hatte mein Handy vergessen. Bin zwar gleich wieder zurück, aber jetzt ist er schon weg", ratterte Gerdes in den Hörer.

„Moment, Moment. Wo sind Sie überhaupt? Und wer ist jetzt weg. Um was geht es denn eigentlich?"

„Na, um diesen schrecklichen Kerl. Diesen Hobrecht. So heißt der doch wohl. Hat mir zumindest der Herr Stikkert gesagt. Ich habe ihn gesehen. Hier in Norddeich. Hier bei uns am Hafen!"

„Wann war das und wo genau haben Sie ihn gesehen, Herr Gerdes", fragte Holle angespannt.

„Warten Sie. Bin gleich wieder in meiner Wohnung", dann hörte Holle das Klimpern eines Schlüsselbunds, hörte eine Tür ins Schloss fallen, schließlich war Tore Gerdes wieder dran.

„So, jetzt bin ich in Sicherheit. Jetzt geht es mir besser", schnaufte er erschöpft ins Telefon.

„Nun erzählen Sie doch schon", forderte Holle ihn auf.

„Also, ich bin heute sehr früh wach gewesen. Konnte nicht so gut schlafen die Nacht. Habe mir dann erstmal einen Kaffee gemacht, danach bin ich raus, um Brötchen zu holen. Als ich in Richtung Hafen ging, habe ich ihn gesehen, diesen Kerl. Er kam vom Anleger der Norderney Fähre. Hatte einen Koffer dabei. Habe mich sofort hinter einer Hauswand versteckt. Wollte nicht, dass er mich sieht. Wer weiß, was er mit mir gemacht hätte. Eigentlich wollte ich Sie sofort anrufen, aber mein Handy lag in der Wohnung. Aber das sagte ich ja bereits. Bin dann nochmal zurück, habe es geholt, bin wieder hin zum Hafen, aber da war er schon über alle Berge. War das jetzt richtig, dass ich Sie sofort angerufen habe?"

„Ja, alles richtig. Perfekt. Aber bitte bleiben Sie jetzt Zuhause und sagen Sie dem Herrn Stikkert auch Bescheid, dass er seine Wohnung nicht verlassen soll."

„Wird gemacht Boss, antwortete Tore Gerdes." Und Holle meinte zu hören, wie dieser seine Hacken zusammenschlug.

„Wir passen auf uns auf, Herr Hauptkommissar. Seien Sie unbesorgt." Dann legte er auf.

Augenblicklich wählte Holle die Telefonnummer seiner Norddeicher Kollegen, bat sie einerseits darum Jannis Nordmeier vom dortigen Flugplatz abzuholen, andererseits sich sofort auf den Weg zur Wohnung von Ben Hobrecht zu machen. Augenblicklich als Nordmeier wieder festen Boden unter den Füßen hatte, erreichte ihn der Anruf seines Chefs.

„Jannis! Du wirst jetzt gleich von den Norddeicher Kollegen abgeholt. Sie fahren dich zur Wohnung vom Hobrecht. Er wurde heute Morgen in Norddeich gesehen. Wenn wir Glück haben, kriegen wir ihn."

Nordmeier hetzte noch ein „alles klar" in den Hörer, und schon sprintete er in Richtung Flughafenparkplatz.

Hauptkommissar Holle bereute es, dass er nicht selbst nach Norddeich rüber geflogen war. Aber wer hätte es ahnen können, dass Ben Hobrecht schon am Festland war. Und warum war er das überhaupt? Wie konnte es sein, dass er den Kollegen Fredersen und Vorbeck am Norderneyer Hafen durch die Lappen gegangen war. Aber das stand auf einem anderen Blatt. Das würde er später klären müssen. Jetzt mussten erstmal Fredersen und Vorbeck zurückgepfiffen werden, damit er selbst schnellstmöglichst nach Norddeich abrücken konnte. Denn diesen Hobrecht wollte er selbst in die Zange nehmen, das konnte er keinem anderen überlassen.

Der Streifenwagen der Norddeicher Polizei stoppte just in dem Moment vor dem Haus, in dem Ben Hobrecht wohnte, als dieser eine Reisetasche in den Kofferraum eines rostigen alten Wagens schmiss, den Kofferraumdeckel heruntersausen ließ und sich in offensichtlicher Eile hinters Steuer setzte. Nordmeier hechtete, gefolgt von seinen Norddeicher Kollegen, über die Straße und erreichte Ben Hobrecht, gerade als er den Wagen startete. Er riss die Tür auf, streckte Hobrecht seine Polizeimarke entgegen und forderte ihn in einem für ihn ungewöhnlich herrischem Ton auf, unverzüglich auszusteigen, woraufhin dieser nur blöd grinste und den Rückwärtsgang des Wagens einlegte und das Gaspedal durchtrat. Mit Wucht schoss der Wagen zurück und rammte einen vorbeifahrenden Linienbus. An dieser Stelle endete die Fahrt für Ben Hobrecht. Nordmeier zerrte ihn aus dem Wagen, legte ihm Handschellen an, nahm ihm seine Wohnungsschlüssel ab und ließ ihn von seinen Norddeicher Kollegen abführen.

Als Hauptkommissar Holle in Norddeich eintraf, befand Hobrecht sich bereits in Polizeigewahrsam und Nordmeier hatte dessen Wohnung bereits ausgiebig inspiziert. Entspannt lehnte er mit einem Becher Coffee to go im Sonnenschein an der Hauswand und wartete auf seinen Vorgesetzten.

„Da bist du ja endlich, Chef", scherzte er, als er ihn auf sich zukommen sah. „Hast dir ganz schön Zeit gelassen!"

Holle lächelte und klopfte seinem jungen Kollegen freundschaftlich auf die Schulter.

„Das hat ja gerade nochmal geklappt, was?"

„Das kannst du laut sagen. Ein paar Minuten später und er wäre weg gewesen", entgegnete Nordmeier mit Gewinnermiene.

„Und?", fragte Holle. „Warst du schon drin?", und zeigte Richtung Haus."

„Ja", antwortete Nordmeier knapp. „Und du wirst überrascht sein, was ich dort drinnen gefunden habe."

Daraufhin betraten sie gemeinsam die Wohnung.

23. Kapitel

„So, Herr Hobrecht“, begann Hauptkommissar Holle im Vernehmungsraum der Norddeicher Polizeistation.

„Da wären wir nun wieder“, und schaute ihn durchdringend an.

„Sie brauchen gar nicht so gucken, Herr Hauptkommissar. Ich werde hier nichts sagen, dass Sie es nur wissen“, zischte Hobrecht zickig.

„Ich habe Zeit“, entgegnete Holle und lehnte sich in seinem Stuhl zurück. An Nordmeier gewandt: „Schönes Wetter heute! Habe ich recht? Einfach zu schade, dass wir hier drinnen sitzen müssen. Aber, es geht ja nicht anders.“

Nordmeier nickte und Hobrecht stöhnte vor sich hin.

„Und? Wird das heute noch was mit uns beiden, Herr Hobrecht? Kann sich nur gut für Sie auswirken, wenn Sie mit uns kooperieren!“, lockte Holle ihn, aber Hobrecht blieb weiter stur.

„Vielleicht…“, versuchte er es erneut, „macht der Kollege Nordmeier uns dreien ja erstmal eine starke Tasse Kaffee. Was meinen Sie? Sie müssen doch ganz erschöpft sein von dem ganzen Stress, den Sie die letzten Tage hatten.“ Seine Antwort nicht abwartend blickte er Nordmeier auffordernd an, was diesen veranlasste den Raum zu verlassen und wenig später mit einer Kanne Kaffee, mehreren Tassen und einer Schale Keksen zurückzukehren.

„Nun trinken Sie erstmal, Herr Hobrecht“, forderte er ihn auf und schob ihm auch die Keksschale über den Tisch. „Dann sehen wir weiter“, säuselte Holle.

Unvermittelt sprang dieser von seinem Stuhl auf und schlug mit geballter Faust auf die Tischplatte.

„Herrgott nochmal. Können Sie mich denn nicht einfach in Ruhe lassen? Sie wissen doch, dass ich keine Chance habe, wenn ich jetzt aussage“, brüllte er und lief wie angestochen im Vernehmungsraum umher.

„Ich weiß gar nicht, was Sie damit sagen wollen. Ich weiß nur, dass es für Sie nicht gut ist, wenn Sie nichts sagen. Wenn ich Ihnen einen rein freundschaftlichen Rat geben darf…"

Doch diesen Satz brachte Holle nicht zu Ende, denn schon war Ben Hobrecht im Begriff, sich mit geballten Fäusten auf ihn zu stürzen. Aber Nordmeier war schneller, packte ihn, zwang ihn in den Schwitzkasten und verfrachtete ihn wieder auf seinen Stuhl. Auge in Auge saßen sich Holle und Hobrecht gegenüber.

„Na, was sollte das denn jetzt werden? War das nun nötig? Mit solcherlei Blödsinn machen Sie sich ja nur unglücklich. Sie müssen doch begriffen haben, dass das Spiel aus ist. Sie sind schachmatt."

Erst als Holle ihm ein paar Stunden in der Arrestzelle androhte, war Hobrecht bereit auszusagen.

„Das ist jetzt wirklich tragisch", begann er schließlich.

„Was meinen Sie?", fragte Holle.

„Na, was Sie gerade gesagt haben. Dass das Spielchen jetzt vorbei ist. Dabei hat es mir gerade erst angefangen richtig Spaß zu machen. Aber das ist alles Ihre Schuld, Herr Hauptkommissar. Nur wegen Ihnen konnte ich es nicht ordnungsgemäß zu Ende bringen", blaffte er Holle wütend an.

„Was meinen Sie mit ordnungsgemäß zu Ende bringen, Herr Hobrecht?"

„Na, wenn Sie das bis jetzt nicht begriffen haben, sollten Sie ihren Job wohl besser an den Nagel hängen. Oder tun Sie nur so dämlich", giftete er den Hauptkommissar an. Holle seinerseits ließ sich nicht aus der Ruhe bringen. Gelassen saß er am Vernehmungstisch und wartete, was Hobrecht zu sagen hatte.

„Was ich damit sagen will, ist, Sie sind mir zuvorgekommen. Sie haben den Audi zu früh gefunden. Das stand so nicht im Drehbuch. Eigentlich hatte ich ihn letzte Nacht zum Hafen fahren wollen, um ihn im Hafenbecken zu versenken. Aber dazu kam es ja leider nicht."

„Ein Glück, kann ich da nur sagen, Herr Hobrecht."

„Das kann man so oder so sehen, Herr Hauptkommissar. Aber einer wie Sie kann das sicher nicht verstehen."

„Möglich", erwiderte Holle knapp.

„Und wo wir gerade so schön ins Plaudern kommen, vielleicht erklären Sie mir mal, was es mit diesem Drehbuch auf sich hat, Herr Hobrecht. Das würde mich wirklich brennend interessieren und den Kollegen Nordmeier sicherlich auch", und bedeutete Nordmeier durch einen einzigen Blick ebenfalls Interesse zu zeigen, was er auch sofort tat.

Es war den beiden Polizeibeamten mehr als klar, dass Ben Hobrecht kein dahergelaufener Gelegenheitsmörder, sondern eine maßlos psychisch gestörte Persönlichkeit war, dem jeglicher Realitätssinn abhandengekommen war und dem gar nicht auffiel, dass die beiden ihn versuchten aus der Reserve zu locken. Besser noch. Er glaubte ihnen, dass sie es interessant fanden, was er getan hatte. Auch nahm er an, dass sie ihn dafür bewunderten.

„Na gut. Dann will ich mal nicht so sein und Ihnen das erklären. Also, zuerst warte ich immer auf meinen Einsatz. Ich weiß ja nie, wann es losgeht. Das kann heute oder morgen sein, in diesem oder nächsten Monat.

„Heißt also, Sie planen nichts allein. Oder wie sollen wir das verstehen, dass Sie auf Ihren Einsatz warten", fragte Holle nach.

Grinsend schlug Hobrecht sich an den Kopf und schüttelte ihn übermäßig. „Nein. Das ist doch nicht so schwer zu verstehen. Ich spüre es, wenn es so weit ist und dann geht es los. Da ist niemand, der mir den Startschuss gibt oder so. Ich lass mir doch von niemandem ins Handwerk pfuschen. Das wäre ja noch schöner", erklärte er.

„Und Ihr Gespür regte sich also beim Klassentreffen? Liege ich da richtig", fragte Holle und sprang damit auf den fahrenden Zug auf.

„Ja. Ganz recht. Der Ulf…, ich meine, der Stikkert hat das ins Rollen gebracht. Dem habe ich das alles zu verdanken. Als der anfing von seinen geheimen Krimis zu erzählen, wusste ich, dass es nicht mehr lange dauern konnte. Ich war schon ganz kribbelig. Vielleicht verstehen Sie, was ich meine. Und, was sage ich Ihnen? Ich war bereit. Bereit für das Spiel."

Holle und Nordmeier waren sich bewusst, dass sie vorsichtig mit diesem Irren umgehen mussten. Ein falsches Wort und er würde seine Aussage abbrechen und im schlechtesten Fall gar nichts mehr sagen oder auf die Idee kommen einen Anwalt einzufordern. Doch nichts dergleichen passierte. Zu sehr war er in seinem Element. Sein Blick war stechend und sein Körper gespannt. Kerzengrade saß er auf der Stuhlkante und schwitzte vor Erregung.

„Was hat der Ulf Stikkert Ihnen denn erzählt, Herr Hobrecht? Wissen Sie das noch?", fragte Holle absichtlich dümmlich und die Frage verfehlte ihre Wirkung nicht.

„Also, was glauben Sie denn? Natürlich weiß ich das noch. Das war wie die Zündung einer Rakete. Das war mein Startschuss. Zu Anfang gab er ja nur mit seinen ollen Schmusi-Geschichten an, die er für irgendein Klatschblatt schreibt. Dann griff er ein bisschen tiefer ins Nähkästchen und erzählte von einem Krimi, an dem er gerade dran war. Da wusste ich es."

„Was hat er denn nun erzählt? Und wann haben Sie das Drehbuch bekommen?", fragte Nordmeier.

„Der Ulf sprach von einer Frau, die tot am Strand angespült wurde. Wir wollten natürlich alle wissen, wie sie zu Tode kam. Zumindest wir Männer. Rieke und Eva hat das nicht interessiert. War wohl ein bisschen zu hart für die beiden. Die sind tanzen gegangen. Das sah auch nicht gerade schlecht aus, Herr Hauptkommissar. War ja unglaublich, wie die sich noch bewegen konnten", wobei er sich langsam mit der Zunge über die Lippen fuhr, genüsslich grinste und mit Händen die Rundungen der beiden Frauen imaginär nachzog.

Nordmeier fühlte Ekel in sich aufsteigen, versuchte seine Abneigung jedoch, so gut es ging, zu verbergen.

„Dann hat Ulf alles genau geschildert, was er geschrieben hat und ich konnte loslegen."

„Also haben Sie das Drehbuch vom Ulf Stikkert persönlich bekommen?" fragte Holle.

„Nein. Blödsinn. Der hat das doch gar nicht bemerkt der Idiot. Das lief ganz anders ab. Ich fang nochmal ganz von vorne an. Samstagnacht spürte ich, dass es losgehen musste. Als Eva die Feier verließ und Ulf kurze Zeit später hinter ihr her ist, habe ich erst noch ein bisschen gewartet. Als dann auch Rieke sich kurz nach ihnen verabschiedete und ins Taxi stieg, bin ich los."

„Einen Moment bitte, Herr Hobrecht. War es nicht so, dass Sie, nachdem Eva Kaiser, Ulf Stikkert und Rieke Mitfeld die Klassenfeier verließen, mit Herrn Steffens und Herrn Feldhof in eine Bar am Kurplatz gegangen sind? Ich meine das vor kurzem von einem von Ihnen gehört zu haben" gab Holle zu Bedenken.

„Mein lieber Herr Hauptkommissar, Sie glauben wohl auch alles, was Ihnen aufgetischt wird.", belustigte sich Hobrecht. Wenn Sie es genau wissen wollen, der Tjark und der Boris sind da erstmal alleine hin. Wahrscheinlich haben die beiden noch nicht einmal gemerkt, dass ich nicht mehr dabei war, so voll, wie die waren. Außerdem hatten sie in dieser In-Kneipe bestimmt anderes zu tun, als zu überlegen, wo ich abgeblieben bin", erklärte Hobrecht grinsend und machte dabei eine Bewegung, die Holle und Nordmeier unmissverständlich zu verstehen gab, dass Steffens und Feldhof ganz sicher auf weibliche Unterhaltung aus gewesen waren.

„Sie sind dann also hinter Ulf Stikkert her. Ist das richtig?", fragte Holle.

„Vollkommen. Habe die beiden Turteltauben erstmal beschattet. Das haben die gar nicht bemerkt. Auf jeden Fall habe ich alles beobachtet. Und als sie dann endlich schön am Gange waren, Sie wissen schon, was ich meine, oder soll ich Ihnen das noch etwas farbenfroher ausschmücken? Wäre kein Problem. Das mache ich gerne für Sie", sagte Hobrecht gefräßig grinsend, was jedoch seitens Hauptkommissar Holle augenblicklich verneint wurde.

„Wohl bisschen prüde Ihr Herr Chef, was?", fragte er an Nordmeier gerichtet, worauf dieser nicht wusste, was er sagen sollte und seinen Chef augenblicklich fragend ansah.

„Das tut jetzt hier nichts zur Sache, Herr Hobrecht. Lassen Sie solche Anspielungen einfach", woraufhin er beleidigt dreinschaute und im Weiteren schwieg.

Augenblicklich war Holle klar, dass er mit dieser Vorgehensweise den falschen Pfad eingeschlagen hatte. So kamen sie nicht voran. Das wusste er jetzt. Auch wusste er, dass Hobrecht es liebte sich aufzuspielen und andere Menschen bloßzustellen. Nur kurz überlegte er, dann kam ihm eine Idee, wie er ihn wieder für sich gewinnen und zum Reden bewegen konnte.

„Also, wenn Sie es genau wissen wollen, Herr Hobrecht, Ich bin nicht verklemmt oder was Sie sich so ausmalen. Aber mit Rücksicht auf meinen jungen Kollegen hier", und zeigte ungeniert mit dem Finger auf Nordmeier, „wollte ich dieses Gespräch doch etwas mäßigen", erklärte er und sah aus dem Augenwinkel, wie eine Schamröte Nordmeiers Gesicht überzog.

„Ach, so einer sind Sie. Einer von der Sorte. So tun, als wenn Sie kein Wässerchen trüben könnte und in Wahrheit haben Sie es selber faustdick hinter den Ohren", begeisterte sich Hobrecht.

„Wenn Sie es so ausdrücken wollen, dann haben Sie wohl recht, Herr Hobrecht", bestätigte ihn Holle.

„Dann will ich Ihnen das jetzt mal so durchgehen lassen, Herr Hauptkommissar. Wo waren wir denn jetzt stehengeblieben?", fragte er Holle, zwinkerte ihm lustvoll zu und sagte: „Sie sind ein Mann nach meinem Geschmack. Wir sollten uns nicht aus den Augen verlieren."

„Das werden wir auch nicht, mein Lieber", flüsterte Holle ihm lüstern zu und spürte in dem Moment, wie er wieder Oberhand gewann.

Die Augen von Hobrecht waren starr auf sein Gegenüber gerichtet. Er meinte in Holle einen Verbündeten gefunden zu haben. Schließlich nickte er und sprach weiter.

„Habe den beiden also noch einige Zeit lang zugeschaut. Wollte sie einfach noch ein Weilchen das Leben genießen lassen. Ich bin ja schließlich kein Spielverderber. Habe zwar kurz überlegt, ob ich sie vielleicht dabei filme, damit ich später noch was davon habe, mich aber dagegen entschieden. So ein Reißer ist der Ulf ja nun auch nicht, dass er sich gerade gut auf einem Film machen würde. Wer will sich den denn schon aus der Nähe, wie der Herrgott ihn geschaffen hat, angucken? Habe die Zeit also genutzt und bin schnell zum Hotel, um meine Arbeitsutensilien zu holen", wobei er abwechselnd von Nordmeier zu Holle sah und auf ihre Reaktion wartete.

„Echt?", sagte Nordmeier, womit er Hobrecht animierte weiter zu erzählen.

„Ja, da gucken Sie. Die habe ich nämlich immer dabei. Ist immer alles in einem Extrakoffer. Fest verschlossen versteht sich."

„Was sind das denn für Dinge, die Sie da stets mit sich herumschleppen", fragte Holle interessiert.

„Na, alles, was ich so brauche. Nachtsichtgerät, Kabelbinder. Mullbinden, Klebeband. Stoffstücke, Messer, Zangen…, all sowas eben", erklärte er und Holle und Nordmeier stockte der Atem.

„Das hätten Sie jetzt nicht gedacht, dass ich so gut vorbereitet bin. Stimmt es? Das sehe ich Ihnen doch an. Tja, ich bin eben schlauer, als Sie angenommen haben", sagte er selbstherrlich.

Ruhig und kontrolliert lauschten die beiden Beamten seinem Bericht und erfuhren, dass er noch eine ganze Weile hatte warten müssen, bis Eva Kaiser und Ulf Stikkert voneinander abließen und sich verabschiedeten.

„Eva ist dann langsam am Strand entlang und Ulf schlief, so besoffen wie er war, an Ort und Stelle ein. Mit dem hatte ich ein leichtes Spiel. Der hat nichts mehr mitbekommen. Habe ihn unter den Kletterturm gezogen. Danach bin ich hinter Eva her. Auch das war nicht weiter schwierig. Ein bisschen Betäubungsmittel und schon hatte ich sie am Boden. Habe ihr, genau wie Ulf es beschrieben hat, die Füße und Hände zusammengebunden. Klebeband über Augen und Mund und rein mit ihr ins Watt.

Ach nein, vorher habe ich ihr noch ihr Geld aus dem Portemonnaie genommen und es Ulf in die Jacketttasche gesteckt. War ein ganz schöner Batzen, den sie mit sich rumtrug. Aber das wusste ich ja. Davon hat sie in ihrer Weinseligkeit am Abend erzählt. Ich weiß noch, wie traurig sie gewesen ist, als sie erzählte, dass der Ring, den sie sich auf der Insel kaufen wollte, schon weg war, als sie beim Juwelier ankam. Jedenfalls hatte der Ulf sich doch eine Belohnung verdient. Schließlich war er der Drehbuchautor und hat sich den ganzen Spaß ausgedacht."

„Und Eva Kaiser? Die haben Sie dann einfach sich selbst überlassen?", fragte Nordmeier entsetzt.

„Natürlich nicht. Was denken Sie denn von mir? Das wäre wohl zu nachlässig gewesen. Wenn ich etwas mache, dann mache ich es schon gründlich. Womöglich hätte sie es dann noch geschafft sich zu retten, so unartig wie sie war. War gar nicht schön mit anzusehen, wie sie immer wieder versuchte an Land zu robben.

„Sie versuchte an Land zu kommen, obwohl Sie sie betäubt hatten? Wie kann denn das sein, Herr Hobrecht?", fragte Holle.

„Natürlich habe ich ihr nur eine kleine Dosis verpasst. Das wäre doch zu schade gewesen, wenn sie von meiner ganzen Anstrengung nichts mitbekommen hätte. Sie sollte doch auch was davon haben. Und ganz ehrlich mal, will nicht jeder Mensch seine letzten Stunden und Minuten voll auskosten?", entgegnete Hobrecht.

Geschockt schaute Nordmeier seinen Chef an. Ihm hatte es die Sprache verschlagen, das war ihm anzusehen. Hauptkommissar Holle erging es ebenso, doch er fing sich schneller.

„Heißt also, Eva Kaiser war bei vollem Bewusstsein als sie im Watt lag", merkte Holle an.

„Sie haben es erfasst. Hat zwar bisschen gedauert, bis sie wieder einigermaßen bei Sinnen war, aber dafür hat es sich dann wenigstens gelohnt."

Nordmeier schenkte Kaffee nach, da er sich irgendwie beschäftigen musste. Eigentlich wäre er am liebsten aus dem Raum gegangen oder hätte diesen Irren sofort in die Geschlossene einweisen lassen. Aber ein bisschen musste er wohl oder übel noch durchhalten.

„War ein hartes Stück Arbeit. Musste sie ja immer wieder zurück ins Wasser schleppen. Und wissen Sie, wie schwer so ein nasser Mensch ist, der nicht richtig mithilft? Aber dann kam mir ja die Flut zur Hilfe und ich konnte endlich auch schlafen gehen."

Nordmeier meinte sich übergeben zu müssen und verließ kurzzeitig den Raum. Blass wie eine Wand kehrte er zurück und hörte weiter zu.

„Danach wurde es allerdings etwas kniffliger. Ich hatte den Abend ja selbst viel getrunken. Nicht, dass Sie jetzt von mir denken, dass ich nichts vertrage, so ist das nicht.

Aber mit meiner Erinnerung lief irgendetwas schief. Ich wusste nicht mehr, wie es weiterging, was als Nächstes in Ulfs Buch drankam. Hieß also, ich musste mir kurzfristig das Drehbuch besorgen. Deshalb bin ich dann ganz früh mit der Fähre rüber nach Norddeich zu seiner Wohnung. War auch nicht weiter kompliziert. Ich wusste ja, wo er wohnte. Und der Hausmeister, dieser Langhaardackel hat mir ja alles geglaubt. In null Komma nichts gehörte Ulfs Laptop mir."

„Aber verkleidet haben Sie sich sicherheitshalber doch, Herr Hobrecht", raunte Holle ihm zu.

„Wer sagt das?", fragte Hobrecht wütend.

„Das ist jetzt vollkommen irrelevant. Haben Sie, oder haben Sie sich nicht verkleidet?"

„Ja, das ist in solchen brenzligen Fällen manchmal einfach erforderlich. Was hätte ich denn auch anderes tun sollen? Oder wäre Ihnen etwas Besseres eingefallen?“

Nur zu gerne hätte Hauptkommissar Holle seinen Kopf geschüttelt, oder geantwortet, dass er diesen ganzen Mist zum Kotzen fand, aber nichts dergleichen tat er. Stattdessen bestärkte er ihn darin, alles richtig gemacht zu haben, da er auf keinen Fall wollte, dass Hobrecht seine Aussage nochmals unterbrach.

„Nein, Herr Hobrecht, da wäre mir so schnell auch nichts Besseres eingefallen. Wahrscheinlich hätte ich mich auch verkleidet“, sagte er daher und um dieses noch glaubhafter zu machen, nickte er bestätigend.

„Na, sehen Sie. Es ging gar nicht anders. Nun, wo war ich stehengeblieben. Ach ja! Dann bin ich wieder rüber auf die Insel ins Hotel und habe erstmal das Drehbuch gelesen und verinnerlicht. Konnte den Laptop ja nicht überall mit hinschleppen.“

„Und dann? Wie ging es dann weiter?“, fragte Nordmeier.

„Dann ging es um Rieke. Die musste überfallen werden. Das hat auch prima funktioniert. Hat sich mir kaum widersetzt, die Gute. Viel fügsamer als Eva. Im Drehbuch stand zwar, dass sie im Schrank ersticken sollte, aber da sind Sie mir mit Ihren Leuten ja leider in die Quere gekommen“, sagte er giftig und seine Augen verengten sich für Sekunden zu kleinen Sehschlitzen.

„Aber egal. Macht ja nichts. Dann brauchte ich noch ein Auto. Da kam mir der Wagen von Tjark gerade recht. War ein Leichtes an den Schlüssel zu kommen. Der Trottel vertraut aber auch jedem. Aber das hat er schon immer getan.“

Obwohl Holle von sich angenommen hatte, eine gute Menschenkenntnis zu besitzen, hatte er sich in Ben Hobrecht eindeutig getäuscht. Ihm war zwar klar gewesen, dass er in seinem Denken und seiner Art ein wenig von der Norm abwich, aber dass er dermaßen psychotisch veranlagt war, hätte er, als gestandener Hauptkommissar einer Mordkommission, nicht für möglich gehalten.

„Dann kam das Kapitel mit der Polizistin an die Reihe", begann Hobrecht weiter zu sprechen „und ich war heilfroh, als ich sah, dass Sie eine Kollegin vom Festland mitbrachten. Wo hätte ich denn sonst hier auf der Insel eine Polizeibeamtin herbekommen sollen. Na, das wäre ja wohl ein schönes Malheur geworden. Aber ist ja alles noch mal gut gegangen. Die Kleine hatte ich auch schnell im Griff. Brauchte nur bisschen was zum Schnuppern unter der Nase und schon war sie weg die Süße."

Bei diesen Worten sprang Nordmeier auf, packte Ben Hobrecht am Kragen und zog ihn in die Höhe. Doch dieser grinste nur und freute sich.

„Was denn? Was denn, Herr Nordmeier!? Gibt doch so viele Frauen auf der Welt. Da kommt es auf so eine mickerige kleine wohl nicht an."

Augenblicklich ließ Nordmeier von Ben Hobrecht ab, schoss ihm einen eiskalten Blick entgegen und zischte: „An Ihnen mache ich mir meine Hände nicht schmutzig. Sie sind das gar nicht wert."

„Nun werden Sie nur nicht frech", warf er ihm zu, blickte ihn mitleidig an und bedachte ihn mit den Worten, „Sie sind einfach noch nicht so weit mein Lieber. Aber Sie sind ja auch noch blutjung. Aus Ihnen wird sicher auch noch was." Als er versuchte mit seiner verschwitzten Hand Nordmeiers Wange zu tätscheln, sprang dieser angeekelt zur Seite, was Hobrecht mit den Worten, „er ist wirklich prüde. Sie haben wohl recht, Herr Hauptkommissar", kommentierte.

„Den Rest kennen Sie. Den Abschluss haben Sie mir ja aufs Gründlichste vermasselt. Hatte mich schon so auf das Geräusch des untergehenden Wagens gefreut."

„Da ist noch eins, das sich mir bisher noch nicht erschlossen hat, Herr Hobrecht", begann Holle.

„Gibt es denn sowas mein Lieber? Was liegt Ihnen denn noch auf dem Herzen?", fragte er lächelnd zurück.

„In Ihrer Wohnung. Dieser Schrank im Wohnzimmer."

„Ach das meinen Sie. Hätte ich mir auch denken können, dass Sie das nicht verstehen. Wie sollten Sie auch", sagte er.

„Das ist wohl so eine Art Altar, den Sie sich da gebaut haben, oder?", fragte Holle.

„Ein Schrein", pflichtete Nordmeier ihm bei.

„Stimmt", bestätigte Hobrecht stolz.

„So etwas Schönes haben Sie sicherlich noch nie gesehen!"

Auf diese Anspielung reagierten Holle und Nordmeier nicht. Stattdessen fragten sie ihn, seit wann er die Geschichten aus der Zeitschrift, für die Ulf Stikkert schreibt, schon sammelte und warum er das überhaupt tat. Hierauf erhielten sie von ihm keine befriedigende Antwort. Stattdessen gab er ihnen lediglich den Rat, doch selbst darüber nachzudenken, da er ihnen ihre Polizeiarbeit natürlich nicht abnehmen wollte.

„Dann kommen wir mal zu den unzähligen Fotos von Rieke Mitfeld, Eva Kaiser und Ulf Stikkert. Die haben sie dort ja wirklich schön drapiert in Ihrem Schrein. Da sind Sie wohl schon länger hinter den dreien her oder wie müssen wir das verstehen?"

„Ach, Sie möchten mich verstehen, Herr Holle? Das brauchen Sie doch nicht. Nehmen Sie es einfach so hin, dass mir die drei schon ewig auf die Nerven gingen. Dieses ewige Reihum-Techtelmechtel. Immer nur Ulf, Eva und Rieke. Immer ging es nur um sie. Ekelig sage ich Ihnen. Widerlich sowas. Da muss man doch was gegen tun. Oder sind Sie da anderer Ansicht?", fragte Hobrecht und Hauptkommissar Holle hüllte sich in kurzzeitiges Schweigen.

„Und warum haben Sie den Ulf Stikkert nicht auch noch einen verpasst, wenn Sie so einen jahrelangen Hass auf ihn hatten?", fragte Nordmeier. „Schließlich war er es, der immer wieder den Kontakt zu den beiden Frauen suchte."

„Mein Lieber", begann Hobrecht, „sind Sie so dumm oder tun Sie nur so? Das stand nicht im Drehbuch!", wobei er das Wort Drehbuch über die Maßen in die Länge zog.

Und was ist mit den vielen durchnummerierten Fotos, die Sie an Ihre zweite Pinnwand geheftet haben? Sind das alles Bekannte von Ihnen, Herr Hobrecht oder was sind das für Leute“, fragte Holle sichtlich besorgt.

„Herr Hauptkommissar, das werde ich Ihnen ganz sicher nicht verraten. Vielleicht durchforsten Sie mal Ihren Computer auf vermisste Personen? Oder Sie überprüfen, ob die alle noch am Leben sind? Das müsste für Sie doch ein Leichtes sein. Außerdem ist es nicht mein Problem, wenn Sie sich für Fotos interessieren, die Sie eigentlich gar nichts angehen.“

Letztlich wurde Ben Hobrecht abgeführt und er leistete keinen Widerstand, wusste er doch genau, dass er viele einsame Jahre in Haft verbringen würde. Stattdessen schien er erleichtert und sichtlich beglückt. Noch einmal drehte er sich um, bevor er den Raum verließ und wandte sich direkt an Holle.

„Sie kommen mich besuchen, Herr Hauptkommissar. Das müssen Sie mir versprechen. Wir sind doch jetzt Brüder im Geiste. Und bringen Sie mir ein gutes Buch mit. Am liebsten einen Krimi. Aber das brauche ich Ihnen ja nicht sagen, das wissen Sie ja selbst.“

24. Kapitel

Die Polizeibeamtin Mira Lose erholte sich verhältnismäßig schnell von ihrem Erlebnis, nahm mehrere Wochen Urlaub, um auf andere Gedanken zu kommen, was jedoch kaum möglich war. Tatsächlich saßen die Erlebnisse noch lange Zeit in ihr fest. Doch sie schlug sich tapfer, verdrängte das Erlebte und weigerte sich strikt den polizeipsychologischen Dienst aufzusuchen.

Auch Rieke Mitfeld ging es bald besser und entgegen der Empfehlung ihres Chefs, Urlaub zu nehmen, stand sie schon wenige Zeit nach dem Überfall wieder hinter der Hotelrezeption. Sie musste sich beschäftigen, damit sie nicht den lieben langen Tag mit Grübeln verbrachte.

Tjark Steffens und Boris Feldhof verließen gemeinsam die Insel und trennten sich in Norddeich auf unbestimmte Zeit in unterschiedliche Himmelsrichtungen.

Auf Norderney selbst waren die Geschehnisse schon bald übertüncht vom Jubel und Trubel des Insellebens. Als wäre nichts geschehen, wechselten Ebbe und Flut sich einträglich ab. Die Fähren schipperten im vorgegebenen Takt zwischen Norddeich und Norderney hin und her und spuckten Urlauber und Tagestouristen auf die Insel.

Herbert Hocke versank wieder in seiner gespielten Taubheit und er fühlte sich auch weiterhin nicht unwohl dabei. Seine Ehefrau Agatha beobachtete aufmerksamer als zuvor die Geschehnisse vor ihrer Wohnungstür. In regelmäßigen Abständen schaute sie bei Fredersen auf der Polizeistation vorbei und brachte ihm und Vorbeck einen Topf Hühnerbrühe. Oftmals wartete sie sogar, bis sie den leeren Topf wieder mitnehmen konnte. Weder Fredersen noch Vorbeck gelang es die alte Dame davon abzuhalten, schließlich nahmen sie ihr Los an, denn jeglicher Widerspruch war zwecklos.

Nachdem Ulf Stikkert das ganze Ausmaß der Vorkommnisse gewahr wurde, fasste er den Beschluss die Finger von der

Krimischreiberei zu lassen, auch wenn noch eine ganze Zeit lang etliche Mordphantasien sein Hirn bevölkerten. Auch dem Alkohol schwor er ab, was ihm nicht minder schwerfiel. Lediglich ein kleines Gläschen Rotwein gönnte er sich dann und wann einmal. Selbstredend nur im Beisein seines Freundes Peer. Sein neues Leben mit dem sicheren Job am Imbissstand gefiel ihm blendend. Er blühte förmlich auf. Von seinem ersten Gehalt kaufte er einen neuen Laptop. Den alten versenkte er ungesehen in einer mondbeschienenen Nacht im Norddeicher Hafenbecken, obwohl er wusste, dass er damit eine frevelhafte Umweltsünde beging. Doch konnte und wollte er dieses alte Ding nicht mehr sehen. Auch hoffte er, mit der Versenkung im Meer die Erinnerung an die Geschehnisse, zumindest ein Stück weit auszulöschen. Die Liebesgeschichten, die er nun fast täglich und zu seiner eigenen Verwunderung, mit Freude zu Papier brachte, fanden ausnahmslos beim Verlag Anklang. So wurde sein langgehegter Wunsch Realität und er war endlich im Stande seine Mietschulden zu begleichen, woraufhin Tore Gerdes freundlicherweise endlich den altersschwachen Briefkasten reparierte und sich im Weiteren zu einem angenehmen Hausmeister entpuppte.

Stikkerts Wohnung allerdings erlebte keine nennenswerten Neuerungen. Weiterhin hauste er in einer Unordnung sondergleichen, was er damit begründete, dass er in einer aufgeräumten Umgebung keine klaren Gedanken zu Papier bringen konnte.

Ob es in fünf Jahren ein Klassentreffen zum fünfundvierzigsten Jahrestag geben würde, stand in den Sternen. Schließlich war der Initiator dieser Treffen vorerst für unbestimmte Zeit aus dem Verkehr gezogen worden. Ulf Stikkert jedenfalls, beschloss, auf keinen Fall daran teilzunehmen. Komme, was da wolle.

Hauptkommissar Erwin Holle beendete seinen Sommerurlaub auf Norderney mit einer weit ausgedehnten Laufetappe. Unerholt kehrte er zurück an seinen Schreibtisch in das Büro der Auricher Mordkommission. Zügig holte der Polizeialltag ihn wieder ein.

Binnen kürzester Zeit sehnte er sich nach Erholung. Schon schmiedete er Pläne für seinen Lauf-Urlaub im nächsten Jahr. Sicher war, dass seine Frau wieder mit ihrer Freundin in einen Wellnesstempel einzog. Unsicher war hingegen, wohin er reisen sollte. Wie dem auch sei, er würde ans Meer fahren. Ohne Meeresluft konnte er sich einen Urlaub nicht vorstellen. Wind, Wasser, joggen und relaxen. Das war nach wie vor immer noch alles, was er wollte. Doch vorerst war Arbeit angesagt. Sein Schreibtisch quoll über vor unerledigten Fällen und das Telefon war nicht zu bändigen. Zudem verlangten die unzähligen Bilder, die er zusammen mit Nordmeier von Hobrechts Schrein gepflückt hatte, nach Aufklärung. So jagte ein Einsatz den nächsten und er lechzte in jeder freien Sekunde nach Erholung in Laufschuhen.

Und was tat Ben Hobrecht? Er saß seine Haftzeit in vollkommener Gelassenheit ab. Stillschweigend lebte er von einem Tag zum anderen. Ohne eine besondere Auswahl zu treffen, verschlang er die Bücher der Gefängnisbibliothek, eins nach dem anderen. An manchen Tagen machte er sich fadenscheinige Notizen in ein Heft und wirkte aufgedreht, anderen Tags zerriss er sie wieder und wirkte zutiefst deprimiert. Oft machte es den Anschein, als habe er resigniert und mit dem Leben abgeschlossen. Doch genau das Gegenteil war der Fall. Sein Gehirn arbeitete auf Hochtouren und er suchte bereits jetzt nach dem perfekten Drehbuch, nach der besten Story mit den perfekten Darstellern. Alles in allem nach dem perfekten Roman für sein Leben in Freiheit.

LESETIPP!

Johanna Ritter
Teezeit am Meer

148 Seiten
12 x 19 cm
Softcover
ISBN 978-3-943168-53-2
10,80 € (D)

Was hat eine gute Tasse Tee mit der Weite des Meeres zu tun? Welche Verbindung besteht zwischen Erinnerungen, Vergessen und den Jahreszeiten?

Hilde, Helga, Lotte und Hinnerk können all dies aufklären. Bei vergnüglichen Teestunden werden viele Erinnerungen geweckt: an eine geplante Wattwanderung, einen Flohmarktbesuch sowie eine Shoppingreise ans Festland. Nicht zu vergessen die Samstage in alter Zeit sowie die Begegnung mit einem unbekannten Freund und vieles mehr.

Vielleicht kochen Sie sich eine Tasse Tee und fangen an zu lesen?!

LESETIPP!

Johanna Ritter
Kursänderung

132 Seiten
12 x 19 cm
Softcover
ISBN 978-3-943168-79-2
10,80 € (D)

Wie heißt es so schön? Menschen kommen und gehen. Und genauso ist es auch hier auf unserer Insel.

Ein Jahr ohne Hilde und die Freundschaft zwischen Helga, Lotte und Hinnerk gerät ins Wanken. Eine Freundschaft muss gut gepflegt werden. Sollten die drei das vergessen haben? So gehen sie erstmals seit langer Zeit getrennte Wege. Doch können sie wirklich ohne einander? Hat diese Freundschaft nicht eine zweite Chance verdient? Urlaub muss her, Abstand von der Insel und den Kopf frei für Neues. Fragt sich nur mit wem und wohin?